International School of Ulm/Neu-Ulm
Schwabenstr. 25, D-89231 Neu-Ulm
Phone: +49731/379353-0, Fax: -50
E-Mail: info@is-ulm.de

Eine Gruppe englischer Schuljungen gerät infolge eines Flugzeugunfalls auf eine unbewohnte Insel im Pazifischen Ozean. Kein Erwachsener überlebt. Zunächst erscheint der Verlust zivilisatorischer Ordnungsprinzipien leicht zu bewältigen: auf der Insel gibt es Wasser, Früchte, sogar wilde Schweine, die erlegt werden können. Ralph lässt Hütten bauen, erkundet die Insel, richtet einen Wachdienst für das Signalfeuer ein. Der gute Anfang aber führt in eine Krise, die bald diabolische Formen annimmt. Aus der Jagd wird blutiges Schlachten – die Jäger und die Hüter des Feuers geraten in einen Kampf auf Leben und Tod. Gemeinschaft zerfällt, Terror und barbarische Primitivität gipfeln im Machtrausch, der auch Mord nicht ausschließt. Das Beängstigende an diesem Gleichnis menschlicher Gesellschaft ist die Tatsache, daß diese Jungen keineswegs Monstren oder Verbrecher sind. Jeder von ihnen ist in irgendeiner Jugendklasse der Welt zu finden.

»Poesie und bittere Wahrheit sind selten so eins wie in diesem Buch« *Frankfurter Allgemeine Zeitung*

William Gerald Golding, geboren 1911 in Columb Minor, Cornwall, studierte in Oxford erst Naturwissenschaften, dann Anglistik. Er war Lehrer, im Krieg Marineoffizier. Längere Zeit lebte er in den USA, davon ein Jahr im Hollings College, Virginia. 1934 trat Golding mit Gedichten an die Öffentlichkeit. Sein erster Roman ›Herr der Fliegen‹ (1954) erregte in England und Amerika großes Aufsehen und hatte auch in Deutschland eine nachhaltige Wirkung. Für seinen Roman ›Das Feuer der Finsternis‹ wurde Golding 1980 mit dem Booker-Preis ausgezeichnet. 1983 wurde ihm der Nobelpreis für Literatur verliehen. William Golding starb im Juni 1993 in Cornwall.

Unsere Adresse im Internet: www.fischerverlage.de

William Golding

Herr der Fliegen

Roman

Aus dem Englischen von
Hermann Stiehl

Fischer Taschenbuch Verlag

50. Auflage: Juli 2008

Veröffentlicht im Fischer Taschenbuch Verlag,
einem Unternehmen der S. Fischer Verlag GmbH,
Frankfurt am Main, März 1974

Die englische Originalausgabe erschien 1954
unter dem Titel ›Lord of the Flies‹,
bei Faber and Faber Ltd., London
© William Golding 1954
Für die deutsche Ausgabe:
© S. Fischer Verlag GmbH, Frankfurt am Main 1963
Satz: Pinkuin Satz und Datentechnik, Berlin
Druck und Bindung: CPI – Clausen & Bosse, Leck
Printed in Germany
ISBN 978-3-596-21462-4

*Für meine Mutter und
meinen Vater*

FAUST:

Bei euch, ihr Herrn, kann man das Wesen
Gewöhnlich aus dem Namen lesen,
Wo es sich allzu deutlich weist,
Wenn man euch *Fliegengott*, Verderber, Lügner heißt.
Nun gut, wer bist du denn?

MEPHISTOPHELES:

Ich bin der Geist, der stets verneint!
Und das mit Recht; denn alles, was entsteht,
Ist wert, dass es zugrunde geht;
Drum besser wär's, dass nichts entstünde.
So ist denn alles, was ihr Sünde,
Zerstörung, kurz das Böse nennt,
Mein eigentliches Element.

Goethe, Faust I.

Erstes Kapitel

DER RUF DES MUSCHELHORNS

Der blondhaarige Junge glitt das letzte Stück Felsen hinab und begann, sich zur Lagune durchzuarbeiten. Er hatte sein Schultrikot ausgezogen und schleifte es mit der Hand nach. Trotzdem haftete das graue Hemd nass an seinem Körper, und die Haare klebten ihm auf der Stirn. Um ihn her, in der Schneise, die dem Dschungel gerissen worden war, kochte die Luft. Er kletterte mühsam durch ein Gewirr von Schlingpflanzen und zersplitterten Stämmen, als ein Vogel, nicht mehr als ein Fleck aus Rot und Gelb, mit dämonischem Ruf emporschoss; und diesem Ruf folgte ein zweiter wie ein Echo.

»He!«, tönte es, »warte mal.«

Das Dickicht am Rand der Schneise bewegte sich, und Regentropfen fielen klatschend von den Blättern.

»Augenblick«, sagte die Stimme, »ich häng hier fest.«

Der Blonde blieb stehen und zog mit einem Ruck seine Strümpfe hoch: für den Bruchteil einer Sekunde versank bei dieser vertrauten Bewegung der Dschungel, und es war wie zu Hause in England.

Wieder ertönte die Stimme.

»Man kann sich kaum bewegen bei dem Schlingzeug hier.«

Der, dem die Stimme gehörte, schaffte sich rückwärts aus dem Buschwerk heraus, Zweige zerrten an seiner schmierigen Windbluse. Seine nackten Kniekehlen waren fleischig und von Dornen zerkratzt. Er bückte sich, zog vorsichtig die Dornen heraus und wandte sich um.

Er war kleiner als der Blonde und sehr dick. Er kam näher, bei jedem Schritt einen sicheren Stand für seine Füße suchend, und blickte durch dicke Brillengläser zu dem andern auf.

»Wo ist denn der Mann mit dem Sprachrohr?«

Der Blonde zuckte mit den Schultern.

»Wir sind hier auf einer Insel. Ich glaub wenigstens, es ist eine. Das dahinten ist ein Felsenriff. Vielleicht sind überhaupt keine großen Leute hier.«

Der Dicke machte ein überraschtes Gesicht.

»Und der Pilot? Ach richtig, der war ja gar nicht in der Passagierkabine, der war ja vorn in der Kanzel –«

Der Blonde blickte mit zusammengekniffenen Augen nach dem Riff.

»Aber die andern von uns«, fuhr der Dicke fort, »ein paar müssen doch wenigstens rausgekommen sein. Ein paar sind doch sicher rausgekommen, oder?«

Wie von ungefähr machte sich der Blonde wieder auf die Suche nach einem Weg zur Lagune. Er wollte möglichst ungezwungen erscheinen und sich seine Gleichgültigkeit nicht allzu offen anmerken lassen, aber der Dicke eilte ihm nach.

»Sind wirklich keine großen Leute hier?«

»Ich glaub nicht.«

Der Blonde hatte dies mit ernster Stimme gesagt, aber dann durchströmte ihn mit Wonne das Gefühl, am Ziel geheimer Wünsche zu sein. Mitten auf der Schneise machte er einen Kopfstand und grinste den umgekehrten Dicken an.

»Endlich mal keine Erwachsenen!«

Der Dicke dachte einen Augenblick nach.

»Aber der Pilot –«

Der Blonde ließ sich zurückfallen und setzte sich auf die dampfende Erde.

»Der ist sicher weitergeflogen, als er uns abgesetzt hatte. Er konnte ja hier nicht landen, mit einem Flugzeug mit Rädern.«

»Wir sind doch angegriffen worden!«

»Der kommt schon wieder zurück.«

Der Dicke schüttelte den Kopf.

»Wie wir runtergesaust sind, hab ich mal durch eins von den Fenstern geguckt, da hab ich den andern Teil von dem Flugzeug gesehen, und da sind die Flammen rausgekommen.«

Er blickte die Schneise entlang.

»Und das da ist von der Passagierkabine.«

Der Blonde legte seine Hand auf einen zersplitterten Baumstumpf. Er zeigte vorübergehendes Interesse.

»Was ist denn mit der passiert?«, fragte er. »Wo ist die eigentlich hingekommen?«

»Die ist beim Sturm ins Meer getrieben worden. War gar nicht so ungefährlich, wo die ganzen Bäume da umgefallen sind. Ein paar von uns waren sicher noch drin.«

Er zögerte etwas und fuhr dann fort:

»Wie heißt du denn?«

»Ralph.«

Der Dicke erwartete von dem andern die gleiche Frage, aber dieses Freundschaftsangebot blieb aus; der Blonde mit dem Namen Ralph lächelte unbestimmt, sprang auf und wandte sich wieder der Lagune zu. Der Dicke blieb ihm ständig auf den Fersen.

»Es sind bestimmt noch mehr von uns hier in der Gegend. Du hast noch keinen gesehen, was?«

Ralph schüttelte den Kopf und ging schneller. Da stol-

perte er über einen Ast und fiel in das raschelnde Buschwerk.

Der Dicke trat schwer atmend neben ihn.

»Meine Tante hat immer gesagt, ich soll nicht so rennen«, schnaufte er, »wegen meinem Asthma. Ich krieg
dann keine Luft. Ich war der Einzige in der Schule mit
Asthma.« Er sagte das mit einem Anflug von Stolz.
»Und ich hab schon mit drei eine Brille getragen.«

Er setzte die Brille ab und hielt sie blinzelnd und mit
einem Lächeln Ralph hin. Dann versuchte er, sie an seiner schmutzigen Windbluse abzuwischen. Ein schmerz-
voller Ausdruck innerer Anspannung veränderte plötzlich seine bleichen Gesichtszüge. Er rieb sich den
Schweiß von den Backen und hielt schnell die Brille vor
die Augen.

»Mensch, da wächst aber allerhand.«

Er blickte sich in der Schneise um.

»So viele Früchte«, sagte er, »ich glaub, da muss ich
mal –«

Er setzte die Brille auf, ließ Ralph unvermittelt stehen
und stapfte gebückt in das Laubdickicht.

»Ich bin gleich wieder da.«

Ralph befreite sich vorsichtig von den Zweigen und
schlich davon. Schon nach wenigen Schritten hatte er
das Ächzen des Dicken hinter sich gelassen und suchte
eilends den Vorhang zu durchstoßen, der ihn noch von
der Lagune trennte. Er kletterte über einen umgestürzten Baum und trat aus dem Dschungel heraus.

Die Küste war von einem Palmengefieder bedeckt. Die
Palmen hoben sich hoch aufragend oder geneigt gegen
das Licht ab, und ihre grünen Federwipfel schwankten
hundert Fuß über der Erde. Überbleibsel umgestürzter

Bäume, verwesende Kokosnüsse und Palmschößlinge unterbrachen die Gleichmäßigkeit des Bodens unter den Palmen, der in einer Art Stufe zum Strand hin abfiel. Dahinter lag das undurchdringliche Dunkel des eigentlichen Waldes und die aufgerissene Fläche der Schneise. Ralph stand mit einer Hand an einen grauen Stamm gelehnt und schloss vor dem blendenden Gleißen des Wassers die Augen zu einem schmalen Spalt. Draußen – eine Meile weit weg vielleicht – gischtete die Brandung an einem Korallenriff empor, und noch weiter draußen war das tiefe Blau des offenen Meeres. Innerhalb des unregelmäßigen Korallenbogens lag die Lagune ruhig da wie ein Bergsee und leuchtete in allen Tönungen des Blaus und in Grün und in Purpur. Zwischen der Palmenterrasse und dem Uferrand schien sich die sanfte Kurve des Strandes als schmaler Streifen ins Grenzenlose dahinzuziehen, denn zu seiner Linken sah Ralph die Perspektiven der Palmen und des Strandes und des Ufers im Unendlichen zu einem Punkt zusammenfließen; und über allem, fast sichtbar, stand die Hitze.

Er sprang von der Terrasse herunter. Seine schwarzen Schuhe versanken tief im Sand, und die Hitze traf ihn wie ein Schlag. Er empfand mit einmal das Gewicht seiner Kleider, schleuderte ungestüm die Schuhe fort und zerrte die Strümpfe an den Gummibändern mit einem Ruck von den Füßen. Dann sprang er zurück auf die Terrasse und zog das Hemd aus; um ihn herum lagen Kokosnüsse wie Hirnschalen, und die grünen Schatten der Palmen und des Waldes glitten über seine Haut. Er löste seinen Gürtel, streifte die kurze Hose und die Unterhose herunter und stand da, nackt, und den Blick auf den flimmernden Strand und das Wasser gerichtet.

Zwölf Jahre und einige Monate war er alt, und er hatte nicht mehr den vorgewölbten Bauch des Kindes, aber auch noch nicht die linkische Haltung des Jünglings. Seine breiten, kräftigen Schultern hätten die eines künftigen Boxers sein können, aber seine Augen, ein Zug um seinen Mund, sprachen von Empfindsamkeit, die der brutalen Gewalt abhold war. Seine Hand tätschelte zart den Stamm der Palme, und da er schließlich nicht länger daran zweifeln konnte, dass es so etwas wie diese Insel gab, jauchzte er und machte einen Kopfstand. Geschmeidig fanden seine Füße wieder auf den Boden zurück, und er sprang den Strand hinunter, kniete nieder und wühlte sich mit beiden Armen Sand gegen die Brust. Dann lehnte er sich zurück und blickte mit leuchtend erregten Augen auf das Wasser.

»Ralph –«

Der Dicke kam die Terrassenstufe heruntergerutscht und setzte sich vorsichtig auf den Rand dieser natürlichen Bank.

»Tut mir Leid, dass es so lange gedauert hat, aber die vielen Früchte da –«

Er wischte die Brille ab und drückte sie auf seine Knopfnase. Der Bügel hatte ein rotes »V« in den Nasenrücken eingeschnitten. Er betrachtete kritisch Ralphs strahlenden Körper und sah dann an seinen eigenen Kleidern hinunter. Er tastete nach dem Reißverschluss seiner Windbluse.

»Meine Tante –«

Dann zog er kurz entschlossen den Reißverschluss auf und streifte die Bluse über den Kopf.

»So!«

Ralph sah ihn von der Seite an und schwieg.

»Wir müssen uns von allen die Namen sagen lassen und eine Liste machen«, sagte der Dicke. »Am besten berufen wir eine Versammlung ein.«

Da Ralph nicht darauf einging, musste der Dicke fortfahren.

»Mir ist's egal, wie sie mich nennen«, sagte er vertraulich, »wenn sie mich bloß nicht so nennen wie in der Schule.«

Ralph begann aufmerksam zu werden.

»Warum? Wie denn?«

Der Dicke blickte sich um und beugte sich dann zu Ralph hinüber.

»›Piggy‹ haben sie mich immer gerufen«, flüsterte er.

Ralph schrie hell auf vor Lachen und sprang mit einem Satz in die Höhe.

»Piggy! Schweinchen! Das ist gut! Hahaha!«

»Aber Ralph, bitte!«

Piggy rang verzweifelt die Hände.

»Ich hab doch gesagt, ich will nicht, dass –«

»Piggy! Hahaha!«

Ralph tanzte vor Übermut in die heiße Luft hinaus, die über dem Strand lag, und kam als Jagdflieger zurückgebraust, die Arme ausgebreitet, und ahmte das Rattern des Maschinengewehrs nach.

»Ä-ä-ä-ä-ä-sssssschschsch!«

Er ließ sich zu Piggys Füßen in den Sand fallen und blieb lachend liegen.

»Piggy!«

Piggy grinste widerstrebend, schon dass er solch zweifelhaftes Aufsehen erregte, tat ihm gegen seinen Willen wohl.

»Sag's aber nicht den andern –«

Ralph strampelte vor Vergnügen und kicherte. Der schmerzvolle Ausdruck innerer Anspannung trat wieder auf Piggys Gesicht.

»Augenblick.«

Er stürzte in den Wald zurück. Ralph stand auf und schlenderte nach rechts die Küste entlang.

Hier wurden die weichen Bogenlinien des Strandes unvermutet von viereckigen Formen unterbrochen; eine große Plattform aus roten Granitfelsen drängte sich rücksichtslos durch Wald und Terrasse und Strand bis in die Lagune hinaus vor und bildete einen vier Fuß hohen Damm. Eine dünne Schicht Erde lag über dem Gestein, von rauem Gras bewachsen und beschattet von jungen Palmen, denen der karge Boden nicht gestattete, ihre volle Höhe zu erreichen, und sie deshalb, wenn sie etwa zwanzig Fuß hoch waren, umstürzten und vertrockneten. Kreuz und quer lagen diese toten Stämme umher und luden zum Sitzen ein. Die noch stehenden Stämme bildeten ein grünes Dach, auf dessen Unterseite die Lagune das zitternde, wirre Spiel ihrer Lichtreflexe warf. Ralph zog sich auf diese Plattform hinauf, empfand wohl tuend die dämmerige Kühle, kniff ein Auge zu und sah, dass die Schatten auf seinem Körper wirklich grün waren. Er drang bis dahin vor, wo die Plattform ins Wasser abfiel, und schaute hinab. Das Wasser war durchsichtig bis auf den Grund und erfüllt vom leuchtenden Schimmer tropischer Wasserpflanzen und Korallen. Ein Schwarm kleiner Fische flitzte hin und her.

»So was!«, sagte er vor sich hin, und ein Ton inneren Entzückens schwang in seiner Seele mit.

Jenseits der Plattform war noch mehr des Wunderbaren. Von der Hand Gottes bewegt – von einem Taifun vielleicht oder von dem Sturm, der seine und der anderen Ankunft begleitet hatte – lagen innerhalb der Lagune Sandmassen aufgetürmt, sodass im Strand ein großer, tiefer Tümpel entstanden war, den am einen Ende ein hoher, roter Granitsims einschloss. Ralph hatte sich mehr als einmal von der augenscheinlichen Tiefe eines solchen Strandtümpels irreführen lassen und trat, auf eine Enttäuschung gefasst, näher. Aber der Boden der Insel fiel hier tatsächlich ab, und der Tümpel, in den die See nur bei Flut eindringen konnte, war an einer Stelle so tief, dass seine Farbe ins dunkle Grün hinüberspielte. Ralph schritt aufmerksam die dreißig Meter ab, die der Tümpel lang war, und warf sich dann hinein. Das Wasser war wärmer als sein Blut, und es schien ihm, als schwimme er in einer riesigen Badewanne.

Da kam Piggy wieder zurück, setzte sich auf den felsigen Uferrand und beobachtete neidisch, wie Ralphs Körper jetzt grün, jetzt weiß aufleuchtete.

»Du schwimmst nicht schlecht.«

»Piggy!«

Piggy zog Schuhe und Strümpfe aus, legte sie sorgsam auf das Gestein und hielt prüfend eine Zehe ins Wasser.

»Mensch, das ist ja heiß!«

»Was hast denn du gedacht?«

»Ich hab gar nichts gedacht. Meine Tante –«

»Ach geh fort mit deiner Tante!«

Ralph tauchte und schwamm dicht unter der Oberfläche mit offenen Augen. Da wo der Sand den Tümpel einfasste, stieg das Ufer wie ein Gebirge empor. Er rollte sich herum und hielt sich die Nase zu. Ein goldenes Licht tanzte und zuckte über sein Gesicht. Piggy zog entschlossen seine Shorts aus und stand auf einmal in seiner ganzen Blässe und Dicke nackt da. Dann tappte er auf den Fußspitzen den sandigen Uferhang hinunter, setzte sich bis an den Hals ins Wasser und lächelte Ralph zu.

»Willst du nicht schwimmen?«

Piggy schüttelte den Kopf.

»Ich kann nicht. Ich hab's verboten gekriegt. Mein Asthma –«

»Ach geh fort mit deinem Asthma!«

Piggy nahm dies mit nachsichtiger Demut hin.

»Du schwimmst wirklich nicht schlecht.«

Ralph paddelte rückwärts von der seichten Stelle des Ufers hinweg, ließ sich Wasser in den Mund laufen und spie es in hohem Strahl in die Luft. Dann reckte er den Kopf hoch und sagte:

»Ich hab schon mit fünf Jahren schwimmen können. Papa hat's mir beigebracht. Er ist Kapitän bei der Kriegsmarine. Wenn er Urlaub kriegt, kommt er und rettet uns. Was ist dein Vater?«

Piggy errötete:

»Mein Papa ist tot«, sagte er rasch, »und Mama –«

Er nahm die Brille ab und suchte vergeblich nach etwas, womit er sie hätte putzen können.

»Ich hab immer bei meiner Tante gewohnt. Die hatte ein Schokoladengeschäft. Ich konnte immer Bonbons und Schokolade haben, so viel ich wollte. Wann kommt denn dein Vater und rettet uns?«

»Sobald er kann.«

Piggy kletterte triefend aus dem Wasser und wischte die Brille an einer Socke ab. Der einzige Laut, der jetzt durch die Morgenhitze zu ihnen drang, war das stetige Brausen der Brecher, die gegen das Riff brandeten.

»Woher weiß er denn, dass wir hier sind?«

Ralph streckte im Wasser seine Glieder. Schlaf umfing ihn und schien die Gestalt der einlullenden Luftspiegelungen anzunehmen, die mit dem Schimmern der Lagune wetteiferten.

»Woher weiß er denn, dass wir hier sind?«

Was weiß ich, dachte Ralph, wieso, warum – darum. Das Tosen vom Riff klang wie aus weiter Ferne.

»Die vom Flugplatz werden's ihm schon sagen.«

Piggy schüttelte den Kopf und setzte seine Brille auf. Die Gläser blitzten in der Sonne. Dann sah er zu Ralph hinunter.

»Glaub ich nicht. Hast du nicht gehört, was der Pilot gesagt hat? Mit der Atombombe? Von denen ist keiner mehr am Leben.«

Ralph zog sich am Uferrand hoch, blickte Piggy starr an und dachte über diese außerordentliche Situation nach.

Piggy fragte hartnäckig weiter.

»Das ist eine Insel hier, sagst du?«

»Ich bin auf einen Felsen geklettert«, antwortete Ralph langsam, »es sieht aus wie eine Insel.«

»Die dort sind alle tot«, fuhr Piggy fort, »und wir sind hier auf einer Insel. Und keiner weiß, dass wir hier sind. Dein Papa weiß es nicht, niemand weiß –«

Seine Lippen zuckten, und die Brillengläser beschlugen. »Wir müssen vielleicht hier bleiben, bis wir sterben.«

Bei diesem Wort schien die Hitze zu einem erdrückenden Gewicht anzuschwellen, und die Lagune griff nach ihnen mit ihren blendenden Strahlen.

»Ich hol meine Sachen«, sagte Ralph mürrisch, »da drüben.«

Er tappte durch den Sand, in der unbarmherzigen Glut der Sonne, überquerte die Plattform und fand seine verstreut umherliegenden Kleidungsstücke. Wieder ein graues Hemd anzuziehen war seltsam angenehm. Dann kletterte er über die Kante der Plattform und hockte sich im grünen Dämmer auf einen Baumstamm. Piggy kam heraufgekeucht, er trug die meisten seiner Sachen auf dem Arm. Dann setzte er sich auf einen umgestürzten Stamm in der Nähe der Klippe, nach der Lagune hin, und das Gewirr der Lichtreflexe zitterte über ihm.

Nach einer Weile sagte er: »Wir müssen die andern suchen. Wir müssen was unternehmen.«

Ralph schwieg. Eine richtige Koralleninsel! Unter dem schützenden Schirm der Palmen gingen seine Gedanken auf angenehmen Traumwegen, und er hörte nicht, was Piggy sagte, hörte nicht den Unterton der Besorgnis in seinen Worten.

Piggy gab nicht nach.

»Wie viele sind wir eigentlich hier auf der Insel?«

Ralph trat auf Piggy zu und blieb stehen.

»Ich weiß nicht.«

Hier und da krochen die Kräusel einer leichten Brise unter dem Dunst der Hitze über die glatte Wasserfläche. Jedes Mal wenn eine solche Brise an die Plattform stieß, ging es wie Gewisper durch die Palmwedel, und Flecken verschwommenen Sonnenlichtes glitten über ihre Körper oder bewegten sich gleich hellen, beflügelten Wesen im Dämmer des grünen Daches.

Piggy blickte zu Ralph auf. Über Ralphs Gesicht huschten grüne Schatten von oben, helle Lichtflecke von unten, von der Lagune. Ein Stück Sonnenstrahl schlich sich über sein Haar.

»Wir müssen was unternehmen.«

Ralph sah ihn geistesabwesend an. Hier, mit dieser Insel, wurde der immer geträumte und nie ganz erfüllte Traum greifbare Wirklichkeit. Ralphs Lippen öffneten sich zu einem beglückten Lächeln, und Piggy, der es als ein Lächeln der Anerkennung auf sich bezog, lachte vor Freude.

»Wenn das hier wirklich eine Insel ist –«

»Was ist denn das da?«

Ralph hörte auf zu lächeln und deutete auf die Lagune. Dort unten im farnigen Tang lag etwas Cremefarbenes.

»Ein Stein.«

»Nein. Eine Muschel.«

Auf einmal sprudelte Piggy über vor begreiflicher Erregung.

»Ja, eine Muschel! Ich hab schon mal so eine gesehen. Bei uns zu Haus hat einer hinten auf der Gartenmauer so'n Ding gehabt. Muschelhorn heißt's, hat er gesagt. Und er hat immer drauf geblasen, und dann ist seine Mama gekommen. Mensch, fein! Das können wir vielleicht gut gebrauchen –«

Dicht neben der Stelle, an der Ralph stand, neigte sich ein Palmschößling über die Lagune. Er hatte schon einen Klumpen Erde mit seiner Wurzel losgelöst und drohte jeden Augenblick umzustürzen. Ralph riss das Stämmchen vollends aus und begann im Wasser herumzustochern, während die glänzenden Fische nach allen Richtungen auseinander flitzten. Piggy beugte sich gefährlich weit über den Rand der Plattform.

»Vorsicht! Sonst zerbricht's!«

»Ach, halt die Klappe!«

Ralphs Stimme klang abwesend. Die Muschel interessierte ihn zwar, sie war schön geformt und sicher ein feines Spielzeug; aber die lebhaften Bilder seines Wachtraums hingen immer noch wie ein Vorhang zwischen ihm und Piggy, der in dieser Gedankenwelt keinen Platz hatte. Der Palmschößling bog sich und schob die Muschel über den Tang. Ralph unterstützte das Stämmchen mit der einen Hand und drückte es mit der anderen herunter, bis die Muschel sich tropfend emporhob und Piggy sie fassen konnte.

Jetzt, da die Muschel kein Ding mehr war, das man nur ansehen, aber nicht berühren konnte, wurde auch Ralph von der Erregung gepackt. Piggy geriet ganz außer sich.

»– ein Muschelhorn! Und so wertvoll sind die. Wenn du so eins kaufen willst, das kostet bestimmt einen Haufen Geld, wetten? – der hatte seins immer auf der Gartenmauer, und meine Tante –«

Ralph nahm Piggy die Muschel ab, und ein Wasserrinnsal lief ihm den Arm entlang. Die Muschel war cremefarben, hier und da war ein blasser, hellroter Fleck aufgetupft. Von der Spitze, die abgebrochen war und in eine kleine Öffnung auslief, bis zu den rötlichen Lippen des Mundes maß sie fast einen halben Meter. Sie war leicht spiralförmig gewunden und von einer zarten, erhabenen Maserung überzogen. Ralph schüttelte den Sand heraus, der in das Innere der Röhre eingedrungen war.

»– hat gemuht wie eine Kuh«, erzählte Piggy weiter. »Er hat auch weiße Steine gehabt, und einen Käfig mit

22

einem grünen Papagei. Aber auf den weißen Steinen hat er natürlich nicht geblasen, und er hat gesagt –«

Piggy schnappte nach Luft und fuhr mit der Hand vorsichtig über das glitzernde Etwas in Ralphs Armen.

»Ralph!«

Ralph blickte auf.

»Damit können wir die andern herbeirufen, und dann halten wir eine Versammlung ab. Wenn die uns hören, kommen sie bestimmt –«

Er strahlte Ralph an.

»Du hast sicher gleich schon daran gedacht, deshalb hast du sie auch rausgefischt, was?«

Ralph strich sein blondes Haar zurück.

»Wie bläst man da drauf? Wie hat denn das dein Freund gemacht?«

»Er hat so wie reingespuckt«, sagte Piggy. »Meine Tante hat mich nie blasen lassen, wegen meines Asthmas. Von hier unten müsste man blasen, hat er gesagt.« Piggy legte die Hand auf seinen rundlichen Bauch. »Los, probier's mal, Ralph. Damit die andern uns finden.«

Ralph hielt skeptisch das schmale Ende der Muschel an die Lippen und blies. Aus dem Muschelmund drang ein Rauschen, aber sonst nichts. Ralph wischte sich das Salzwasser von den Lippen und versuchte es noch einmal, jedoch die Muschel schwieg.

»Er hat so wie reingespuckt.«

Ralph blies mit gespitztem Mund in die Muschel. Diesmal kam ein dumpfer, unanständiger Ton heraus. Das gefiel beiden so gut, dass Ralph eine Zeit lang in derselben Weise weiterblies, immer wieder von Lachanfällen unterbrochen.

»Er hat von hier unten raus geblasen.«

Ralph erfasste, worauf es ankam, und ließ die Luft vom Zwerchfell aus durch die Öffnung der Röhre strömen. Sogleich erklang die Stimme des Muschelhorns. Ein tiefer, rauer Ton dröhnte durch den Palmenhain, drang bis in die letzten Winkel der Wälder und wurde von den roten Granitfelsen des Berges zurückgeworfen. Vögel stoben in Wolken aus den Baumwipfeln, und im Unterholz war ein Quieken und Rennen.

Ralph nahm die Muschel von den Lippen. »Donnerwetter!«

Seine Stimme klang wie ein Flüstern im Vergleich zu dem rauen Ton des Muschelhorns. Er hob das Horn an die Lippen, holte tief Luft und blies noch einmal. Wieder kam der dröhnende Ton und sprang dann plötzlich, als Ralph noch kräftiger blies, eine Oktave höher. Jetzt war es ein schrilles Schmettern, noch durchdringender als zuvor. Piggy rief etwas, sein Gesicht strahlte vor Freude, und die Brillengläser glänzten. Vögel kreischten und kleines Getier rannte durch das Dickicht. Ralph ging der Atem aus; der Ton fiel wieder eine Oktave tiefer, wurde zu einem dumpfen Geblubber, zu einem bloßen Rauschen.

Die Muschel schwieg; sie schimmerte wie ein Stoßzahn. Ralphs Gesicht war dunkelrot vor Anstrengung und die Luft über der Insel erfüllten Vogellärm und vielfacher Widerhall.

»Das hört man bestimmt meilenweit.«

Ralph hatte wieder Luft bekommen und stieß mehrmals kurz hintereinander in das Muschelhorn.

»Da kommt schon einer!«, rief Piggy.

In etwa hundert Meter Entfernung sahen sie einen stämmigen, blondhaarigen Jungen von vielleicht sechs

Jahren zwischen den Palmen an der Küste näher kommen. Seine Kleider waren zerrissen, und er hatte sich offenbar mit Früchten voll gestopft, denn sein Gesicht bedeckte eine zäh-klebrige Masse. Seine Hose war zu einem eindeutigen Zweck heruntergelassen und nur halb wieder hochgezogen worden. Er sprang von der Palmenterrasse herunter in den Sand; die Hose fiel ihm dabei bis auf die Knöchel. Er zog die Füße einfach heraus und schlenderte auf die Plattform zu. Piggy half ihm hinauf.

Indessen hatte Ralph weitergeblasen, bis Stimmen aus dem Wald schallten. Der kleine Junge hockte vor Ralph nieder und schaute mit glänzenden Augen zu ihm auf. Als er sicher war, dass hier etwas Ernsthaftes geplant wurde, lehnte er sich befriedigt zurück und steckte seinen einzigen sauberen Finger, einen rosigen Daumen, in den Mund.

Piggy beugte sich zu ihm hinunter.

»Wie heißt du?«

»Johnny.«

Piggy murmelte den Namen vor sich hin und rief ihn dann Ralph zu, der aber nicht darauf achtete, weil er immer noch blies. Das wilde Vergnügen an dem ungeheuerlichen Ton des Horns und die Anstrengung hatten sein Gesicht dunkelrot verfärbt, und unter dem straff gespannten Hemd sah man sein Herz schlagen. Die Rufe aus dem Wald kamen näher.

Jetzt wurde der Strand lebendig. Im Hitzeflimmer des meilenlangen Küstenstreifens bewegten sich Gestalten; Kinder stapften lautlos durch den heißen Sand der Plattform entgegen. Drei kleine Jungen, nicht älter als Johnny, traten auf einmal ganz in der Nähe aus dem

Wald, wo sie sich an Früchten gütlich getan hatten. Ein kleiner Dunkelhaariger kam aus dem Dickicht hervor, ging auf die Terrasse zu und lächelte jeden fröhlich an. Nach dem Vorbild des kleinen Johnny setzten sie sich auf umgestürzte Palmenstämme und warteten. Ralph stieß immer noch kurz und durchdringend in das Muschelhorn. Piggy ging von einem zum andern und versuchte, sich stirnrunzelnd die Namen zu merken. Die Kinder gehorchten ihm ebenso selbstverständlich, wie sie den Leuten mit den Sprachrohren gehorcht hatten. Einige waren nackt und trugen ihre Kleider auf dem Arm, andere waren halb nackt oder nur unvollständig bekleidet. Wieder andere waren an ihrem Dress, an dem Grau, Blau und Rotbraun ihrer Jacken oder Jerseys, an ihren Abzeichen, ja sogar an Wahlsprüchen auf Brust oder Arm und an den Farbstreifen in Strümpfen und Pullovern als Angehörige bestimmter Schulen zu erkennen. So hockten sie auf den Stämmen im grünen Dämmer und steckten ihre Köpfe zusammen, braunhaarige Köpfe, blondgeschopfte Köpfe, kastanienfarbene, sandfarbene, mausfarbene; murmelnde Köpfe, flüsternde Köpfe, Köpfe mit wachsamen Augen, die Ralph beobachteten und mutmaßten. Es war etwas im Gange.

Die Kinder, die den Strand entlang einzeln oder zu zweien näher kamen, blieben dem Blick so lange verborgen, bis sie plötzlich aus dem Hitzeflimmer über den Sand heraustraten. Hier, an dieser Grenzlinie, sah das Auge zunächst ein fledermausartiges Geschöpf über den Sand herantanzen, und erst dann tauchte darüber der Körper auf. Die Fledermaus war der Schatten des Näherkommenden, den die senkrecht stehende Sonne zu einem Fleck zwischen den eilenden Füßen zusammenschrumpfen ließ. Noch während er blies, bemerkte Ralph die letzten beiden Gestalten, die, über einem zitternden, schwarzen Fleck daherschreitend, der Plattform zustrebten. Die zwei Jungen, kugelköpfig und mit Haaren wie Werg, warfen sich zu Boden und blickten grinsend und hechelnd wie Hunde zu Ralph auf. Es waren Zwillinge, und der Anblick solch lustiger Verdoppelung war für das Auge verwirrend. Einer atmete wie der andere, ihr Grinsen war das gleiche, und sie waren beide stämmig und lebhaft. Sie streckten Ralph ihre feuchten Lippen entgegen, es schien, als habe die Natur ihnen nicht genug Haut mitgegeben, sodass ihre Profile verschwommen waren und ihr Mund immer ein wenig offen stand. Piggys Brillengläser neigten sich blitzend zu ihnen hinunter, und zwischen zwei Hornstößen konnte man hören, wie er ihre Namen wiederholte:

»Sam, Eric, Sam, Eric.«

Er kam durcheinander; die Zwillinge schüttelten den Kopf und deuteten aufeinander, und alles lachte.

Endlich hörte Ralph auf zu blasen und setzte sich hin. Der Kopf fiel ihm auf die Knie, und die Muschel war seiner Hand halb entglitten. Wie sich die Echorufe des Horns verloren, so erstarb das Lachen unter den Harrenden, und es wurde still.

Im funkelnden Flimmer über dem Sand kam etwas Dunkles herangetappt. Ralph sah es zuerst, und bald hatte sein angestrengtes Ausschauen die Blicke aller in die gleiche Richtung gezwungen. Jetzt trat die Gestalt aus dem Bereich der Luftspiegelungen heraus und hob sich gegen den Sand ab, und sie sahen, dass der dunkle Fleck nicht nur Schatten war, sondern zum größten Teil von Kleidungsstücken herrührte. Was da näher kam, war eine Gruppe von Jungen, die in Zweierreihen, mühsam Gleichschritt haltend, heranmarschierte. Sie waren sonderbar gekleidet. Shorts, Hemden und verschiedene andere Sachen trugen sie über dem Arm, aber alle hatten sie eine viereckige schwarze Mütze auf mit einem silbernen Abzeichen. Und alle steckten in langen schwarzen Mänteln, auf deren linker Brustseite ein großes silbernes Kreuz angebracht war. Die Mantelkragen liefen in eine Krause aus. Die Hitze der Tropen, der Absturz, die Suche nach Nahrung und jetzt der Marsch in Schweiß und Glut den Strand entlang, alles das gab ihnen das Aussehen frisch gewaschener Pflaumen. Ihr Anführer war in der gleichen Weise gekleidet, doch hatte er ein goldenes Abzeichen an seiner Mütze. Als die Gruppe noch etwa zehn Meter von der Plattform entfernt war, gab er ein lautes Kommando, und sie standen still und keuchten und schwitzten, und ihre Körper schwankten ermattet in der grellen Sonne hin und her. Der Anführer trat näher, schwang sich mit fliegendem Mantel auf die Plattform und war von dem plötzlichen Dämmer wie geblendet.

»Wo ist der Mann mit der Trompete?«

Ralph merkte, dass er sonnenblind war, und antwortete:

»Hier gibt's keinen Mann mit einer Trompete. Geblasen hab ich.«

Der Junge kam näher und schaute mit angestrengten Augen hinunter zu Ralph. Was er von dem Blonden mit der Muschel auf den Knien erkennen konnte, schien ihn nicht zu befriedigen. Er wandte sich ungestüm um, dass sein Mantel flatterte.

»Ist denn hier kein Schiff?«

In seinem wehenden Mantel stand er groß, hager und knochig da, unter der schwarzen Mütze drängte sich rotes Haar hervor. Er hatte ein verzerrtes, sommersprossiges, hässliches, aber durchaus nicht einfältiges Gesicht. Aus dem starren Blick seiner hellblauen Augen sprachen ärgerliche Enttäuschung und beginnender Zorn.

»Ist denn überhaupt kein Erwachsener hier?«

Ralph antwortete dem Rücken vor ihm.

»Nein. Wir halten hier eine Versammlung ab. Setzt euch zu uns.«

Die Gruppe der Bemäntelten wollte sich auflösen. Der Große schrie sie an.

»Chor stillgestanden!«

Unwillig formierte sich der Chor wieder, und die Körper der Jungen schwankten erschöpft in der Sonnenglut. Doch einige begannen zögernd aufzumucken.

»Aber, Merridew – Bitte, Merridew … dürfen wir nicht …?«

Da fiel einer von ihnen vornüber in den Sand. Die Formation brach auseinander. Sie hoben den Bewusstlosen auf die Plattform und legten ihn zu Boden. Starren Blicks suchte Merridew seine Autorität zu retten.

»Na gut, setzt euch hin. Lasst ihn gehen.«

»Aber Merridew –«

»Der fällt ewig in Ohnmacht«, sagte Merridew. »Immer das Gleiche, in Gibraltar, in Addis Abeba, und sogar bei der Frühmesse, da ist er auf den Vorsänger gefallen.«

Bei der letzten Bemerkung kicherten die Jungen vom Chor, die sich wie schwarze Vögel auf den umherliegenden Stämmen niedergelassen hatten und Ralph aufmerksam musterten. Piggy fragte sie nicht nach ihren

Namen. Ihre uniformierte Überlegenheit und die unge-zwungene Autorität in Merridews Stimme hatten ihn eingeschüchtert. Er machte sich unscheinbar, hockte neben Ralph nieder und putzte an seiner Brille.

Merridew wandte sich an Ralph.

»Sind überhaupt keine Erwachsenen hier?«

»Nein.«

Merridew setzte sich auf einen Stamm und blickte in die Runde.

»Dann müssen wir uns selbst um uns kümmern.«

Geborgen an Ralphs Seite, ließ Piggy sich schüchtern vernehmen: »Deshalb hat Ralph ja eine Versammlung einberufen. Damit wir was unternehmen können. Die Namen kennen wir schon zum Teil. Das ist Johnny. Die zwei da sind Zwillinge, Sam und Eric. Wer von euch ist Eric –? Du? Nein – du bist Sam –«

»Ich bin Sam.«

»Und ich bin Eric.«

»Am besten, jeder sagt seinen Namen«, fiel Ralph ein, »also ich heiße Ralph.«

»Die meisten Namen haben wir schon«, sagte Piggy. »Ich habe grad eben rumgefragt.«

»So rufen sich die Kleinen«, sagte Merridew verächt-lich. »Ich will nicht Jack heißen, ich bin Merridew.«

Ralph wandte dem Sprecher rasch sein Gesicht zu. Dies war die Stimme eines, der wusste, was er wollte.

»Und dann der da«, fuhr Piggy fort, »ich hab verges-sen, wie –«

»Du redest zu viel, Fatty«, sagte Jack, »halt lieber die Klappe.«

Es wurde gelacht.

»Haha! Fatty! Dicker!«

»Er heißt nicht Fatty«, sagte Ralph, »sein richtiger Name ist Piggy!«

»Piggy!«

»Schweinchen!«

»Hahaha! Piggy!«

Sogar die Kleinen beteiligten sich an dem allgemeinen Gelächter. Für eine kurze Zeitspanne verband die Jungen der Stromkreis des Einverständnisses, von dem Piggy ausgeschlossen war: Er wurde dunkelrot vor Scham, senkte den Kopf und wischte erneut an seiner Brille.

Schließlich verebbte das Lachen, und die Feststellung der Namen ging weiter. Einer hieß Maurice, er war unter denen vom Chor der zweitgrößte nach Jack, aber er wirkte plump und grinste ständig. Einer hieß Roger, ein unscheinbarer, verschlossener Junge, den niemand kannte und der sich von allen andern absonderte. Er sagte mürrisch seinen Namen und fiel wieder in Schweigen. Bill, Robert, Harold, Henry. Der Chorjunge, der ohnmächtig geworden war, saß an einen Palmstamm gelehnt, lächelte Ralph an und sagte, er heiße Simon.

Dann sprach Jack.

»Wir müssen was zu unserer Rettung unternehmen.«

Ein Stimmengewirr war die Antwort.

Einer der Kleinsten, Henry, sagte, er wolle nach Hause.

»Halt die Klappe«, sagte Ralph mit unbeteiligter Stimme. Er hob das Muschelhorn hoch. »Ich glaub, wir brauchen einen Anführer, dann geht das besser.«

»Einen Anführer! Ja, einen Anführer!«

»Das mache ich am besten«, sagte Jack mit ganz selbstverständlicher Anmaßung, »ich bin Kapitelsänger und Klassensenior. Und ich kann das hohe C singen.«

Erneutes Stimmengewirr.

»Also gut«, sagte Jack, »ich –«

Er zögerte. Der Dunkelhaarige, Roger, gab endlich seine Zurückhaltung auf. »Am besten, wir stimmen ab.«

»Ja!«

»Wir wählen unsern Anführer!«

»Au ja! Los, wir stimmen ab!«

Eine Wahl, das war wie ein Spielzeug, fast so unterhaltend wie das Muschelhorn. Jack versuchte aufzubegehren, aber die Versammlung leitete jetzt nicht mehr der allgemeine Wunsch nach einem Anführer, man wollte Ralph einfach als Anführer ausrufen. Keiner hätte dafür einen Grund anzugeben vermocht; Intelligenz hatte bisher nur Piggy bewiesen, und die offensichtliche Führerpersönlichkeit war Jack. Aber wie Ralph so dasaß, umgab ihn etwas Ruhiges, das ihn aus den andern heraushob; weiter sprach für ihn sein anziehendes Äußeres; und hinter ihm stand, zwar unausgesprochen, aber umso wirksamer, die Zauberkraft des Muschelhorns. Er hatte geblasen, er hatte auf der Plattform auf sie gewartet mit dem zerbrechlichen Ding auf den Knien, er war etwas ›Besonderes‹.

»Der mit der Muschel!«

»Ralph! Ralph!«

»Der mit dem Trompetendings soll den Anführer machen!«

Ralph gebot mit der Hand Schweigen.

»Also gut. Wer stimmt für Jack?«

Missmutig hoben die vom Chor die Hand. »Wer stimmt für mich?«

Alle, außer den Jungen vom Chor und Piggy, reckten sofort die Hände in die Höhe. Dann hob auch Piggy widerwillig die Hand.

Ralph zählte ab.

»Dann bin ich also Anführer.«

Die Versammlung brach in Beifallsrufe aus, in die sogar die Jungen vom Chor einfielen; Schamröte der Erniedrigung verdeckte die Sommersprossen auf Jacks Gesicht. Er sprang auf, überlegte es sich dann anders und setzte sich wieder hin, während die Plattform noch von zustimmenden Rufen widerhallte. Ralph blickte ihn an und wollte ihn versöhnen.

»Der Chor untersteht natürlich dir.«

»Wir könnten die Inselarmee machen –«

»Oder die Jäger –«

»Wir könnten –«

Die Röte wich aus Jacks Gesicht. Ralph gebot noch einmal mit der Hand Ruhe.

»Jack hat den Chor unter sich. Sie können – was wollt ihr sein, Jack?«

»Jäger.«

Ralph und Jack tauschten ein Lächeln scheuer Zuneigung. Die andern begannen aufeinander einzureden.

»Also los, die Chorgruppe, Klamotten aus!«

Als habe sie ein Pausenzeichen vom Unterricht erlöst, standen die Jungen vom Chor auf und schwatzten und türmten ihre schwarzen Mäntel im Gras zu einem Berg auf. Jack legte den seinen neben Ralph auf den Stamm. Seine grauen Shorts klebten an ihm vor Schweiß. Auf Ralphs anerkennenden Blick erklärte Jack:

»Ich wollte über den Berg rüber, mal nachsehen, ob ringsum Wasser ist. Da haben wir deine Muschel gehört.«

Ralph lächelte und hielt das Muschelhorn Ruhe gebietend in die Höhe.

»Alles mal herhören. Ich brauche Zeit, um alles zu überlegen. Ich muss erst mal nachdenken. Wenn das hier keine Insel ist, dann können wir bald gerettet werden. Wir müssen also erst mal feststellen, ob es eine Insel ist oder nicht. Ihr bleibt alle hier und wartet, keiner geht weg. Inzwischen gehen wir zu dritt auf Erkundung. Mehr mitzunehmen hat keinen Zweck, wir verlieren uns im Dschungel nur aus den Augen. Ich gehe, und Jack, und, und –«

Er sah in der Runde nur begeisterte Gesichter. Jeder wollte mitmachen.

»Und Simon.«

Die Jungen um Simon herum kicherten, und Simon stand auf und lachte verlegen. Die Blässe der Ohnmacht war aus seinem Gesicht gewichen, er war ein hagerer, lebhafter Junge. Seine Augen schauten unter einem Dach störrigen Haares hervor, das ihm schwarz und strähnig ins Gesicht hing.

Er nickte Ralph zu.

»Ich komm mit.«

»Ich auch.«

Jack zog einen ziemlich großen Dolch hinten aus seiner Hose und jagte ihn in einen Stamm. Ein zitterndes Summen, das wieder erstarb.

Piggy meldete sich.

»Ich komm mit.«

Ralph wandte sich nach ihm um.

»Das ist nichts für dich.«

»Trotzdem –«

»Wir wollen dich nicht dabei haben«, lehnte Jack rundweg ab, »drei sind genug.«

Piggys Brillengläser funkelten.

»Ich war dabei, als er die Muschel gefunden hat. Ich war schon lang vor euch bei Ralph.«

Weder Jack noch die andern kümmerten sich um ihn. Die Versammlung zerfiel in einzelne Gruppen. Ralph, Jack und Simon sprangen von der Plattform hinunter in den Sand und gingen an dem Tümpel vorbei den Strand entlang. Piggy keuchte hinter ihnen drein.

»Wenn wir Simon zwischen uns nehmen, können wir uns über seinen Kopf weg unterhalten«, sagte Ralph.

Die drei schritten schneller aus. Das bedeutete für Simon, dass er alle Augenblicke einen Laufschritt machen musste, um nicht zurückzubleiben. Da hielt Ralph an und drehte sich zu Piggy um.

»Jetzt sei doch vernünftig –«

Jack und Simon taten, als hätten sie nichts bemerkt, und gingen weiter.

»Du kannst nicht mitkommen.«

Piggys Brillengläser waren wieder beschlagen, diesmal vor Demütigung.

»Du hast's ihnen gesagt. Du hast nicht auf mich gehört!«

Sein Gesicht rötete sich, und sein Mund zuckte.

»Ich hab dir doch gesagt, ich will nicht, dass –«

»Wovon redest du eigentlich?«

»Von meinem Spitznamen. Ich hab gesagt, es ist mir egal, wenn mich nur die andern nicht so rufen. Und du hättst ihnen nichts sagen sollen, und da hast du's grad gesagt –«

Schweigen senkte sich herab. Ralph konnte Piggy auf einmal mit größerem Verständnis ansehen und erkannte, dass er im Innersten getroffen war. Er schwankte zwischen zwei Möglichkeiten: sich entschuldigen oder Piggy noch tiefer verletzen.

»Piggy ist immer noch besser als Fatty«, sagte er schließlich mit der Bestimmtheit des geborenen Führers, »aber trotzdem, es tut mir Leid, wenn's dich gekränkt hat. Und jetzt geh wieder zurück und merk dir alle Namen. Wir brauchen dich dazu, Piggy. Bis später.«

Er ließ Piggy stehen und rannte den andern beiden nach.

Aus Piggys Wangen schwand langsam das Rot der Entrüstung. Er ging zur Plattform zurück.

Die drei Jungen wanderten raschen Schrittes auf dem Sand dahin. Es war Ebbe, und auf einem Streifen tangbedeckten Strandes gingen sie fast so sicher wie auf einer Straße. Ein Zauberschein lag über ihnen und über der ganzen Landschaft, und sie spürten diese Verzauberung, und es machte sie glücklich. Sie lachten und redeten erregt aufeinander ein, und keiner hörte, was der andere sagte. Die Luft war klar. Ralph suchte diesem Gefühl Ausdruck zu verleihen und machte einen Kopfstand und überschlug sich. Als sie darüber genug gelacht hatten, streichelte Simon scheu Ralphs Arm, und da mussten sie wieder lachen.

»Auf, los«, sagte Jack dann, »wir sind auf Spähtrupp.«

»Wir gehen bis dahin, wo die Insel aufhört«, sagte Ralph, »und dann gucken wir um die Ecke auf die andere Seite.«

»Wenn's überhaupt eine Insel ist –«

Jetzt gegen Ende des Nachmittags ließen die Luftspiegelungen ein wenig nach. Sie fanden den Endpunkt der Insel; er war deutlich zu erkennen und nicht durch Spiegelungen verzerrt. Es war ein Meer von Felsen aus dem üblichen roten Gestein, und ein großer Block ragte bis in die Lagune hinein. Seevögel nisteten hier.

»Wie Zuckerguss auf einer rosa Torte«, sagte Ralph.

»Hier kannst du gar nicht um die Ecke gucken«, meinte Jack, »es ist nämlich keine da. Die Insel macht hier einen großen Bogen, siehst du? Und das Gelände wird immer felsiger –«

Ralph legte schützend die Hand vor die Augen und folgte mit dem Blick der gezackten Linie der zum Berg ansteigenden Felsklippen. Hier war der Strand dem Berg näher als an irgendeiner anderen ihnen bekannten Stelle.

»Wir wollen versuchen auf den Berg raufzukommen«, sagte er. »Ich glaub, von hier aus geht's am leichtesten. Hier gibt's weniger Dschungelpflanzen und mehr rote Felsen. Auf, los geht's!«

Die drei begannen zu klettern. Eine unbekannte Naturgewalt hatte die Felswürfel losgerissen und übereinander geworfen, sodass sie oft in sich nach oben verjüngenden Haufen dalagen. Meist lag auf einer roten Klippe ein schräger Gesteinsblock und darauf noch einer und noch einer, und das Ganze war ein Felsstapel, dessen Spitze schwankend über den vielfältig geknüpften Teppich der Schlingpflanzen hinausragte. Wo die roten Klippen über den Erdboden emporstiegen, schlängelten sich an vielen Stellen Pfade den Berg hinauf. Diesen konnten sie durch das Gestrüpp folgen, den Blick immer auf den Fels geheftet.

»Wer hat denn die Pfade getreten?«

Jack blieb stehen und wischte sich den Schweiß vom Gesicht. Ralph trat schwer atmend neben ihn.

»Menschen?«

Jack schüttelte den Kopf. »Tiere.«

Ralph starrte in das Dunkel unter den Bäumen. Der Wald erzitterte in gleichmäßigen Schwingungen.

»Auf, weiter!«

Das Beschwerliche war nicht der steile Anstieg um die Felsvorsprünge herum, sondern das Dickicht, in das sie ab und zu eintauchten, um zum nächsten Pfad zu gelangen. Wurzeln und Stämme der Schlingpflanzen bildeten hier ein solches Gewirr, dass die Jungen sich wie elastische Nadeln hindurchwinden mussten. Ihr einziger Wegweiser, abgesehen vom Braun des Bodens und gelegentlichen durch das Laub fallenden Lichtstrahlen, war das Ansteigen des Hanges: sie richteten sich immer nach der nächsthöher gelegenen der mit Schlingsträngen verschnürten Höhlungen.

Es ging jedenfalls aufwärts.

An der vielleicht beschwerlichsten Stelle des Weges, vom Dickicht wie von Mauern eingeschlossen, drehte sich Ralph mit leuchtenden Augen nach den anderen um.

»Juhu!«

»So'n Ding!«

»Ganz groß!«

Einen Grund für ihre Freude hätten sie nicht anzugeben gewusst. Sie waren alle drei verschwitzt, dreckig und erschöpft. Ralph hatte ziemliche Schrammen. Die Schlinggewächse waren so dick wie ihre Schenkel und gaben nur schmale Tunnels frei, durch die sie weiterkriechen konnten. Ralph forderte mit einem lauten Ruf das Echo heraus, und sie lauschten dem gedämpften Widerhall.

»Wir sind wirklich auf Entdeckungsfahrt«, sagte Jack. »Ich wette, hier war noch niemand.«

»Wir müssten einen Plan zeichnen«, meinte Ralph, »bloß, wir haben kein Papier.«

»Aber Baumrinde gibt's doch«, sagte Simon, »einfach reingeritzt und was Schwarzes in die Ritzen geschmiert.«

Wieder fanden sich glänzende Augen im grünen Dämmer des Dschungels zu feierlicher Gemeinschaft.

»Juhu!«

»So'n Ding!«

Für einen Kopfstand war hier nicht Raum genug. Deshalb verlieh Ralph dem Überschwang seiner Empfindungen dadurch Ausdruck, dass er so tat, als wollte er Simon niederwerfen; und schon wälzte sich im grünen Schatten ein Knäuel übermütiger Leiber.

Der Erste, der sprach, als sie sich voneinander gelöst hatten, war Ralph.

»Wir müssen weiter.«

Die nächste rote Granitklippe stand weiter von den Schlingpflanzen und den Bäumen zurück, sodass sie den Pfad entlanggehen konnten. Dieser wiederum führte in lichteren Wald. Hier und da schimmerte die Fläche des Meeres durch das Laub, und die Sonne fiel auf ihre Körper und trocknete die Kleider, die sich in der brütenden Hitze des Dschungels voll Schweiß gesogen hatten. Schließlich war der Weg zum Gipfel nur mehr eine Kletterpartie über rote Felsen, kein dumpfes Dickicht mehr und kein Kriechen unter Schlingpflanzen. Die Jungen arbeiteten sich durch kleine Schluchten und über spitzkantiges Steingeröll vorwärts.

»Da! Da!«

Die Felstrümmer reckten ihre Türme und Kamine hoch über diesen Teil der Insel empor. Der eine, an den

Jack sich anlehnte, bewegte sich knirschend, als sie dagegendrückten.

»Auf los!«

Aber nicht ›auf los zum Gipfel‹.

Der konnte warten; der Felsturm hier wirkte wie eine Herausforderung. Der Brocken war so groß wie ein kleines Auto.

»Hau ruck!«

Vor, zurück, im gleichen Takt.

»Hau ruck!«

Lasst das Pendel stärker schwingen, stärker, stärker, stemmt die Schultern, stemmt hier oben, stemmt hier, wo der Schwung am größten, stärker –, stärker –

»Hau ruck!«

Jetzt blieb der Felsblock zögernd auf einer Kante wie auf Fußspitzen balancierend stehen, beschloss, nicht wieder zurückzuschwingen, kippte, stürzte, überschlug sich im Fallen, sauste mit dumpfem Gedröhn hernieder und riss ein großes Loch in das grüne Walddach. Vielfacher Widerhall, Vögel flogen auf, weißer und roter Staub dunstete empor, weiter unten erzitterte der Wald wie unter den wütenden Tritten eines Ungeheuers: Und alles war wieder still.

»Juhu!«

»Wie 'ne Bombe!«

»Rums!«

Fünf Minuten lang konnten sie sich nicht von ihrem Triumph losreißen. – Schließlich gingen sie weiter.

Der Anstieg zum Gipfel war jetzt leicht. Kurz vor der Bergspitze machte Ralph halt.

»Mensch!«

Sie standen am Rand einer halbkreisförmigen Ausbuchtung des Berghanges. In dieser Höhlung hatte eine blaue Blume, wohl eine Felspflanze, einen Blütenteppich gespannt, dessen überhängende Enden verschwenderisch bis auf die grüne Decke des Waldes hinabflossen. Myriaden von Schmetterlingen flogen auf, flatterten, ließen sich wieder nieder.

Jenseits der Ausbuchtung lag der breite Gipfel des Berges und bald hatten sie ihn erreicht.

Sie hatten geahnt, dass es eine Insel war. Als sie durch die roten Felsen kletterten, zur Linken wie zur Rechten das Meer, hoch über ihnen die kristallklare Luft, da hatte ihnen ihr Instinkt gesagt, dass sie ringsum von Wasser eingeschlossen waren. Aber sie hielten es für schicklicher, das letzte Wort erst auf dem Gipfel zu sprechen: Der Horizont in der ganzen Runde war die See.

Ralph drehte sich zu den andern um.

»Das gehört alles uns!«

Die Insel hatte etwa die Form eines Bootes: Das eine Ende, an dem sie standen, war gebuckelt und fiel in einem Wirrwarr von Felsen und Schlingpflanzen zur Küste ab. Auf beiden Seiten Felsen, Klippen, Baumwipfel und steile Abstürze; nach dem vorderen Teil des Bootes hin ein sanfter Hang, baumbewachsen, hier und da rot betupft; und dann die ebene Dschungelfläche, von dunklem Grün und in eine rote Spitze auslaufend. Da, wo die Insel allmählich ins Wasser überging, war eine andere Insel, ein Fels, fast frei stehend, wie eine Festung, die ihnen über das Grün hinweg ihre trotzige, rote Bastion zuwandte.

Die Jungen nahmen all dies in sich auf und blickten dann über das Meer. Sie standen hoch oben, und der Nachmittag war weit vorgeschritten; die Sicht war durch keine Spiegelung verzerrt.

»Ein Riff. Ein Korallenriff. Ich hab so was schon auf Bildern gesehen.«

Das Riff umschloss mehr als die Hälfte der Insel und zog sich in etwa einer Meile Entfernung parallel zu ›ihrem‹ Strand hin. Es war wie mit roten Linien auf das Meer gekritzelt, als habe sich ein Riese gebückt und versucht, die Form der Insel mit einem fließenden Kalkstrich nachzuahmen, bis er das Interesse daran verlor. Diesseits schimmerte das Wasser in allen Farben, mit Felsen und Seegewächsen, wie in einem Aquarium; jenseits war das dunkle Blau des Meeres. Die Flut war im Kommen, lange Schaumschwänze wuchsen vom Riff herüber, und für Sekunden glaubten sie zu spüren, wie das Boot langsam achteraus abtrieb.

Jack deutete hinunter.

»Da sind wir gelandet.«

Über Steilhänge und Klippen glitt ihr Blick zu einer klaffenden Lücke im Dschungel; da waren die zersplitterten Stämme und dann die Schleifspur, die bis auf einen schmalen Baumgürtel an das Meer heranreichte. Und dahinten ragte auch die Plattform in die Lagune hinaus, und sie sahen, wie in der Nähe Gestalten ameisengleich umherliefen.

Ralph beschrieb mit der Hand eine gewundene Linie, die von dem kahlen Plateau, auf dem sie standen, hinabführte über einen Hang, durch eine Schlucht, durch Blumen, bis zu dem Felsen, bei dem die Schneise begann.

»Das ist der kürzeste Rückweg.«

Ihre Augen glänzten, ihr Triumph überwältigte sie, und sie fühlten sich als Herrscher. Sie genossen den hohen Augenblick: waren Freunde.

»Kein Rauch von einem Dorf zu sehen, keine Boote«,

stellte Ralph fest. »Wir werden später mal genau nachsehen, aber ich glaub, die Insel ist unbewohnt.«

»Zu essen ist da«, rief Jack. »Und dann gehn wir auf
die Jagd und fangen uns was, bis wir abgeholt werden.«

Simon sah sie beide an, schwieg aber und nickte mit
dem Kopf, dass sein schwarzes Haar ihm abwechselnd in
die Augen und in den Nacken fiel: Sein Gesicht glühte.

Ralph blickte nach der anderen Seite hinab, wo die
Lücke im Riff war.

»Da ist's steiler«, sagte Jack.

Ralph machte eine Bewegung, als wollte er etwas her-
aufholen.

»Das Wäldchen da … da unten am Berg –«

In jedem Winkel, jeder Ausbuchtung des Berges standen Bäume – Blumen und Bäume. Jetzt bewegte sich der
Wald, rauschte und schwang. Über die Teppiche der Fels-
blumen in der Nähe strich die Brise und wehte den Jungen eine halbe Minute lang kühl in die heißen Gesichter.

Ralph breitete die Arme aus.

»Alles uns!«

Sie standen auf dem Berg und lachten und hüpften
und schrien.

»Ich hab Hunger.«

Als Simon dies sagte, spürten auch die andern, dass sie
hungrig waren.

»Auf, los«, sagte Ralph, »wir haben ja jetzt rausgefun-
den, was wir wissen wollten.«

Sie stiegen über Blumen hinab und bahnten sich ihren Weg unter Bäumen. Dann machten sie Halt und
musterten neugierig die Büsche ringsum.

Simon sprach als erster.

»Wie Kerzen. Kerzenbüsche. Kerzenknospen.«

Es waren dunkelgrüne, stark riechende Büsche mit vielen wachsgrünen Knospen, die sich gegen das Licht zusammengerollt hatten. Jack schlug nach einer mit seinem Messer, und eine Duftwolke strömte über sie hinweg.

»Kerzenknospen.«

»Sie sind aber nicht zum Anzünden«, sagte Ralph. »Sie sehen bloß so aus.«

»Grüne Knospen«, meinte Jack verächtlich, »nichts zum Essen. Auf, weiter!«

Sie waren noch nicht weit in den Wald eingedrungen und tappten auf müden Füßen einen Pfad entlang, als sie Geräusche hörten – Quieken – und harten Hufschlag auf festgetrampeltem Boden. Sie schritten weiter, das Quieken wurde immer lauter, schließlich hörte es sich wie Geheul an. Es war ein Ferkel, das sich in dem Schlingenteppich verfangen hatte und in höchster, wildester Angst an den elastischen Strängen zerrte. Sein Schrei war hell, nadelscharf, durchdringend. Die drei stürzten darauf zu, und Jack zog erneut schwungvoll sein Messer. Sein Arm reckte sich empor. Und dann ein Stocken, ein Stillstand – das Ferkel schrie weiter und riss an den Schlingen, und der erhobene Arm hielt immer noch die blitzende Klinge. Das Stocken dauerte gerade so lange, dass sie zu erkennen vermochten, welche Ungeheuerlichkeit der Stoß mit dem Messer bedeuten würde. Da riss sich das Ferkel los und verschwand eilends im Unterholz. Sie standen da und sahen einander an und starrten auf den Ort des Schreckens. Jacks Gesicht war weiß unter den Sommersprossen. Er merkte, dass er immer noch die Klinge hochhielt, ließ den Arm fallen und steckte das Messer in die Scheide. Dann lachten sie alle drei verlegen und kletterten zum Pfad zurück.

»Ich hab grad die richtige Stelle zum Zustoßen ausgesucht«, sagte Jack. »Ich hab nur den richtigen Augenblick abwarten wollen.«

»Ein Schwein muss man abstechen«, sagte Ralph hitzig. »Man sagt doch immer, ein Schwein muss abgestochen werden.«

»Man muss dem Schwein die Kehle durchschneiden und das Blut herauslaufen lassen«, sagte Jack, »sonst kann man das Fleisch nicht essen.«

»Warum hast du dann nicht –?«

Sie wussten die Antwort wohl: weil es etwas Ungeheuerliches ist, wenn ein Messer niederfährt in lebendes Fleisch – weil Blut unerträglich ist.

»Ich wollte ja grade«, sagte Jack. Er ging voraus, und sie konnten sein Gesicht nicht sehen. »Ich hab die richtige Stelle gesucht. Das nächste Mal –«

Er riss das Messer aus der Scheide und stieß es in einen Baumstamm. Das nächste Mal gab es kein Erbarmen. Er blickte sich herrisch um, als wolle er jedem Widerspruch Trotz bieten. Da traten sie aus dem Dickicht heraus ins Sonnenlicht, und für eine Weile lenkten sie die Früchte ab, die sie auf ihrem Weg die Schneise hinab zur Plattform und zum Versammlungsplatz hinunterschlangen.

Zweites Kapitel

FEUER AUF DEM BERG

Als Ralph das Muschelhorn sinken ließ, war die Plattform schon dicht besetzt. Es hatte sich einiges geändert seit der Versammlung am Morgen. Die Nachmittagssonne fiel von der entgegengesetzten Seite der Plattform ein, und die meisten, vom Schmerz des Sonnenbrandes zu spät gewarnt, hatten ihre Kleider angezogen. Der Chor war keine geschlossene Gruppe mehr, die Mäntel hatten sie beiseite gelegt.

Ralph hatte auf einem umgestürzten Stamm Platz genommen, mit der Linken zur Sonne. Zu seiner Rechten saß der größere Teil des Chors, auf der anderen Seite lagerten die Älteren, die sich vor der Evakuierung nicht gekannt hatten; vor ihm im Gras hockten die Kleinen.

Jetzt war es still. Ralph lehnte die Muschel an seine Knie, und eine plötzliche Brise huschte über die Plattform. Er wusste nicht, ob er aufstehen oder sitzen bleiben sollte. Er blickte nach links, wo der Tümpel war. Piggy saß in der Nähe, gab ihm aber keinen Wink.

Ralph räusperte sich.

»Also –«

Auf einmal wusste er, dass er reden und alles würde sagen können, was zu sagen war. Er fuhr sich mit der Hand durch das Haar und begann.

»Wir sind auf einer Insel. Wir sind auf dem Berg oben gewesen und haben ringsum Wasser gesehen. Häuser haben wir nicht gesehen, auch keinen Rauch, keine

Fußspuren, keine Boote, keine Menschen. Wir sind auf einer unbewohnten Insel, und außer uns ist niemand da.«

Jack fiel ihm in die Rede.

»Trotzdem, wir müssen eine Truppe haben – zum Jagen, für die Schweinejagd –«

»Ja, es gibt Schweine auf der Insel.«

Alle drei versuchten sie den andern einen Eindruck von dem zappelnden Stückchen rosafarbenen Lebens in den Schlingpflanzen zu vermitteln.

»Wir haben gesehen, wie –«

»Und es hat gequiekt –«

»– und dann ist es fortgerannt und –«

»Ich hab nicht mehr zustoßen können – aber – nächstes Mal –«

Jack jagte sein Messer in einen Stamm und blickte sich herausfordernd um.

Die Versammlung beruhigte sich wieder.

»Ihr seht also«, fuhr Ralph fort, »wir brauchen Jäger, damit wir Fleisch haben. Und noch was –«

Er hob die Muschel auf die Knie und ließ den Blick über die sonnenverbrannten Gesichter schweifen.

»Erwachsene sind keine da. Wir müssen uns also selbst um uns kümmern.«

Ein Summen ging durch die Versammlung und erstarb wieder.

»Und noch was: Es geht nicht, dass alle gleichzeitig reden. Wer was sagen will, hebt die Hand, wie in der Schule.«

Er hielt das Muschelhorn vors Gesicht und sah über das Mundstück hinweg.

»Dann kriegt er von mir das Muschelhorn.«

»Muschelhorn?«

»So heißt das Ding hier. Der Nächste kriegt jetzt die Muschel. Er kann sie halten, solange er spricht.«

»Aber –«

»Aber guck mal –«

»Und keiner darf ihn unterbrechen. Nur ich.«

Jack sprang auf.

»Und Vorschriften müssen wir erlassen«, rief er erregt, »'ne ganze Masse Vorschriften. Und wenn einer nicht pariert, dann –«

»Hinein!«

»Bumm!«

»Krach!«

»Auf ihn!«

Ralph fühlte, wie ihm jemand das Muschelhorn vom Schoß nahm. Piggy stand plötzlich mit der gelbweißen Muschel auf den Armen vor der Versammlung, und die Schreie verstummten. Jack hatte sich noch nicht wieder gesetzt und blickte unsicher zu Ralph hinüber, der lächelte und mit der Hand auf den Stamm klopfte. Jack hockte nieder.

Piggy nahm die Brille ab und blinzelte die Versammlung an, während er die Gläser an seinem Hemd abwischte.

»Ihr haltet Ralph ja bloß auf. Lasst ihn doch mal zur Hauptsache kommen.«

Er machte eine wirkungsvolle Pause.

»Wer weiß, dass wir hier sind, was meint ihr?«

»Die auf'm Flugplatz haben's gewusst.«

»Der Mann mit dem Trompetendings –«

»Mein Papa.«

Piggy setzte die Brille auf.

»Niemand weiß, wo wir sind«, sagte Piggy. Er war ganz bleich und atmete schwer. »Vielleicht haben die gewusst, wo wir hingesollt haben. Aber wo wir sind, wissen die nicht, weil wir gar nicht bis dahin gekommen sind.« Er starrte die Versammlung an, sein Mund stand offen; er schwankte; endlich setzte er sich hin. Ralph nahm ihm die Muschel aus den Händen.

»Davon hab ich grad sprechen wollen«, fuhr er fort, »da seid ihr alle …« Er blickte in ihre angespannten Gesichter. »Das Flugzeug ist in Brand geschossen worden. Keiner weiß, wo wir sind. Wir müssen vielleicht lange hier bleiben.«

Die Stille war so vollkommen, dass man Piggys keuchenden Atem hörte. Die schräg einfallende Sonne tauchte die Plattform zur Hälfte in goldenes Licht. Auf der Lagune spielten die Kräuselwellen einer Brise Nachlauf, und bald darauf wehte ein kühler Hauch über die Plattform und in den Wald.

Ralph strich das wirre Blondhaar zurück, das ihm in die Stirn hing.

»Es kann also ziemlich lang dauern.«

Keiner sagte ein Wort. Sein Gesicht verzog sich zu einem Grinsen.

»Aber die Insel ist in Ordnung. Wir sind den Berg rauf, Jack, Simon und ich. Einfach prima. Alles da, zu essen, zu trinken, und –«

»Felsen –«

»Und blaue Blumen.«

Piggy atmete ruhiger und wies auf das Muschelhorn in Ralphs Armen, und Jack und Simon verstummten. Ralph fuhr fort: »Bis wir geholt werden, wird das ganz groß hier auf der Insel.«

Er fuchtelte mit den Armen.

»Das ist hier wie in so'ner Abenteuergeschichte.«

Schon schrien sie durcheinander.

»Wie auf der Schatzinsel –«

»Kennt ihr ›Schwalben und Amazonen‹?«

»Oder die ›Koralleninsel‹?«

Ralph schwang das Muschelhorn.

»Die Insel gehört uns. Sie ist prima. Mensch, bis die uns holen, das gibt so'n Ding!«

Jack griff nach der Muschel.

»Und Schweine gibt's«, sagte er. »Und zu essen, und baden kann man in dem Bach dahinten – alles da. Hat einer sonst noch was entdeckt?«

Die Älteren wurden auf den Kleinen erst aufmerksam, als er sich wehrte. Ein paar Gleichaltrige suchten ihn vorzuzerren, aber er wollte nicht. Er war ein Knirps von etwa sechs Jahren; seine eine Gesichtshälfte war durch ein maulbeerfarbenes Muttermal verunstaltet. So stand er nun verlegen und ängstlich geduckt im grellen Licht der Öffentlichkeit und bohrte mit der Zehe im rauen Gras. Er murmelte etwas mit weinerlicher Stimme.

Die andern Kleinen flüsterten ernsthaft miteinander und schoben ihn nach vorn.

»Also los«, sagte Ralph, »komm schon!«

Der Kleine blickte sich Hilfe suchend um.

»Auf, schieß los!«

Der Kleine wollte nach der Muschel greifen, und die ganze Versammlung lachte schallend; sofort zog er seine Hand zurück und begann zu weinen.

»Lasst ihn doch die Muschel halten«!, rief Ralph. »Er soll sie ruhig haben!«

Schließlich erreichte Ralph, dass er die Muschel

nahm, aber was der Kleine sagte, ging im dröhnenden Gelächter unter. Piggy kniete neben ihm, eine Hand auf der großen Muschel, hörte angestrengt hin und verkündete, was der Kleine wollte.

»Er will wissen, was wir mit dem Schlangendings machen wollen.«

Ralph lachte, und die andern lachten ebenfalls. Der Junge machte sich noch kleiner.

»Erzähl uns mal was von dem Schlangendings.«

»Es wär' ein wildes Tier, hat er eben gesagt.«

»Ein wildes Tier?«

»So wie 'ne Schlange. Ganz lang. Er hat's gesehen.«

»Wo?«

»Im Wald.«

Es wurde auf einmal kühl unter den Palmen, vielleicht kam es vom sanften Abendwind, vielleicht war es, weil die Sonne tiefer und tiefer sank. Die Jungen erschauerten und wurden unruhig.

»Ein wildes Tier, eine Schlange? Dazu ist die Insel ja viel zu klein«, erklärte Ralph nachsichtig. »Die gibt's nur in großen Ländern, in Afrika oder in Indien.«

Gemurmel; Köpfe nickten gewichtig.

»Er sagt, das wilde Tier wär' im Dunkeln gekommen.«

»Dann hätt' er's ja gar nicht sehen können.«

Lachen und Gejubel.

»Habt ihr das gehört? Im Dunkeln hat er's gesehen, sagt er.«

»Er sagt, er hat's wirklich gesehen. Es ist herangekommen und ist wieder fort und wieder gekommen und hat ihn fressen wollen –«

»Das hat er geträumt.«

Es wurde gelacht; Ralph blickte in die Runde: War es

nicht so? Die Älteren nickten; aber unter den Kleinen keimte jene Unsicherheit auf, gegen die Vernunftsgründe nichts auszurichten vermögen.

»Das ist ja alles Einbildung, ein Albtraum; er hat wohl vor den vielen Schlingpflanzen Angst gekriegt.«

Noch mehr Köpfe nickten gewichtig; sie wussten, was das war, ein Albtraum.

»Er sagt, er hat das Tier gesehen, die Schlange da, und ob's heut Nacht wiederkommt?«

»Aber es gibt doch gar kein wildes Tier!«

»Er sagt, heut morgen hat sich's in so'n Schlingzeug am Baum verwandelt, was wie'n Seil aussieht, und dann hat sich's über die Zweige gehängt. Und ob's heut Nacht wiederkommt, will er wissen.«

»Aber es gibt doch überhaupt kein wildes Tier!«

Jetzt lachte niemand mehr, und die Gesichter blickten noch ernster. Ralph fuhr sich mit beiden Händen durchs Haar und sah halb belustigt, halb aufgebracht, den Kleinen an. Jack ergriff die Muschel.

»Ralph hat Recht, das ist doch klar. Es gibt keine Schlange. Und wenn, dann würden wir sie jagen und töten. Wir jagen auch Schweine, damit wir Fleisch haben. Und da gucken wir auch mal nach der Schlange –«

»Aber es gibt doch gar keine!«

»Wir sehen mal nach, wenn wir auf Jagd gehen.«

Ralph war ärgerlich und vorerst überstimmt. Er fühlte, dass er gegen etwas Unfassbares ankämpfte. Aus den Augen, die ihm gespannt entgegenstarrten, war jede Fröhlichkeit gewichen.

»Aber es gibt doch gar kein wildes Tier!«

Eine unbestimmte Kraft stieg in ihm auf und zwang ihn, laut und deutlich auf seiner Ansicht zu beharren.

»Aber wenn ich doch sag, es gibt kein wildes Tier!«

Die Versammlung schwieg.

Ralph hob die Muschel erneut empor, und er wurde wieder frohen Mutes, als er an den nächsten Punkt seiner Rede dachte.

»Und jetzt kommt die Hauptsache. Ich hab lang darüber nachgedacht, auch als wir auf den Berg rauf sind.« Er warf den andern beiden einen verschmitzten Verschwörerblick zu. »Und auch eben noch hier. Also Folgendes: Es soll ganz groß werden hier. Und wir wollen auch wieder von der Insel weg.«

Die Versammlung stimmte begeistert zu, der Lärm schlug über ihm zusammen, und er verlor den Faden. Er versank wieder in Nachdenken.

»Wir wollen gerettet werden, und wir werden auch gerettet.«

Stimmen schwirrten. Die einfache Behauptung, von keinem Beweis, aber von Ralphs junger Autorität gestützt, machte sie froh und glücklich. Er musste die Muschel schwingen, bis man ihm Gehör schenkte.

»Mein Vater ist bei der Kriegsmarine. Er hat immer gesagt, es gibt keine unbekannten Inseln mehr. Die Königin hätte ein großes Zimmer voll Karten, und da wären alle Inseln drauf. Die Königin muss also auch wissen, dass hier eine Insel ist.«

Erneute begeisterte Rufe. Man war nicht mehr so mutlos.

»Und früher oder später muss ein Schiff kommen. Vielleicht sogar das von meinem Vater. Also früher oder später kommen wir hier raus.«

Ralph hielt inne nach dieser Feststellung. Seine Worte wiegten die Versammlung in Sicherheit. Sie mochten ihn gern, aber jetzt respektierten sie ihn sogar. Spontaner Beifall dröhnte über die ganze Plattform. Ralph errötete und blickte zur Seite und sah grenzenlose Bewunderung in Piggys Augen, und da drüben saß Jack und schmunzelte und zeigte, dass auch er klatschen konnte.

Ralph schwenkte das Muschelhorn.

»Ruhe! Hört erst mal her!«

Er sprach in die Stille hinein, und sein Triumph trug ihn empor.

»Noch etwas. Wir können ihnen den Weg zeigen. Vielleicht fährt ein Schiff an der Insel vorbei und sieht uns nicht. Deshalb müssen wir oben auf dem Berg Rauch machen. Wir müssen ein Feuer anstecken.«

»Ein Feuer! Ein Feuer machen!«

Die halbe Versammlung sprang auf. Jack schrie über sie hinweg, das Muschelhorn war vergessen.

»Auf! Mir nach!«

Die Palmenterrasse hallte wider vom Lärm der Stimmen und des Aufbruchs. Ralph war auch aufgesprungen und gebot Ruhe, aber niemand hörte auf sein Schreien. Alles strömte der Insel zu und zog davon – Jack hinterdrein. Sogar die Kleinsten gingen mit und kletterten voll Eifer durch das Dickicht. Ralph umklammerte die Muschel, nur Piggy war bei ihm geblieben.

Piggys Atem ging wieder normal.

»Wie die kleinen Kinder!«, sagte er voller Verachtung. »Wie'n Haufen kleiner Kinder!«

Ralph sah ihn unsicher an und legte das Muschelhorn auf einen Baumstamm.

»Ich wette, es ist längst fünf Uhr vorbei«, sagte Piggy. »Was bilden die sich bloß ein, was sie da oben machen wollen!«

Er streichelte respektvoll die Muschel, hielt plötzlich inne und blickte auf.

»Ralph! He! Wo gehst du hin?«

Ralph kletterte schon über die ersten Baumstämme der Schneise. Weit vor ihm im Wald knackte und lachte es.

Piggy sah ihm ärgerlich nach.

»Wie die kleinen Kinder –«

Er seufzte, bückte sich und band seine Schuhe. Der Lärm der dahinziehenden Schar verlor sich langsam den Berg hinauf. Da ergriff er mit der Märtyrermiene eines Vaters, der mit dem unverständigen Tollen seiner Kinder Schritt halten muss, das Muschelhorn, ging auf den Wald zu und stieg die zersplitterte Schneise entlang.

Unterhalb des Gipfels, auf der anderen Seite des Berges, war ein Waldstück. Wieder ertappte sich Ralph bei der ausholenden Bewegung.

»Da unten gibt's so viel Holz, wie wir wollen.«

Jack nickte und zog an seiner Unterlippe. Etwa hundert Fuß unter ihnen an dem steilen Abfall des Berges begann das Waldstück, als sei es eigens dazu bestimmt, Brennmaterial zu liefern. Die Bäume, von der feuchten Hitze hochgetrieben, fanden zu wenig Boden, um auswachsen zu können, sie stürzten zeitig um, den Schlingpflanzen in die Arme, und starben ab. Neue Schößlinge strebten ans Licht.

Jack wandte sich der Chorgruppe zu, die in Bereitschaft stand. Ihre schwarzen Paradekappen hatten sie wie Mützen keck aufs eine Ohr gerückt.

»Wir machen einen Holzstoß. Auf, ran!«

Sie stiegen an der günstigsten Stelle hinunter und

zerrten an dem toten Holz. Auch die Kleinsten hatten inzwischen den Gipfel erklommen und kamen heruntergerutscht. Alle, außer Piggy, waren emsig tätig. Das Holz war zumeist so morsch, dass nur ein Regen von Bruchstücken, Holzläusen und Abfall übrig blieb, wenn man daran zog; aber der eine oder andere Stamm ließ sich unversehrt herauslösen. Die Zwillinge, Sam und Eric, waren die Ersten, die einen größeren Stamm zu fassen bekamen, aber sie mussten warten, bis Ralph, Jack, Simon, Roger und Maurice anpacken konnten. Dann zogen sie das unförmige Monstrum zentimeterweise den Felsen hinauf und kippten es oben auf die Gipfelplatte. Jede Gruppe, die zusammenarbeitete, fügte ihren Teil hinzu, die eine mehr, die andere weniger, und der Stoß wuchs. Als Ralph wieder unten war, traf es sich, dass er allein mit Jack einen Ast trug, und sie lachten einander an unter der gemeinsamen Bürde. Kühler Hauch umspielte den hohen Berg, die Sonne fiel schräg hernieder, man rief und schrie, und wieder umstrahlte sie jener Zauber, jenes seltsame, unsichtbare Licht der Freundschaft, des Abenteuers, des Glücks.

»Fast zu schwer.«

»Nicht für uns beide.«

Die gleiche Last vereinte ihre Kräfte, und zusammen schwankten sie die letzten Schritte den Berg hinan. Zusammen riefen sie eins! zwei! drei! und warfen das Holz auf den großen Stoß. Dann traten sie zurück und lachten vor stolzer Freude, sodass Ralph sogleich seinen Kopfstand machen musste. Einige waren noch unten im Holz, von den Kleineren hatten aber schon mehrere die Lust verloren und suchten in dem neuen Wald nach Früchten. Die Zwillinge bewiesen unvermutete Findigkeit und kamen den Berg herauf mit trockenem Laub auf den Armen, das sie neben dem Holzstoß niederwarfen. Einer nach dem anderen ließen die Jungen vom Holzsuchen ab, sie hatten das Gefühl, der Stoß sei fertig, und stellten sich im roten Felsenmeer des Gipfels auf. Ihr Atem ging jetzt gleichmäßig, und der Schweiß trocknete.

Ralph und Jack sahen einander an, während alles gebannt herumstand. Schmachvolle Erkenntnis dämmerte, und sie wussten nicht, wie sie es sich eingestehen sollten. Zuerst sprach Ralph, sein Gesicht war dunkelrot.

»Willst du –?«

Er räusperte sich und fuhr fort: »Willst du den Stoß anzünden?«

Das Lächerliche ihrer Lage war ausgesprochen, und jetzt errötete auch Jack. Seine Worte klangen unsicher.

»Man nimmt zwei Stöcke – Man reibt –«

Er sah Ralph an, der mit dem Eingeständnis völligen Unvermögens herausplatzte.

»Hat einer Streichhölzer?«

»Man muss einen Bogen machen und den Pfeil so herumdrehen«, sagte Roger. Er rieb veranschaulichend die Hände.

»Psss. Psss.«

Ein Lufthauch zog über den Berg. Mit ihm kam Piggy, in Hemd und Hose, vorsichtig aus dem Wald geklettert, und die Abendsonne glänzte auf seinen Brillengläsern. Unterm Arm trug er das Muschelhorn.

Ralph rief ihn an.

»Piggy! Hast du Streichhölzer?«

Die andern fielen in den Ruf ein, dass der Berg widerhallte. Piggy schüttelte den Kopf und trat zum Holzstoß.

»Na, das ist ja'n doller Haufen, was?«

Jack deutete plötzlich auf Piggy.

»Seine Brille! Die nehmen wir als Brennglas!«

Piggy war umringt, bevor er zurückweichen konnte.

»Ihr Idioten! Lasst mich gehen!« Er schrie angsterfüllt, als Jack ihm die Brille herunterriss. »Mensch, mach
kein' Unsinn! Gib mir die Brille wieder! Ich seh ja fast
nichts! Vorsicht, die Muschel geht kaputt!«

Ralph drängte ihn zur Seite und kniete neben dem
Holzstoß nieder.

»Geht aus dem Licht!«

Geschiebe und Gestoße und geschäftiges Geschrei.
Ralph hob und senkte die Brille und bewegte sie hin und
her, bis ein glänzendes Abbild der untergehenden Sonne
auf einem morschen Holzstückchen zu sehen war. Gleich
stieg ein Rauchfaden hoch, und Ralph musste husten.
Auch Jack kniete und blies vorsichtig; da zog der Rauch
zur Seite ab, wurde dicker, und ein Flämmchen züngelte
empor. Zuerst sah man die Flamme kaum im hellen Sonnenlicht, dann erfasste sie einen Zweig, wuchs, nahm
kräftigere Farbe an und griff nach einem Ast, der mit
zischendem Knall zersprang. Die Flamme leckte höher,
und die Jungen brachen in Jubelrufe aus.

»Meine Brille!«, schrie Piggy. »Ich will meine Brille!«

Ralph trat von dem Stoß zurück und legte die Brille
in Piggys tastende Hand. Sein Schreien ging in Murmeln über.

»Nichts wie Flecke. Ich seh nicht mal die Hand vor
Augen –«

Die Jungen tanzten vor Freude. Das Holz war so
morsch und zundertrocken, dass sich ganze Stämme wie
wild dem gelben Geloder ergaben, das nun aufwehte zu

einem zwanzig Fuß hohen Flammenbart. In meterweitem Umkreis stand die Hitze wie eine Wand, und der Lufthauch zog eine Funkenschlange mit sich. Stämme zerkrümelten zu weißem Staub.

Ralph schrie.

»Mehr Holz! Alles noch mehr Holz holen!«

Es wurde ein Rennen mit dem Feuer, und die Jungen stürzten in den oberen Wald. Jeder dachte nur daran, dass eine sichtbare Flammenfahne auf dem Berg wehen müsse. Wenn die Früchte sie nicht weglockten, brachten sogar die Kleinen Holzstückchen an und warfen sie in das Feuer. Die Luft geriet in stärkere Bewegung, ein leichter Wind kam auf; man konnte deutlich feststellen, welche Richtung er nahm. Auf der einen Seite war die Luft kühl, auf der anderen schlug das Feuer mit wilder Hitze hoch, die im Nu das Haar versengte.

Einige fühlten den Abendwind auf ihren verschwitzten Gesichtern und ließen die Kühle in sich eindringen und merkten, dass sie erschöpft waren. Sie warfen sich in den Schatten neben den Felsbrocken nieder. Der Flammenbart schrumpfte schnell ein; dann fiel der Stoß mit einem leisen, aschigen Laut in sich zusammen und trieb einen ganzen Funkenbaum empor, der sich zur Seite neigte und mit dem Wind davonschwamm. Die Jungen waren außer Atem und legten sich hin.

Ralph hob den Kopf und stützte sich auf.

»Das hat nichts getaugt.«

Roger spuckte in die heiße Glut, dass es zischte.

»Wie meinst du das?«

»Es hat keinen Rauch gegeben, nur Flammen.«

Piggy hockte in einem Winkel zwischen zwei Felsen, mit dem Muschelhorn auf den Knien.

»Das Feuer hat überhaupt keinen Zweck gehabt«, sagte er. »So'n großes Feuer unterhalten, das geht gar nicht. Da können wir uns noch so anstrengen.«

»Ja, grad du«, sagte Jack verächtlich, »du hast ja nur rumgesessen.«

»Er hat die Brille gehabt«, meinte Simon und rieb mit dem Arm über eine schmutzige Backe, »das ist auch etwas.«

»Ich hab die Muschel!«, rief Piggy aufgebracht. »Ich bin jetzt dran!«

»Hier oben auf dem Berg gilt die Muschel nicht«, sagte Jack, »halt gefälligst die Klappe!«

»Ich hab die Muschel!«

»Grüne Zweige drauf«, riet Maurice, »dann gibt's Rauch.«

»Ich hab die Muschel –!«

Jack drehte sich wütend um. »Halt's Maul!«

Piggy schwieg gedrückt. Ralph nahm ihm die Muschel ab und blickte über die ganze Gruppe.

»Wir müssen welche einteilen, die nach dem Feuer sehen. Jeden Tag kann ein Schiff kommen« – er wies auf den drahtdünnen Bogen des Horizonts – »und wenn die Rauch sehen, dann kommen sie und holen uns. Und noch was: Wir müssen mehr auf Ordnung halten. Wo die Muschel ist, da ist Versammlung. Hier oben oder unten, ganz gleich.«

Man stimmte zu.

Piggy wollte noch etwas sagen, fing aber einen Blick von Jack auf und machte den Mund wieder zu. Jack griff nach dem Muschelhorn, stand auf und hielt die zerbrechliche Schale in seinen rußigen Händen.

»Ralph hat völlig Recht. Wir brauchen mehr Ordnung

und müssen sie einhalten. Schließlich sind wir keine Wilden. Wir sind Engländer, und die Engländer machen immer alles am besten. Wir müssen also immer das Richtige tun.«

Er wandte sich an Ralph.

»Ralph – ich teile den Chor ein – vielmehr meine Jäger – in einzelne Gruppen, und wir sorgen dafür, dass das Feuer nicht ausgeht –«

Die Jungen beklatschten dieses großzügige Angebot, und Jack blickte selbstgefällig in die Runde. Dann gebot er mit der Muschel Ruhe.

»Wir lassen das Feuer jetzt runterbrennen. Nachts sieht ja doch niemand den Rauch, oder? Morgen stecken wir's wieder an, wann wir wollen. Diese Woche ist der Alt dran mit dem Feuer; nächste Woche der Sopran –«

Die Versammlung nickte ernsthaft.

»Und wir besetzen auch einen Ausguck. Wenn da'n Schiff kommt« – ihre Augen folgten der Richtung, die sein hagerer Arm wies – »dann legen wir grüne Zweige drauf. Dann gibt's mehr Rauch.«

Sie blickten angespannt nach der dunkelblauen Linie des Horizonts, als hätte dort jeden Augenblick eine kleine Silhouette auftauchen können.

Wie ein Tropfen brennenden Goldes glühte im Westen die Sonne und rückte der Schwelle der Welt immer näher. Es wurde Abend, sie spürten es plötzlich, und Abend hieß: kein Licht mehr, keine Wärme.

Roger nahm die Muschel und blickte düster auf die Versammlung.

»Ich hab Ausschau gehalten. Keine Spur von einem Schiff zu sehen. Vielleicht werden wir nie gerettet.«

Gemurmel, das wieder verebbte. Ralph nahm die

Muschel an sich. »Wir kommen hier schon raus, wie ich gesagt hab. Wir müssen nur abwarten.«

Piggy griff entschlossen nach der Muschel.

»Das hab ich die ganze Zeit gesagt«, rief er ungehalten. »Ich hab das mit der Versammlung vorgeschlagen und alles, und dann heißt's immer ›Halt die Klappe‹ –«

Er geriet in den jammernden Tonfall entrüsteter Gegenbeschuldigung.

Die Menge wurde unruhig und versuchte, ihn niederzuschreien.

»Ein kleines Feuer hat's geheißen, und dann geht ihr her und macht den Mordsheuschober da. Wenn ich was sage«, schrie Piggy, erbittert der Wahrheit folgend, »heißt's gleich ›Halt's Maul‹; aber wenn Jack oder Maurice oder Simon –«

Gelärm; er hielt inne, und sein Blick glitt über sie hinweg die ungastliche Seite des Berges hinab zu der Stelle, wo sie das trockene Holz gefunden hatten. Dann lachte er so sonderbar, dass der Lärm verstummte und alles befremdet auf seine funkelnden Brillengläser starrte.

Sie folgten seinem Blick, um den Grund des höhnischen Gelächters herauszufinden.

»Da habt ihr euer kleines Feuer!«

An einzelnen Stellen stieg zwischen den Schlingpflanzen, die die absterbenden Bäume umrankten, Rauch auf. Sie sahen, wie eine Flamme unten an einem Büschel leckte und der Rauch sich verdichtete. Flämmchen zuckten über einen Stamm und krochen durch Laub und Bruchholz weiter, teilten sich, wuchsen. Eines eilte auf einen Baum zu und kletterte wie ein glühendes Eichhörnchen den Stamm hinauf. Der Rauch wurde dicker, zerfloss und entrollte sich in Schwaden. Das Eichhörnchen sprang auf Windesflügeln den nächsten Baum an und fraß sich nach unten weiter. Unter der dunklen Decke aus Rauch und Laub ergriff das Feuer den Wald und begann zu nagen. Fetzen schwarzen und gelben Rauchs zogen stetig meerwärts. Beim Anblick der Flammen und des unwiderstehlichen Ansturms des Feuers stießen die Jungen schrille, erregte Freudenschreie aus. Wildes Leben schien die Flammen zu beseelen, mit dem Bauch am Boden wie Jaguare krochen sie auf die Reihe birkenblättriger Schößlinge zu, die eine Ausbeulung der roten Felsen befiederten. Sie schlugen nach dem ersten der Stämmchen, und in Sekundenschnelle hatte es feuriges Laub. Der Kern der Flamme sprang hurtig in die Lücke zwischen den Bäumchen und loderte tänzelnd die ganze Reihe entlang. Die Jungen hüpften vor Begeisterung; unter ihnen tobte eine Quadratmeile Wald in Rauch und Flammen. Das vielstimmige Lärmen des Feuers floss zusammen zu einem dumpfen Trommeln; der Berg schien zu erzittern.

»Da habt ihr euer kleines Feuer!«

Mit Schrecken sah Ralph, dass die Jungen in Schweigen erstarrten; Furcht begann sie zu packen, Angst vor den entfesselten Gewalten da unten. Diese Feststellung und die Angst machten ihn wild.

»Ach halt's Maul!«

»Ich hab die Muschel«, sagte Piggy verletzt, »ich darf reden.«

Sie sahen ihn aus lustlosen Augen an und lauschten dem Grollen des Feuers. Piggy blickte unruhig in die Flammenhölle und umklammerte das Muschelhorn.

»Das muss jetzt erst runterbrennen. Und das war unser Brennholz!« Er fuhr sich mit der Zunge über die Lippen. »Da ist nichts mehr zu machen. Wir müssen's nächste Mal vorsichtiger sein. Ich hab Angst, dass –«

Jack riss sich vom Anblick des Feuers los.

»Bah! Fatty! Du hast immer Angst.«

»Ich hab die Muschel«, sagte Piggy scharf. Er sprach zu Ralph gewandt. »Ralph, ich hab die Muschel, oder?«

Ralph löste unwillig den Blick von dem großartig-schrecklichen Schauspiel.

»Was ist?«

»Ich hab das Muschelhorn. Ich rede jetzt.«

Die Zwillinge kicherten miteinander.

»Wir haben doch Rauch haben wollen –«

»Jetzt hört doch mal her –«

Ein meilenlanges Leichentuch schwebte von der Insel aufs Meer hinaus. Alle außer Piggy begannen zu kichern; auf einmal lachten sie schreiend heraus.

Piggy verlor die Geduld.

»Ich hab die Muschel! Jetzt hört mal zu! Als Erstes hätten wir Schutzhütten oder so was bauen müssen unten am Strand. Es war in der Nacht ziemlich kalt da unten. Aber Ralph braucht bloß was von Feuer zu sagen, da tobt alles und rennt hier rauf. Wie 'ne Rasselbande!«

Jetzt lauschten sie seinem Worterguss.

»Meint ihr, ihr werdet gerettet, wenn ihr nicht alles der Reihe nach macht, wie's sich gehört?«

Er setzte die Brille ab und wollte das Muschelhorn niederlegen; aber als er sah, dass fast alle Älteren danach griffen, nahm er es schnell unter den Arm und lehnte sich zurück an einen Felsen.

»Dann macht ihr hier ein blödsinniges Freudenfeuer und geht her und steckt die ganze Insel an. Dann stehen wir dumm da, wenn die ganze Insel abbrennt. Dörrobst gibt's dann zu essen, und Schweinebraten. Und das ist nicht zum Lachen! Ihr habt gesagt, Ralph soll Anführer sein, und ihr lasst ihn nicht mal überlegen. Kaum sagt er was, schon rast ihr fort wie, wie –«

Er musste Luft holen, und das Feuer grollte sie drohend an.

»Aber es geht noch weiter. Die Kleinen da, die Knirpse, wer hat auf die aufgepasst? Wer weiß überhaupt, wie viel's sind?«

Ralph trat plötzlich vor.

»Das war deine Sache. Du hast eine Liste machen sollen!«

»Das ging ja gar nicht!«, rief Piggy aufgebracht. »Ich war ja ganz allein. Die haben kaum zwei Minuten stillgehalten, dann rein ins Wasser, ab in den Wald, die einen hierhin, die andern dorthin. Ich hab mich nicht mehr ausgekannt.«

Ralph fuhr sich mit der Zunge über die blassen Lippen.

»Du weißt also nicht, wie viel jetzt hier sein müssten?«

»Nein. Die sind mir doch dauernd wie die Ameisen fortgekrabbelt. Und als ihr drei zurückgekommen seid, und du hast was von Feuermachen gesagt, da sind sie alle fort, ich bin ja gar nicht dazu gekommen –«

»Gut jetzt!«, sagte Ralph scharf. Er nahm das Muschelhorn wieder an sich. »Wenn du's nicht weißt, dann weißt du's halt nicht.«

»– und jetzt geht ihr her und klaut meine Brille –«

»Halt die Klappe!«, fuhr Jack ihn an.

»– und die Kleinen sind da unten rumgekrochen, wo's jetzt brennt. Vielleicht sind immer noch welche unten.«

Piggy stand auf und deutete in den Rauch und in die Flammen. Ein Murmeln lief durch die Reihen und verklang. Mit Piggy ging etwas Seltsames vor, denn er schnappte nach Luft.

»Der Knirps da«, keuchte er, »der mit dem Muttermal im Gesicht, wo ist denn der? Ich kann ihn nicht entdecken.«

Die Menge schwieg totenstill.

»Der mit den Schlangen. Der war doch da unten –«

In dem Brand krachte ein Baum wie eine Granate auseinander. Gesträng gemarterter Schlingpflanzen trat für einen Augenblick ins Blickfeld und fiel wieder nieder. Die Kleinen schrien vor Entsetzen auf.

»Schlangen! Schlangen! Da, die Schlangen!«

Im Westen, von keinem beachtet, lugte die Sonne nur noch zwei, drei Zentimeter über den Meeresspiegel. Rötlicher Schein fiel von unten auf ihre Gesichter. Piggy taumelte gegen einen Felsen und krallte beide Hände in den Stein.

»Der Kleine mit dem – Mal im – Gesicht – weiß einer, wo – der ist? Ich kann ihn nirgends entdecken.«

Die Jungen sahen einander ängstlich, ungläubig an.

»– wo ist der denn jetzt?«

Die Antwort gab Ralph. Er murmelte, als schäme er sich.

»Vielleicht ist er zurück zum, zum –«

Unter ihnen, auf der ungastlichen Seite des Berges, ging das Grollen fort.

Drittes Kapitel

HÜTTEN AM STRAND

Jack kniete am Boden. Er kauerte wie ein Schnellläufer, mit der Nase dicht über der feuchten Erde. Die Stämme mit ihren Schlingengirlanden verloren sich dreißig Fuß hoch über ihm im grünen Dämmer; und ringsum war Dickicht. Die Fährte war hier kaum zu erkennen; ein geknickter Zweig und so etwas wie ein halber Hufabdruck. Er beugte sich noch tiefer und starrte auf die Spuren, als wolle er sie zwingen, zu ihm zu sprechen. Dann kroch er mühsam, aber unbeirrt auf allen vieren wie ein Hund weiter. Nach fünf Metern hielt er an. Die Schlingpflanzen wanden sich hier zu einer Schleife, von einem Knoten hing eine junge Ranke herab. Die Ranke war auf der Unterseite blank gescheuert: Schweine, die durch die Schleife wechselten, streiften mit ihrer Borstenhaut darüber.

Jack duckte sich und nahm diesen Anhaltspunkt in Augenschein, dann starrte er nach vorn in das Halbdunkel des Dickichts. Sein sandfarbenes Haar war beträchtlich gewachsen, seit sie angekommen waren, und schimmerte heller; sein Rücken war voller Sommersprossen und sonnenverbrannter Stellen, an denen sich die Haut schälte. Mit der Rechten umklammerte er einen zugespitzten etwa fünf Fuß langen Stock; bis auf die von seinem Dolchgürtel zusammengehaltenen Shorts war er nackt. Er schloss die Augen, hob den Kopf und atmete mit bebenden Nasenflügeln langsam den warmen Luftstrom ein, der ihm Witterung bringen mochte. Der Wald und er verharrten schweigend.

Endlich ließ er den Atem langsam ausströmen und schlug die Augen auf – leuchtend blaue Augen, die jetzt vor Enttäuschung mit irrem Glanz aus den Höhlen traten. Er fuhr sich mit der Zunge über die trockenen Lippen und durchforschte das verschlossene Antlitz des Waldes. Dann schlich er weiter hierhin und dorthin am Boden entlang.

Das Schweigen des Waldes drückte mehr als die Hitze, und um diese Tageszeit hörte man nicht einmal das Summen der Insekten. Nur als Jack einen bunten Vogel von seinem primitiven Reisignest aufscheuchte, wurde die Stille aufgerissen vom vielfältigen Echo eines schrillen Schreis, der aus dem Abgrund der Jahrhunderte heraufzukommen schien. Jack fuhr bei diesem Schrei zurück und hielt erschreckt die Luft an; und während eines langen Augenblicks war er weniger ein Jäger als ein verfolgtes Wesen, das affengleich im Gewirr der Bäume kauerte. Dann dachte er wieder an die Fährte und seine verzweifelte Suche, und seine Blicke hingen gierig am Boden. An einem dicken Baum, auf dessen grauem Stamm bleiche Blumen wuchsen, schloss er wieder die Augen und sog die warme Luft ein; dieses Mal stieß er den Atem schnell wieder aus, er erblasste sogar, und dann schoss ihm wieder das Blut ins Gesicht. Er glitt wie ein Schatten in das Dunkel eines Baumes, kauerte nieder und blickte auf den zertrampelten Boden zu seinen Füßen.

Die Losung war warm, sie lag in Häufchen zwischen aufgewühlter Erde. Olivgrün, glatt; und es dampfte ein wenig. Jack sah auf und starrte in die unergründliche Tiefe der Schlingpflanzen über der Fährte. Dann hob er seinen Speer und glitt weiter. Hinter der Schlingenwand traf die Fährte auf einen Schweinesteig, der ein richtiger ausgetretener Pfad war. Vertraute Spuren hatten den Boden festgetrampelt, und als Jack sich aufreckte, hörte er, wie sich etwas darauf fortbewegte. Er holte weit aus und schleuderte den Speer mit aller Kraft. Vom Schweinesteig kam das schnelle, harte Hufgeklapper, wie Kastagnetten, verführerisch, aufreizend – die Hoffnung auf Fleisch. Er brach aus dem Dickicht und hob mit einem Satz seinen Speer auf. Das Trappeln der Schweinehufe verlor sich in der Ferne.

Jack stand da, schweißüberströmt, befleckt von Streifen brauner Erde und all den Spuren eines langen Jagdtages. Fluchend ließ er von der Fährte ab, und dann zwängte er sich durch das Unterholz, bis der Wald lichter wurde und an die Stelle der kahlen Stämme, die das dunkle Dach trugen, hellgraue Stämme traten mit Kronen aus Palmfedern. Dahinter schimmerte das Meer, und jetzt hörte er Stimmen.

Ralph stand neben einem Ungetüm aus Palmstämmen und Blättern, einem notdürftigen Unterschlupf gegenüber der Lagune, und das Ganze schien jeden Augenblick einstürzen zu wollen. Er hörte nicht, dass Jack etwas sagte.

»Wasser da?«

Ralph blickte finster von dem Laubdurcheinander auf. Er ward Jacks nicht einmal gewahr, als seine Augen auf ihn fielen.

»Ob ihr Wasser habt, hab ich gefragt. Ich hab Durst.«

Ralph riss seine Gedanken von der Schutzhütte los, bemerkte Jack und schreckte auf.

»Ach du. Wasser? Da bei dem Baum. Muss noch was da sein.«

Im Schatten standen Kokosnussschalen, randvoll mit frischem Wasser. Jack hob eine davon an die Lippen und trank. Das Wasser ergoss sich ihm über Kinn und Hals und Brust. Er atmete geräuschvoll, als er getrunken hatte.

»War auch höchste Zeit.«

Aus der Hütte drang Simons Stimme.

»Etwas höher.«

Ralph wandte seine Aufmerksamkeit wieder der Hütte zu und hob einen Zweig hoch mit einem ganzen Blätterdach daran.

Das Laubgeflecht löste sich und flatterte zu Boden. In dem Loch tauchte Simons zerknirschtes Gesicht auf.

»Es ist nicht gegangen.«

Ralph musterte voller Abscheu das Wrack.

»Das wird nie fertig.«

Er ließ sich neben Jack zu Boden fallen. Simon blieb in der Hütte und sah durch das Loch. Ralph wälzte sich herum.

»Seit Tagen sind wir da jetzt schon dran. Und da, guck nur!«

Zwei Hütten standen, aber ziemlich wackelig. Die andere war eine Ruine.

»Und alles rennt weg. Weißt du noch, auf der Versammlung? Wie sie da alle ran wollten, bis die Hütten fertig sind?«

»Ja, aber ich und meine Jäger –«

»Ja, natürlich. Ja, und die Kleinen, die sind –«

Er gestikulierte und suchte nach einem Wort.

»Einfach hoffnungslos. Die Älteren sind auch nicht viel besser. Da guck, den ganzen Tag arbeite ich jetzt mit Simon. Wir zwei ganz allein. Alles fort baden, oder essen, oder spielen.«

Simon reckte vorsichtig den Kopf heraus.

»Du bist der Anführer. Steig ihnen doch mal aufs Dach.«

Ralph streckte sich aus und schaute auf zu den Palmstämmen und zum Himmel.

»Ewig Versammlungen. Jeden Tag. Zweimal am Tag. Und immer nur geredet.« Er stützte seinen Ellenbogen auf. »Ich wette, wenn ich jetzt in die Muschel blase, dann kommt alles gelaufen. Na ja, und dann ist alles sehr feierlich und einer sagt, wir müssten einen Düsenjäger bauen, oder'n Unterseeboot, oder'n Fernsehapparat. Und nachher wird fünf Minuten geschafft, und dann haut alles ab oder geht auf die Jagd.«

Jack errötete.

»Wir brauchen Fleisch.«

»Na und? Bis jetzt haben wir noch keins gekriegt. Und wir brauchen Hütten. Übrigens, deine Jäger sind alle schon lange wieder hier. Sie sind raus ins Wasser.«

»Ich bin weiter«, sagte Jack. »Ich hab sie gehen lassen. Ich hab einfach weiter gemusst, ich –«

Er versuchte den Zwang des Aufspürens und Tötens zu schildern, der ihn verzehrte.

»Ich bin weiter. Ich hab mir gedacht –«

Wieder das irre Leuchten in seinen Augen.

»Ich hab gedacht, ich treffe was.«

»Du hast aber nicht.«

»Ich hab gedacht, es geht vielleicht.«

Eine verborgene Wut zitterte in Ralphs Stimme.

»Du hast aber immer noch nichts getroffen.«

Seine Aufforderung hätte beiläufig klingen können, wäre nicht der Unterton gewesen.

»Wir brauchen Fleisch –«

»Und wir können keins kriegen.«

Jetzt hörte man die Gegnerschaft aus den Worten heraus.

»Ich krieg aber welches das nächste Mal! Ich brauch einen Widerhaken hier an dem Speer! Wir haben ein Schwein verwundet, und der Speer ist rausgefallen. Wenn wir nur Widerhaken machen könnten –«

»Wir brauchen Hütten.«

Jack schrie plötzlich vor Wut.

»Willst du damit sagen –«

»Ich sag nur, wir haben hier schwer gearbeitet. Sonst nichts.«

Sie waren beide rot im Gesicht, und es war ihnen unbequem, einander anzusehen. Ralph rollte sich auf den Bauch und begann, mit den Grashalmen zu spielen.

»Wenn's so regnet wie als wir hergekommen sind, brauchen wir doch ein Dach überm Kopf. Und noch was: Wir brauchen die Hütten wegen –«

Er stockte, und sie schoben beide ihren Zorn beiseite. Dann spann er das neue, ungefährliche Thema weiter.

»Du hast auch was gemerkt, was?«

Jack legte seinen Speer nieder und hockte sich hin.

»Was gemerkt?«

»Na ja, sie haben Angst.«

Er rollte auf die andere Seite und blickte in Jacks herrisches, verschmiertes Gesicht.

»Ich meine so allgemein. Sie träumen schlecht. Man hört's. Bist du nachts mal wach geworden?«

Jack schüttelte den Kopf.

»Sie sprechen und schreien im Traum. Die Kleinen. Aber auch ein paar von den andern. Als ob –«

»Als ob die Insel nicht ganz geheuer wär'.«

Erstaunt über diesen Einwurf blickten sie auf: Sie sahen Simons ernstes Gesicht.

»Als ob das Tier, das Untier, die Schlange da, wirklich da wäre«, sagte Simon. »Wisst ihr noch?«

Die beiden Älteren schauderten zurück, als sie das schändliche Wort Schlange hörten. Von Schlangen sprach man nicht, durfte nicht gesprochen werden.

»Als ob mit der Insel was nicht in Ordnung wäre«, sagte Ralph langsam, »ja, das stimmt.«

Jack setzte sich auf und streckte die Beine.

»Die sind bloß durchgedreht.«

»Alles Blödsinn. Weißt du noch, wie wir auf Spähtrupp sind?«

Sie grinsten einander an im Gedanken an den Zauber des ersten Tages. Ralph fuhr fort:

»Und deshalb brauchen wir Hütten, so als eine Art –«

»Wohnung.«

»Ja, so ungefähr.«

Jack zog die Beine an, umschlang die Knie und runzelte die Stirn. Er rang um Klarheit.

»Trotzdem – im Wald – ich meine, wenn man im Wald jagt – natürlich nicht, wenn man sich was zu essen holt, aber wenn man so ganz auf sich allein –«

Er hielt inne, er war nicht sicher, ob ihn Ralph auch ernst nahm.

»Erzähl ruhig weiter.«

»Manchmal, wenn man da so auf Jagd ist, dann ist einem als –« Er wurde plötzlich rot.

»Natürlich ist nichts dran, nur so'n Gefühl. Aber da meint man tatsächlich manchmal, es wäre alles umgekehrt, und es wäre einer hinter einem her; so als ob etwas im Dschungel hinter einem herschleicht.«

73

Sie schwiegen wieder: Simon aufmerksam, Ralph ungläubig und ein wenig ungehalten. Er setzte sich auf und rieb sich mit seiner schmutzigen Hand die Schulter.

»Na ja, ich weiß nicht –«

Jack sprang auf und sprach sehr schnell.

»So ist's, wenn man im Wald ist. Es ist natürlich bloß Einbildung. Nur – nur –« Er machte ein paar rasche Schritte zum Strand hin und kam wieder zurück.

»Nur – ich weiß, wie das ist, mit den andern, weißt du? Das hab ich nur sagen wollen.«

»Am besten, wir sehen zu, dass wir gerettet werden.«

Jack musste einen Augenblick nachdenken, ehe er sich erinnerte, was Rettung war.

»Rettung? Ja, freilich. Trotzdem – ich möchte vorher noch ein Schwein erwischen –«

Er griff schnell nach seinem Speer und stieß ihn in den Boden. Der verschleierte, irre Glanz trat wieder in seine Augen. Ralph sah ihn durch sein wirres Blondhaar zweifelnd an.

»Solange ihr Jäger dabei aufs Feuer aufpasst –«

»Ach du mit deinem Feuer!«

Die beiden trotteten den Strand hinunter; am Ufer drehten sie sich um und blickten zurück auf den roten Berg. Der Rauchfaden stand als eine weißliche Linie vor dem kräftigen Blau des Himmels, wellte sich dann in die Höhe und löste sich auf. Ralph legte die Stirn in Falten.

»Möchte mal wissen, wie weit man das sehen kann.«

»Meilenweit.«

»Wir machen noch nicht genug Rauch.«

Als habe er ihren Blick gespürt, verdickte sich der untere Teil des Fadens zu einem gelblichen Schwaden, der an der dünnen Säule hochkroch.

»Sie haben wahrscheinlich grüne Zweige draufgelegt«, murmelte Ralph. Er kniff die Augen zusammen
und machte kehrt, um den Horizont abzusuchen.

»Ich hab's!«

Jack schrie so laut, dass Ralph einen Satz machte.

»Was? Wo? Ein Schiff?«

Aber Jack deutete auf die Berghänge, die sich vom
Gipfel zum abgeflachten Teil der Insel herunterzogen.

»Klar! Freilich – die liegen da oben, wenn die Sonne
zu heiß ist –«

Er war außer sich. Ralph starrte ihn fassungslos an.

»– die ziehen nach oben. Nach oben in den Schatten,
solang's heiß ist, bleiben die da oben, wie zu Hause die
Kühe –«

»Ich hab gedacht, du hättest ein Schiff gesehen!«

»Auf so'n Hang machen wir mal rauf – Gesicht
schwarz gemacht, da sehen sie uns nicht – vielleicht können wir sie umzingeln – und dann –«

Vor Empörung verlor Ralph die Beherrschung.

»Ich hab von Rauch gesprochen! Willst du vielleicht
nicht gerettet werden? Du hast nichts als deine Schweine im Kopf!«

»Aber wir brauchen Fleisch!«

»Und ich murkse mich hier den ganzen Tag allein mit
Simon ab, und dann kommst du und siehst nicht mal die
Hütten!«

»Ich hab auch nicht gefaulenzt –«

»Aber dir macht's Spaß!«, rief Ralph. »Du machst das
gern, auf Jagd gehen. Aber ich –«

Selbst erstaunt über diesen Gefühlsausbruch standen
sie auf dem hellen Strand und starrten einander an. Ralph
sah als Erster weg und tat so, als beanspruchten die drei,

vier Kleinen da unten im Sand sein Interesse. Über die Plattform hinweg hörte man die Jäger im Badetümpel schreien. Ganz vorn auf der Plattform lag Piggy ausgestreckt und blickte auf das schimmernde Wasser.

»Keiner will recht helfen.«

Er wollte erklären, dass die andern nie so waren, wie man sie sich vorgestellt hatte.

»Simon, ja, der hilft.« Er deutete auf die Hütten.

»Die andern sind alle fort. Er hat genau so viel getan wie ich. Nur –«

»Simon ist immer da.«

Ralph wandte sich wieder den Hütten zu. Jack ging neben ihm.

»Helf dir'n bisschen, ehe ich bade«, murmelte er.

»Brauchst nicht.«

Aber als sie bei den Hütten standen, war Simon nicht zu sehen. Ralph steckte den Kopf durch das Loch, zog ihn wieder zurück und sah Jack an.

»Abgehauen.«

»Der hat genug gehabt und ist baden gegangen«, sagte Jack.

Ralph runzelte die Stirn.

»Er ist irgendwie komisch, nicht ganz richtig.«

Jack nickte, nicht zuletzt, um mit Ralph der gleichen Meinung zu sein, und in stillschweigendem Einverständnis kehrten sie den Hütten den Rücken und gingen zum Badetümpel.

»Und wenn ich gebadet und was gegessen hab«, sagte Jack, »dann mach ich über'n Berg rüber auf die andere Seite und gucke, ob da Fährten sind. Kommst du mit?«

»Aber die Sonne geht ja gleich unter!«

»Na, vielleicht reicht's noch –«

Sie schritten dahin, so verschieden in Erfahrung und Denken wie zwei Welten und unfähig, aufeinander einzugehen.

»Wenn ich bloß ein Schwein erwischen könnte!«

»Ich mach mich nachher wieder an die Hütten.«

Sie sahen einander an, zwischen Zuneigung und Hass hin und her gerissen. All das warme Salzwasser des Badetümpels und das Schreien und Planschen und Lachen vermochten kaum, sie wieder einander näher zu bringen.

Simon, den sie hier am Badetümpel vermutet hatten, war nicht da.

Als die beiden andern den Strand hinuntergegangen waren und sich nach dem Berg umgedreht hatten, war er ihnen ein paar Schritte nachgegangen und dann stehen geblieben. Er blickte stirnrunzelnd auf einen Sandhaufen am Strand, wo einer ein Haus oder eine Hütte hatte bauen wollen. Dann wandte er sich um und ging zielbewusst in den Wald hinein. Er war ein kleiner, hagerer Junge, mit vorstehendem Kinn und so strahlend leuchtenden Augen, dass Ralph sich hatte dazu verleiten lassen, ihn für besonders lustig und verschlagen zu halten. Sein raues, schwarzes Wuschelhaar hing lang herunter und verbarg fast die niedrige, breite Stirn. Er trug eine zerrissene kurze Hose, und seine Füße waren nackt wie die Jacks. Simon war von Natur aus dunkelhäutig, und jetzt hatte ihm die Sonne ein tiefes Braun eingebrannt, das vor Schweiß glänzte.

Er stapfte die Schneise hinauf, an dem großen Felsen vorbei, den Ralph am ersten Morgen erstiegen hatte, und schlug sich dann nach rechts zwischen die Bäume.

Er durchmaß mit geübtem Schritt das Areal der Fruchtbäume, wo auch der Faulste ein bequemes, wenn auch unbefriedigendes Mahl halten konnte. Blumen und Früchte wuchsen auf demselben Baum, und überall roch es nach Reife und summte es von Millionen Nahrung suchender Bienen. Hier holten die Kleinen ihn ein, die ihm nachgerannt waren. Sie redeten und schrien wild durcheinander und schleppten ihn zu den Bäumen. Und dann suchte Simon für sie im Licht der Nachmittagssonne die Früchte, an die sie nicht heranlangen konnten, pflückte die schönsten von weiter oben und reichte sie hinunter und gab sie den immer wieder bittenden Händen. Als sie genug hatten, hielt er inne und blickte sich um. Die Kleinen stopften mit beiden Händen die reifen Früchte in sich hinein und beobachteten ihn aus unergründlichen Augen.

Simon ließ sie stehen und folgte dem kaum erkennbaren Pfad. Bald umschloss ihn der hohe Dschungel. Große Bäume zierten unvermutet bleiche Blumen bis hinauf zu dem dunklen Baldachin, in dem das Leben geräuschvoll seinen Fortgang nahm. Auch die Luft war hier dunkel, und das Tauwerk der Schlingpflanzen hing herunter wie die Takelage eines gesunkenen Schiffes. Seine Füße drückten sich in dem weichen Boden ab, und die Schlingpflanzen erzitterten in ihrem ganzen Gewebe, wenn er sie streifte.

Schließlich kam er zu einer Stelle, auf die mehr Sonne fiel. Da die Schlingpflanzen sich nicht so weit dem Licht entgegenzurecken brauchten, hatten sie eine große Matte geflochten, die die eine Seite einer Lichtung im Dschungel abdeckte; denn hier war dicht unter der Erde Fels, der nur kleine Pflanzen und Farn gedeihen ließ. Der ganze Raum war von dunklen, duftenden Büschen eingerahmt und war ein Gefäß aus Hitze und Licht. Über die eine Ecke war ein großer Baum gestürzt und neigte sich gegen die anderen Bäume, und eine hurtige Kletterpflanze prunkte mit roten und gelben Trieben bis in seine Krone hinauf.

Simon blieb stehen. Er wandte den Kopf, wie Jack den Kopf gewandt hatte, als er auf seinen engen Pfad zurückblickte, und schaute sich um, ob ihm jemand folgte. Einen Augenblick lang verharrte er fast unbeweglich. Dann bückte er sich und kroch mitten in die Matte hinein. Schlingpflanzen und Buschwerk hingen so dicht herab, dass sie seinen Schweiß abstreiften, und schlugen hinter ihm wieder zusammen. Als er ganz drinnen war, befand er sich in einem engen Gemach, das weniges Laub nach der lichten Stelle hin verdeckte. Er hockte nieder, schob das Laub auseinander und blickte auf die Lichtung. Alles schien in Lähmung erstarrt, nur zwei bunte Schmetterlinge umtanzten einander in der heißen Luft. Er hielt den Atem an und lauschte angespannt den Geräuschen der Insel. Abendstille kam auf die Insel zu; die Rufe der leuchtend bunten Märchenvögel, das Bienengesumm und sogar die Schreie der zu ihren Schlafsitzen zwischen den kantigen Felsen zurückkehrenden Möwen wurden leiser. Das ewige Murmeln der See, die sich meilenweit draußen am Riff brach, klang schwächer als das Pulsen des Blutes.

Simon ließ den Laubschirm zurückfallen. Die honigfarbenen Balken aus Sonnenlicht neigten sich immer mehr; sie schlitzten die Büsche auf, glitten über die kerzenförmigen grünen Knospen, stießen bald schon von unten an den grünen Baldachin, und das Dunkel wurde immer dichter unter den Bäumen. Mit dem Licht erstarben die grellen Farben, und die Hitze verflog, und der Druck schwand. Die Kerzenknospen bewegten sich. Ihre grünen Kelchblätter gingen ein wenig auseinander, und die weißen Blütenspitzen tauchten zart daraus hervor, der reinen Luft entgegen.

Die Sonnenhelle hatte die Lichtung jetzt endgültig verlassen und war am Himmel entschwunden. Dunkelheit ergoss sich und ertränkte die Räume zwischen den Bäumen, bis alles düster und wunderlich schimmerte wie Meeresgrund. Die Kerzenknospen öffneten sich noch weiter, und ihre großen, weißen Blüten erglänzten im Nadellicht der ersten Sterne. Ihr Duft strömte aus und ergriff von der Insel Besitz.

Viertes Kapitel

BEMALTE GESICHTER UND
LANGES HAAR

Der erste Rhythmus, dem sie sich einfügten, war das langsame Schwingen vom Morgengrauen zum plötzlichen Abenddämmer. Sie nahmen die Freuden des Morgens, die helle Sonne, die wallende See und die reine Luft als Stunden entgegen, in denen sich gut spielen ließ und das Leben so erfüllt war, dass man der Hoffnung nicht bedurfte und sie deshalb vergaß. Gegen Mittag, wenn die Lichtfluten fast senkrecht herabstürzten, überzog die vollen Farben des Morgens der Schmelzschleier der Perle und des Opals; und die Hitze stieß hernieder, als verleihe ihr die Höhe der am Himmel hängenden Sonne Schwerkraft, und sie duckten sich, eilten in den Schatten und lagerten sich oder schliefen gar.

Seltsames tat sich um die Mittagsstunde. Die glitzernde See stieg auf und zerwehte in Flügel unmöglichster Gestalt; das Korallenriff und die wenigen verkümmerten Palmen, die sich an die höher gelegenen Stellen anklammerten, schwammen auf zum Himmel, bebten, wurden auseinander gerissen und huschten wie Regentropfen an einem Draht dahin oder vervielfachten sich wie in einer sonderbaren Folge von Spiegeln. Manchmal erstand in der Ferne Land, wo kein Land war, und zerplatzte wie eine Blase, während sie noch hinschauten. Piggy tat das alles erfahren als ›Spiegelung‹ ab; und da keiner auch nur das Riff erreichen konnte über die Wasserfläche, unter der die schnappenden Haie warteten, gewöhnten sie sich an diese rätselhaften Bilder und sahen sie bald nicht

mehr, genauso wenig, wie sie die wundersamen, zucken-
den Sterne beobachteten. Um Mittag schmolzen die
Trugbilder in den Himmel über, und die Sonne starrte
herab wie ein zorniges Auge. Und dann, gegen Ende des
Nachmittags, zerfloss die Spiegelung, und der Horizont
wurde gerade und blau und straff, sowie die Sonne ab-
stieg. Das war wiederum eine Zeit verhältnismäßiger
Kühle, über der jedoch drohend das Hereinbrechen der
Dunkelheit stand. Wenn die Sonne versank, fiel das
Dunkel auf die Insel herab wie ein Tuch, und bald zog
Unruhe in die Hütten ein, und oben strahlten die fernen
Sterne.

Gleichwohl machte es ihnen der herkömmliche nord-
europäische Wechsel von Arbeiten, Spielen und Essen
den Tag hindurch unmöglich, sich restlos diesem neuen
Rhythmus anzupassen. Der kleine Percival war schon
bald am Anfang in eine der Hütten gekrochen und war
zwei Tage nicht herausgekommen und hatte geredet, ge-
sungen und geweint; schließlich dachten sie, er sei nicht
ganz richtig und lächelten darüber. Seitdem kränkelte er,
hatte entzündete Augen und fühlte sich elend, ein Kind,
das selten spielte und oft weinte.

Die Jüngeren hatten inzwischen die Sammelbezeich-
nung ›die Kleinen‹ bekommen. Von Ralph abwärts waren alle Größenabstufungen vertreten; aber wenn es
auch eine schwer bestimmbare mittlere Gruppe gab, zu
der Simon, Robert und Maurice zählten, erkannte doch
jeder ohne weiteres, wer zu den Großen gehörte und wer
zu den Kleinen. Die Kleinen – das heißt diejenigen, die
unzweifelhaft zu dieser Gruppe rechneten, alle so um
die sechs herum – führten ein besonderes und gleichzeitig ereignisschweres Leben abseits von den andern. Es-

sen war ihre Hauptbeschäftigung, sie pflückten ab, was sie erreichen konnten, und waren nicht wählerisch bei unreifen und verdorbenen Früchten. An Magenschmerzen und eine Art chronischer Diarrhoe waren sie jetzt gewöhnt. Im Dunkeln standen sie unsagbare Ängste aus und kuschelten sich aneinander. Neben Essen und Schlafen fanden sie Zeit zu ziellosem, wenig fesselndem Spiel im weißen Sand am klaren Wasser. Sie schrien nach ihrer Mutter weit seltener, als man hätte erwarten sollen; sie waren braun gebrannt und starrten vor Schmutz. Sie folgten den Rufen des Muschelhorns einerseits, weil es Ralph war, der blies, und Ralph groß genug war, um sie mit der erwachsenen Welt der Autorität zu verbinden, und andererseits, weil sie die Versammlungen als lustige Unterhaltung betrachteten. Aber sonst kümmerten sie sich wenig um die Großen, und in ihrem heftig gefühlsbetonten Gemeinschaftsleben gehörten sie sich allein.

Sie hatten Sandburgen gebaut auf der Bank am kleinen Fluss. Diese Burgen waren etwa einen Fuß hoch und verziert mit Muscheln, welken Blumen und schönen Steinen. Um die Burgen herum zog sich ein Netz von Zeichen, Straßen, Mauern, Eisenbahnlinien, die alle erst Bedeutung annahmen, wenn man sie aus Bodennähe betrachtete. Die Kleinen spielten hier, wenn auch nicht restlos zufrieden, so doch mit gefesselter Aufmerksamkeit; und oft spielten sie zu zweit oder gar zu dritt gemeinsam das gleiche Spiel.

Henry war der Größte der drei, die gerade hier spielten. Er war auch weitläufig mit jenem Jungen verwandt, dessen Gesicht mit dem Muttermal seit dem Abend des großen Feuers nicht mehr gesehen worden war; aber er war zu jung, um das zu verstehen, und hätte man ihm gesagt, der andere sei mit dem Flugzeug heimgeflogen, wäre ihm diese Nachricht nicht des Aufhebens wert oder zweifelhaft erschienen.

Henry war der Anführer an diesem Nachmittag, denn die beiden andern waren Percival und Johnny, die Kleinsten auf der Insel. Haar, Haut – alles an Percival schien mausgrau, und nicht einmal seine Mutter hatte ihn besonders anziehend gefunden; Johnny war kräftig, blond und von Natur aus kriegerisch veranlagt. Im Augenblick war er folgsam, weil er bei der Sache war; und die drei Kinder knieten im Sand und spielten einträchtig.

Roger und Maurice kamen aus dem Wald. Sie waren abgelöst worden am Feuer und heruntergekommen, um zu baden. Roger ging voran, mitten durch die Burgen, zertrampelte die Türme, begrub die Blumen und kickte die feinen Steine zur Seite. Maurice folgte lachend und setzte das Zerstörungswerk fort. Die drei Kleinen hielten inne in ihrem Spiel und schauten auf. Zufällig waren gerade die Stellen, an denen ihnen lag, nicht berührt worden, sodass sie nicht aufbegehrten. Nur Percival begann zu wimmern und hatte das Auge voll Sand, und Maurice rannte davon. In seinem früheren Leben war Maurice gezüchtigt worden, weil er einem Schwächeren Sand ins Auge geworfen hatte. Jetzt konnte ihn die schwere Hand des Vaters nicht treffen, doch er spürte das Unbehagen des Missetäters. Tief in seinem Innern suchte er unsicher nach einer Entschuldigung. Er murmelte etwas von Schwimmen und setzte sich in Trab.

Roger blieb stehen und beobachtete die Kleinen. Er war nicht merklich dunkelhäutiger geworden als am ersten Tag, aber seine schwarze Mähne, die ihm in Nacken und Stirn hing, schien zu seinem finsteren Gesicht zu passen, und hätte man ihn früher für einen ungeselligen Einzelgänger halten können, so war jetzt an ihm etwas Abstoßendes. Percival hörte auf zu wimmern und spielte weiter, denn die Tränen hatten den Sand herausgewaschen. Johnny beobachtete ihn aus porzellanblauen Augen; dann begann er kleine Sandfontänen aufzuwirbeln, und jetzt weinte Percival wieder.

Als Henry, des Spiels müde, aufstand und den Strand entlangtrottete, folgte ihm Roger. Er blieb immer unter den Palmen und schlenderte wie zufällig in der gleichen Richtung. Henry ging in einem gewissen Abstand von den Palmen und dem Schatten, denn er war noch klein und wusste nicht um die gefährlichen Strahlen der Sonne. Er tappte den Strand hinunter und spielte am Wasser. Die mächtige Flut des Pazifik war im Kommen, und im Rhythmus von wenigen Sekunden schob sich das verhältnismäßig ruhige Wasser der Lagune eine Handbreit weiter vor. Kleine Wesen lebten da in jeder neuen Welle, durchsichtige Winzigkeiten, die sich mit dem Wasser über den heißen, trockenen Sand vortasteten. Mit unendlich kleinen Sinnesorganen erforschten sie das neue Revier. Vielleicht war jetzt Nahrung, wo beim letzten Streifzug keine war; Vogelkot, Insekten vielleicht, aller verstreute Abfall des Lebens zu Lande. Wie eine Myriade winziger Sägezähne kamen die durchsichtigen Wesen daher und fegten den Strand.

Das faszinierte Henry. Er stocherte mit einem Stöckchen, das selbst ein wellenzerfressener, sonnengebleichter Seevagabund war, und trachtete die Bewegungen der Strandkehrer zu lenken. Er machte kleine Rinnen, die die Flut anfüllte, und versuchte, Tierchen hineinzubekommen. Seine Hingabe an dieses Spiel war mehr als bloßes Glücksgefühl, als er spürte, dass er über lebende Wesen gebieten konnte. Er redete sie an, drängte sie, gebot ihnen. Die Flut trieb ihn zurück; seine Fußstapfen wurden zu Buchten, in denen die Tierchen sich einfangen ließen und ihm die Illusion der Herrschaft gaben. Er ging in die Hocke und beugte sich über das Wasser, Haarbüschel fielen ihm über Stirn und Augen, und die Nachmittagssonne schoss unsichtbare Pfeile herab.

Roger verharrte ebenfalls. Zuerst hatte er sich hinter einem großen Palmstamm verborgen; aber Henry war so offensichtlich von den Glastierchen in Anspruch genommen, dass er schließlich hervortrat. Er sah den Strand entlang. Percival war heulend fortgegangen und Johnny stolzer Besitzer der Burgen geworden. Er summte leise vor sich hin und warf mit Sand nach einem Percival, der nicht da war. Über Johnny hinweg fiel Rogers Blick auf die Plattform, und er sah es schimmernd aufsprühen, wenn Ralph und Simon und Piggy und Maurice in den Tümpel sprangen. Er lauschte angestrengt, aber er konnte sie nur gerade eben hören.

Eine plötzliche Brise erfasste den Palmensaum; die Wedel rauschten und flatterten hin und her. In sechzig Fuß Höhe über Roger lösten sich Nüsse in Bündeln von ihren Stämmen, faserige Klumpen, so dick wie Rugbybälle. Es bumste mehrmals hart auf, als sie um ihn her niederfielen, aber keine traf ihn. Roger bedachte nicht, dass er knapp einer Gefahr entronnen war, sondern blickte von den Nüssen zu Henry hinüber und wieder zurück.

Der Boden unter den Palmen war aufgeworfener Strand, und Generationen von Palmen hatten darin die Steine gelockert, die einmal auf dem Sand einer anderen

Küste gelegen hatten. Roger bückte sich, hob einen Stein auf, zielte und warf nach Henry – traf absichtlich daneben. Der Stein, jenes Zeichen finsterer Urzeit, schlug fünf Meter rechts von Henry auf und fiel ins Wasser. Roger sammelte eine Hand voll Steine auf und begann zu werfen. Doch da war ein Raum um Henry, etwa sechs Meter im Durchmesser, in den er nicht zu werfen wagte. Unsichtbar, aber gebieterisch war hier das Tabu von früher. Das hockende Kind umgab der Schutz der Eltern und der Schule und der Polizei und des Gesetzes. Rogers Arm war durch eine Zivilisation gehemmt, die nichts von ihm wusste und in Trümmern lag.

Henry wunderte sich über das Aufplumpsen im Wasser. Er ließ die stummen Glastierchen sein und starrte gebannt wie ein Hühnerhund auf den Mittelpunkt der auseinander strebenden Wellenkreise. Die Steine fielen einmal hier, einmal dort, und Henry drehte sich um, aber jedes Mal zu spät, um die Steine in der Luft zu sehen. Endlich sah er einen und lachte und schaute nach dem Gefährten aus, der ihn da neckte. Aber Roger war wieder hinter die Palme gesprungen, er lehnte sich an den Stamm, sein Atem ging rasch, und seine Augenlider zuckten.

Da hatte Henry genug von Steinen und schlenderte davon.

»Roger!«

Jack stand in zehn Meter Entfernung unter einem Baum. Als Roger die Augen aufschlug und ihn sah, kroch ein noch dunklerer Schatten unter seine schwarzbraune Haut; aber Jack hatte nichts gemerkt. Er war erregt und ungeduldig und winkte, sodass Roger auf ihn zutrat.

Wo der Fluss mündete, war ein Tümpel, ein kleiner See, von Sand eingedämmt und voller weißer Wasserlilien und nadelförmigem Schilf. Sam und Eric warteten hier, und Bill. Jack kniete im Schatten neben dem Tümpel und schlug zwei große Blätter auseinander, die er mitgebracht hatte. Das eine enthielt weißen Lehm und das andere roten. Daneben lag ein Stück Holzkohle, vom Feuer oben.

Jack erklärte Roger, worum es ging.

»Riechen tun sie mich nicht, aber sie sehen mich, glaub ich. So wie'n rötlicher Fleck, unter den Bäumen.«

Er rieb sich mit dem Lehm ein.

»Wenn ich bloß ein bisschen Grün hätte!«

Er sah mit seinem zur Hälfte zugeschmierten Gesicht auf und beantwortete Rogers verständnislosen Blick.

»Für die Jagd. Wie im Krieg. Tarnanstrich, weißt du. So wie wenn was aussehen soll wie was anderes –«

Er zappelte vor Ungeduld.

»– wie Falter auf'm Baumstamm.«

Roger hatte verstanden und nickte bedächtig. Die Zwillinge – man nannte sie jetzt der Einfachheit halber meist Samneric – kamen auf Jack zu und versuchten, schüchtern wegen irgendetwas aufzubegehren. Jack scheuchte sie weg. »Haltet die Klappe!«

Er verrieb das Stück Holzkohle zwischen die roten und weißen Flecke auf seinem Gesicht.

»Nein. Ihr zwei kommt mit mir.«

Er blickte kritisch in den Tümpel. Sein Spiegelbild missfiel ihm. Er bückte sich, schöpfte das lauwarme Wasser und rieb sich das Geschmier vom Gesicht. Sommersprossen und sandfarbene Augenbrauen kamen wieder hervor.

Roger musste wider Willen grinsen.

»Siehst nicht schlecht aus.«

Jack ging an sein neues Gesicht. Er machte eine Backe und eine Augenhöhle weiß, rieb dann Rot über die andere Gesichtshälfte und schmiss sich einen schwarzen Holzkohlestrich quer vom rechten Ohr links hinunter zum Kinn. Er suchte auf dem Wasser sein Abbild, aber sein Atem wellte den Spiegel.

»Samneric, holt mir mal eine Kokosnuss. Eine leere.«

Er kniete nieder und nahm die Wasserschale. Ein rundlicher Lichtfleck fiel auf das Gesicht, und in den Tiefen des Wassers ward es hell. Er war überrascht; was er sah, war nicht er selbst, sondern ein Furcht erweckender Fremdling. Er schüttete das Wasser aus, sprang auf und lachte erregt. Er stand neben dem Teich, und seinen sehnigen Körper krönte eine Maske, die die Blicke aller auf sich zog und sie erschreckte. Er begann herumzutanzen und sein Lachen ging in blutdürstiges Knurren über. Er kapriolte auf Bill zu, und die Maske war etwas ganz Selbständiges, hinter dem Jack sich verbarg, von Scham und Befangenheit erlöst. Das Gesicht aus Rot und Weiß und Schwarz schwang durch die Luft und hüpfte Bill entgegen. Zuerst lachte Bill, dann verstummte er plötzlich und stolperte durch die Büsche davon.

Jack rannte auf die Zwillinge los.

»Die andern bilden eine Kette. Auf los!«

»Aber –«

»–wir –«

»Auf los! Ich schleiche mich an und – zack!«

Ralph kletterte aus dem Tümpel und schlenderte den Strand hinauf und setzte sich in den Schatten unter den Palmen. Sein blondes Haar fiel ihm bis über die Augenbrauen, und er strich es zurück. Simon schwamm strampelnd im Wasser, und Maurice machte Kopfsprünge. Piggy ging ziellos hin und her, hob hier und da gedankenverloren etwas auf und ließ es wieder fallen. Die Felstümpel, die ihn immer anzogen, waren von der Flut bedeckt; bis die Flut zurückging, hatte er zu nichts Lust. Auf einmal sah er Ralph unter den Palmen; er ging auf ihn zu und hockte sich neben ihm nieder.

Piggys Shorts hingen in Fetzen, sein fleischiger Körper war hellbraun, und die Brille funkelte immer noch, wenn er etwas ansah. Er war der Einzige auf der Insel, dessen Haar nicht zu wachsen schien. Die andern hatten dichte Mähnen, aber auf Piggys Kopf lag das Haar immer noch in dünnen Strähnen, als sei er von Natur aus kahlköpfig und müsse diese spärliche Bedeckung abschütteln wie ein junger Hirsch den Bast an seinem Gehörn.

»Ich hab über eine Uhr nachgedacht«, sagte er. »Wir könnten uns eine Sonnenuhr machen. Einfach einen Stock in den Sand gesteckt, und dann –«

Die Anstrengung, die betreffenden mathematischen Vorgänge wiederzugeben, war zu groß. Er ging stattdessen ein paar Schritte auf und ab.

»Ja, und ein Flugzeug und einen Fernsehapparat«, sagte Ralph mürrisch, »und eine Dampfmaschine.«

Piggy schüttelte den Kopf.

»Dazu braucht man viel Metall«, erwiderte er, »und wir haben keins. Aber einen Stock haben wir.«

Ralph drehte sich um und musste unwillkürlich lächeln. Piggy ging einem auf die Nerven; mit seinen furchtbar vernünftigen Vorschlägen, seinem plumpen Körper und seinem Asthma war er einfach langweilig; aber es war ganz lustig, ihn aufzuziehen, wenn auch nur unabsichtlich.

Piggy bemerkte das Lächeln und missdeutete es als Zustimmung. Unter den Großen hatte sich stillschweigend die Ansicht durchgesetzt, dass Piggy ein Außenseiter sei, nicht wegen seiner Aussprache, das war nicht ausschlaggebend, sondern weil er so dick war und Asthma und eine Brille und eine gewisse Abneigung gegen körperliche Arbeit hatte. Als er jetzt glaubte, dass Ralph seine Worte wohlwollend aufnahm, freute er sich und wollte die günstige Stimmung ausnutzen.

»Stöcke gibt's doch genug. Wir könnten alle eine Sonnenuhr haben. Dann wissen wir immer, wie spät es ist.«

»Da hätten wir aber auch was davon!«

»Du hast doch gesagt, wir sollen was tun. Damit wir gerettet werden können.«

»Ach, halt die Klappe.«

Ralph sprang auf und trottete zum Tümpel zurück, da machte Maurice gerade einen ungeschickten Sprung. Ralph war froh, von etwas anderem sprechen zu können, und als Maurice wieder an die Oberfläche kam, rief er ihm zu:

»Bauchplatscher! Bauchplatscher!«

Maurice warf Ralph, der sich geschmeidig ins Wasser gleiten ließ, einen kurzen grinsenden Blick zu. Ralph fühlte sich von allen Jungen hier am meisten zu Hause; aber heute hatte ihn das Wort Rettung, die nutzlose, alberne Erwähnung des Wortes Rettung verdrossen, und nicht einmal von den grünen Tiefen des Wassers und dem zitternden, goldenen Sonnenlicht kam ihm Trost. Anstatt sich im Wasser zu tummeln, schwamm er mit gleichmäßigen Stößen unter Simon hindurch, kletterte auf der anderen Seite wieder an Land und ließ sich nass glänzend wie ein Seehund in den Sand fallen. Unbeholfen wie immer erhob sich Piggy und trat neben ihn, sodass Ralph sich auf den Bauch rollte und vorgab, ihn nicht zu sehen. Die Spiegelungen waren zerflossen, und sein düsterer Blick folgte der straffen Linie des Horizonts.

Im nächsten Augenblick war er auch schon aufgesprungen und schrie.

»Rauch! Rauch!«

Simon versuchte, sich im Tümpel aufzusetzen, und bekam den Mund voll Wasser. Maurice, der gerade zum Kopfsprung ansetzte, ließ sich auf die Fersen zurückschwingen, stürzte auf die Plattform los, schwenkte aber dann ab zu dem Gras unter den Palmen. Dort begann er seine zerfetzten Shorts anzuziehen, um für alles gerüstet zu sein.

Ralph hielt mit der einen Hand sein Haar zurück, die andere hatte er zur Faust geballt. Simon kletterte aus dem Wasser. Piggy rieb mit der Brille über seine Shorts und blinzelte auf das Meer hinaus. Maurice war mit beiden Beinen in das gleiche Hosenbein geraten – von allen verharrte nur Ralph unbeweglich.

»Ich kann kein' Rauch sehen«, sagte Piggy ungläubig. »Ich seh kein' Rauch, Ralph – wo ist denn Rauch?«

Ralph schwieg. Er hatte jetzt beide Hände über der Stirn verschränkt, damit das blonde Haar ihm nicht in die Augen fiel. Er beugte sich vor, und das Salz bleichte schon seine Haut.

»Ralph – wo ist das Schiff?«

Simon stand dabei und schaute von Ralph zum Horizont. Maurices Hose riss ächzend entzwei, und er ließ sie als Wrack liegen, rannte zum Wald und kam wieder zurück.

Der Rauch war ein dichter, kleiner Knäuel am Horizont, der sich jetzt langsam aufringelte. Darunter war ein Tüpfelchen, vielleicht der Schornstein. Ralph war bleich im Gesicht.

»Die müssen unsern Rauch sehen«, sagte er vor sich hin. Piggy hatte die Stelle jetzt entdeckt.

»Nicht viel zu sehen.«

Er wandte sich um und blickte angestrengt zum Berg hinauf. Ralph verfolgte weiter mit gierigen Augen das Schiff. In sein Gesicht strömte wieder Farbe. Simon stand schweigend neben ihm.

»Ich weiß, ich seh nicht gut«, sagte Piggy, »aber ist bei uns eigentlich Rauch?«

Ralph trat ungeduldig von einem Bein auf das andere, und sein Blick kam nicht von dem Schiff los.

»Der Rauch auf dem Berg.«

Maurice kam gerannt und starrte auf das Meer hinaus. Simon und Piggy sahen beide nach der Bergkuppe. Piggy kniff die Augen zusammen, aber Simon schrie auf, als habe er sich verletzt.

»Ralph! Ralph!«

Der Ton dieser Stimme ließ Ralph herumfahren.

»Jetzt sag mir mal«, fragte Piggy besorgt, »ist was von unserm Signal zu sehen?«

Ralph sah zurück auf den verwehenden Rauch am Horizont und dann hinauf zum Berg.

»Ralph – bitte! Sag doch, siehst du Rauch oben?«

Simon streckte ängstlich die Hand nach Ralph aus; aber Ralph schoss los, spritzte durch das flache Ende des Tümpels und rannte über den heißen, weißen Sand und unter die Palmen. Kurz darauf kämpfte er mit dem Buschwerk, das die Schneise schon wieder zu verschlingen drohte. Simon eilte ihm nach, dann Maurice. Piggy schrie.

»Ralph! Hör doch – Ralph!«

Dann rannte auch er los und stolperte über Maurices weggeworfene Hose, noch ehe er die Terrasse hinter sich gelassen hatte. Im Rücken der vier Jungen zog der Rauch ruhig dahinfließend den Horizont entlang, und am Strand bewarfen Henry und Johnny den kleinen Percival mit Sand, und Percival weinte wieder vor sich hin; und alle drei waren in völliger Unkenntnis des aufregenden Ereignisses.

Als Ralph das landwärtige Ende der Schneise erreicht hatte, erschöpfte er sich bereits mit keuchenden Flüchen. Er tat seinem Körper verzweifelte Gewalt an im Gewirr der schneidenden Schlingpflanzen, sodass das Blut an ihm herunterlief. Da wo der Berg steil anstieg, hielt er inne. Maurice war wenige Schritte hinter ihm.

»Piggys Brille!«, rief Ralph, »wenn das Feuer aus ist, brauchen wir die ja –«

Er hörte auf zu rufen und schwankte auf den Füßen hin und her. Piggy war gerade erst zu sehen, wie er den Strand heraufstapfte. Ralph blickte zum Horizont, dann hinauf zum Berg. Sollte man lieber erst Piggys Brille holen, oder war das Schiff dann weg? Und wenn sie weiterkletterten und angenommen, das Feuer war ganz aus und sie mussten warten, bis Piggy herangekrochen kam, und das Schiff versank unterm Horizont? Ralph

schwankte auf dem Gipfel höchster Not, Entschluss-
losigkeit lähmte ihn, und er schrie auf.

»O Gott! O Gott!«

Simon kämpfte mit dem Strauchwerk und rang nach
Luft. Sein Gesicht war verzerrt. Ralph stürzte weiter
und wurde wild, als die Rauchsträhne dahinzog.

Das Feuer war tot. Sie sahen es gleich; sahen, was sie
eigentlich schon unten am Strand gewusst hatten, als
der Rauch der Heimat herüberwinkte. Das Feuer war
ganz aus, rauchlos und tot; die Wächter waren fort. Ein
Haufen frisches Brennholz lag bereit.

Ralph wandte den Blick zur See. Da dehnte sich der
Horizont wieder unpersönlich wie zuvor, bar der kleinsten Spur von Rauch. Ralph stolperte die Felsen entlang,
fing sich am Rand der roten Klippe auf und schrie zum
Schiff hinaus:

»Komm zurück! Komm zurück!«

Er rannte hin und her die Klippe entlang, das Gesicht
immer der See zugekehrt, und seine Stimme überschlug
sich irre.

»Komm zurück! Komm zurück!«

Simon und Maurice kamen herauf. Ralph sah sie aus
starren Augen an. Simon wandte sich ab und wischte sich
die Nässe von den Wangen. Ralph holte aus der Tiefe seiner Seele das schlimmste Wort hervor, das er kannte.

»Sie haben das gottverdammte Feuer ausgehen lassen!«

Er sah die ungastliche Seite des Berges hinab. Piggy
kam außer Atem herangekeucht, er wimmerte jetzt wie
einer von den Kleinen. Ralph ballte die Faust und lief rot
an. Die Härte seines Blicks, die Bitterkeit seiner Stimme
wiesen ihnen die Richtung.

»Da sind sie.«

Eine Prozession war aufgetaucht, tief unten zwischen den Geröllhaufen am Uferrand. Einige trugen schwarze Mützen, aber sonst waren sie fast nackt. Wenn sie an eine ebene Stelle kamen, reckten sie im Verein Stöcke empor. Sie sangen; es hatte etwas mit dem Bündel zu tun, das die stolzen Zwillinge so vorsichtig trugen. Ralph fand sogar auf diese Entfernung Jack sofort heraus, den großen, rothaarigen, unvermeidlichen Anführer des Zuges.

Simons Blick wanderte nun von Ralph zu Jack, wie er von Ralph zum Horizont gewandert war, und was er sah, schien ihn zu erschrecken. Ralph sagte nichts mehr und wartete, während die Prozession näher kam. Den Singsang hörte man jetzt, konnte aber noch keine Worte verstehen. Hinter Jack gingen die Zwillinge mit einer großen Stange über den Schultern. Ein ausgenommenes Schwein baumelte von der Stange und schwankte heftig, wenn die Zwillinge über unebenes Gelände kletterten. Der Kopf des Schweins hing mit klaffendem Hals herab und schien auf dem Boden nach etwas zu suchen. Schließlich drangen die Worte des Chors über die Achse der brandgeschwärzten Bergsenke zu ihnen herauf.

»Stecht das Schwein! Macht es tot! Blut fließt rot!«

Doch als man die Worte gerade verstehen konnte, kam der Zug an den steilsten Teil des Berges, und bald war der Sang verstummt. Piggy schluckte weinerlich, und Simon gebot ihm ungeduldig Ruhe, als habe er in einer Kirche zu laut gesprochen.

Jack mit seinem lehmverschmierten Gesicht erreichte als erster den Gipfel und begrüßte Ralph aufgeregt mit seinem Speer.

»Da! Wir haben ein Schwein erlegt – wir haben uns angeschlichen – einen Kreis gemacht –«

Stimmen der Jäger fielen ein.

»Wir haben einen Kreis gemacht –«

»Wir sind rangekrochen –«

»Das Schwein hat gequiekt –«

Die Zwillinge standen da, und von dem Schwein, das zwischen ihnen baumelte, tropfte es schwarz auf den Fels. Sie schienen sich ein einziges, breites, ekstatisches Grinsen zu teilen. Jack hatte zu viele Dinge auf einmal zu erzählen. Stattdessen hüpfte er ein, zwei Schritte, besann sich dann auf seine Würde und verharrte grinsend. Er bemerkte Blut an seinen Händen und verzog das Gesicht voll Abscheu, suchte nach etwas, womit er sie reinigen konnte, wischte sie dann an seinen Shorts ab und lachte.

Dann sprach Ralph.

»Ihr habt das Feuer ausgehen lassen –«

Jack stutzte, die Erwähnung dieses nebensächlichen Umstands war ihm lästig, aber er war zu glücklich, um sich aufzuregen. »Wir können das Feuer ja wieder anstecken. Du hättest bei uns sein sollen, Ralph! Es war ganz groß. Die Zwillinge sind umgerempelt worden –«

»Wir haben das Schwein getroffen –«

»Ich bin obendrauf gefallen –«

»Ich hab dem Schwein den Hals durchgeschnitten«, sagte Jack stolz, und doch wand er sich bei diesen Worten. »Kann ich deins mal haben, Ralph, für 'ne Kerbe in den Griff zu schneiden?«

Die Jungen schwatzten und hüpften umher. Die Zwillinge grinsten immer noch.

»Das Blut ist nur so geflossen«, sagte Jack lachend

und schaudernd zugleich, »das hättest du sehen müssen!«

»Wir gehen jetzt jeden Tag auf Jagd –«

Ralph sprach wieder mit rauer Stimme. Er hatte sich nicht von der Stelle gerührt.

»Ihr habt das Feuer ausgehen lassen –«

Diese Wiederholung machte Jack unsicher. Er sah die Zwillinge an und dann Ralph.

»Wir haben sie gebraucht für die Jagd«, sagte er, »es wären sonst nicht genug gewesen zum Umzingeln.«

Er errötete schuldbewusst.

»Das Feuer ist erst seit ein, zwei Stunden aus. Wir können's ja wieder anstecken –«

Er bemerkte auf einmal Ralphs aufgeschundene Nacktheit und das finstere Schweigen der vier. Durch seine Freude großmütig gestimmt, suchte er sie an dem teilhaben zu lassen, was sich ereignet hatte. Sein Kopf schwirrte von Erlebnisbildern; Erinnerungen an die Erkenntnis, die über sie kam, als sie das zappelnde Schwein einkreisten, an das Wissen, dass sie etwas Lebendes überlistet, ihm ihren Willen aufgezwungen, ihm das Leben entrissen und es in sich eingesogen hatten wie einen langen, gierigen Trunk.

Er breitete die Arme aus.

»Das Blut hättest du sehen müssen!«

Die Jäger hatten sich ein wenig beruhigt, aber bei diesen Worten ging das Geplapper wieder los. Ralph schnickte sein Haar nach hinten. Er wies mit dem Arm auf den leeren Horizont. Seine Stimme war laut und schlug sie in Schweigen.

»Ein Schiff ist da gewesen –«

Jack sah sich zu vielen schrecklichen Folgerungen auf

einmal gegenüber und wollte ihnen entgehen. Er legte seine Hand auf das Schwein und zog das Messer. Ralph ließ den Arm fallen, seine Hand war zur Faust geballt, und seine Stimme bebte.

»Ein Schiff ist da gewesen. Da hinten! Du hast gesagt, du sorgst fürs Feuer; und du hast's ausgehen lassen!« Er machte einen Schritt auf Jack zu und starrte ihn an.

»Vielleicht hätten sie uns gesehen. Und wir hätten heimfahren können –«

Das war zu viel für Piggy. Im tiefen Schmerz über seinen Verlust vergaß er seine Furchtsamkeit und begann laut und schrill herauszuschreien.

»Du mit deinem Blut, Jack Merridew! Du mit deiner Jagd! Wir hätten vielleicht heimfahren können –«

Ralph schob Piggy zur Seite.

»Ich war Anführer; und ihr habt mir gehorchen wollen. Aber ihr redet nur und könnt nicht mal Hütten bauen – und dann haut ihr ab und lasst das Feuer ausgehen –«

Er wandte sich ab und verstummte. Dann kam die Stimme wieder, halb erstickt:

»Ein Schiff ist da gewesen –«

Von den kleineren unter den Jägern begann einer zu jammern. Die schreckliche Wahrheit wurde nach und nach von allen erfasst.

Jack verfärbte sich dunkelrot, während er an dem Schwein herumhackte und herumzerrte.

»Es war zu schwierig. Wir haben jeden gebraucht –«

Ralph drehte sich um.

»Du hättest alle haben können, wenn erst die Hütten fertig waren. Aber du hast jagen müssen –«

»Wir haben Fleisch gebraucht.«

Jack richtete sich auf, als er dies sagte, mit dem blutigen Messer in der Hand. Die beiden Jungen starrten einander an. Hier die glanzvolle Welt des Jagens, der Kriegskunst, der stolzen Heiterkeit, der Geschicklichkeit, dort die Welt der Sehnsucht und des durchkreuzten gesunden Menschenverstandes. Jack nahm das Messer in die linke Hand und schmierte sich das Blut auf die Stirn, als er sein verklebtes Haar zur Seite strich.

Piggy fing wieder an.

»Du hättest das Feuer nicht ausgehen lassen dürfen. Du hast gesagt, du willst für Rauch sorgen –«

Dieser Vorwurf gerade von Piggy und das zustimmende Jammern mehrerer Jäger machten Jack rasend. Der irre, stechende Blick verschleierte wieder seine Augen. Endlich konnte er an jemandem seine Wut auslassen, zuschlagen. Er trat einen Schritt vor und stieß Piggy die Faust in den Magen. Piggy sackte ächzend zusammen. Jack stand über ihm. Seine Stimme war bösartig vor Demütigung.

»Du hättest dafür gesorgt, was, Fatty?!«

Ralph ging einen Schritt auf ihn zu, und Jack schlug Piggy auf den Kopf. Piggys Brille flog davon und klirrte über das Gestein. Piggy schrie entsetzt auf.

»Meine Brille!«

Er tastete kriechend über die Felsen, aber Simon, der zuerst da war, hob sie ihm auf. Hass war um Simon her auf dem Berggipfel mit grausigem Flügelschlag.

»Das eine Glas ist kaputt.«

Piggy griff nach der Brille und setzte sie auf. Er sah Jack böse an.

»Ich brauch die Brille. Jetzt hab ich nur noch ein Auge. Wart du nur –«

Jack ging auf Piggy los, der davonkletterte, bis er hinter einem großen Felsen in Sicherheit war. Er streckte seinen Kopf über den Rand und blitzte Jack durch das eine Brillenglas an.

»Jetzt hab ich nur noch ein Auge. Wart du nur –!«

Jack ahmte das Gewimmer und Gekrabbel nach.

»Wart du nur – haaa!«

Piggy und seine Parodie, das war so lustig, dass die Jäger anfingen zu lachen. Jack fühlte sich ermutigt. Er äffte weiter Piggys Umhergekrabbel nach, und das Lachen schwoll zu stürmischer Hysterie an. Ralph spürte, wie seine Lippen wider Willen zitterten; er war wütend auf sich selbst, weil er nachgegeben hatte.

»Das war gemein«, knurrte er.

Jack ließ das Umhergekrieche sein und blickte Ralph ins Gesicht. Seine Stimme klang wie ein Schrei.

»Schon gut, schon gut!«

Er sah Piggy an, die Jäger, Ralph.

»Es tut mir Leid. Mit dem Feuer, mein' ich. Also, ich –«

Er reckte sich auf.

»– ich bitte um Verzeihung.«

Aus dem Stimmengewirr sprach die Bewunderung der Jäger für diese vornehme Geste. Sie waren ganz der Meinung, dass Jack das Schickliche getan, sich selbst durch seine großmütige Abbitte ins Recht und Ralph irgendwie ins Unrecht gesetzt hatte. Sie erwarteten jetzt eine entsprechende schickliche Antwort.

Doch Ralphs Mund blieb stumm. Ihn erbitterte dieses geschickte Redemanöver Jacks, der an seinem Vergehen nicht genug zu haben schien. Das Feuer war aus, das Schiff fort. Sah das denn niemand? Zorn und nicht schickliche Worte hatte er zu geben.

»Das war gemein!«

Sie schwiegen auf dem Berg, während der irre Schleier über Jacks Augen fiel und wieder verschwand.

Ralphs letzte Worte waren ein unfreundliches Knurren.

»Also gut. Steckt das Feuer an.«

Sie hatten wieder etwas Sinnvolles zu tun, und die drückende Spannung ließ ein wenig nach. Ralph verharrte stumm und regungslos und blickte auf die Asche, in der er stand. Jack tat laut geschäftig. Er gab Befehle, sang, pfiff, warf dem erstarrten Ralph Bemerkungen zu – Bemerkungen, die keine Antwort erforderten und ihm deshalb keine Zurückweisung einbringen konnten; und Ralph schwieg. Keiner, nicht einmal Jack, wollte ihn bitten, aus dem Weg zu gehen, und sie mussten schließlich das Feuer drei Meter weiter an einer Stelle anrichten, die weniger günstig war. So behauptete Ralph sein Führertum, und er hätte keine bessere Geste dazu wählen können, hätte er drei Tage lang nachgedacht. Gegen diese so unbestimmbare und so wirkungsvolle Waffe war Jack machtlos, und er kochte innerlich und wusste nicht warum. Als der Stapel fertig war, trennte sie eine hohe Wand.

Das Feuer war bereitet, und eine neue Zwangslage entstand. Jack hatte nichts zum Anzünden. Da ging zu seiner Überraschung Ralph auf Piggy zu und holte sich die Brille. Nicht einmal Ralph wusste, dass zwischen ihm und Jack ein Bindeglied gelöst und an anderer Stelle eingefügt worden war.

»Ich bring sie wieder zurück.«

»Ich komm auch mit.«

Piggy stand hinter ihm, eine einsame Insel in einem

Meer von unbestimmter Farbe, während Ralph niederkniete und das Brennglas einrichtete. Sowie die Flamme
emporschlug, streckte Piggy die Hand aus und nahm die
Brille an sich.

Vor diesen märchenhaften Blüten aus Violett und Rot
und Gelb schmolz der Unmut dahin. Sie wurden zu Jungen, die im Kreis um ein Lagerfeuer standen, und sogar
Piggy und Ralph konnten sich dem nicht ganz entzie-
hen. Es dauerte nicht lange, und einige rannten den
Hang hinunter, um mehr Holz zu holen, während Jack
an dem Schwein herumhackte. Sie versuchten, das ganze Schwein an einer Stange über das Feuer zu halten,
aber die Stange verbrannte schneller, als das Fleisch
briet. Schließlich spießten sie Fleischstücke auf Äste und
hielten sie in die Flammen: und selbst jetzt wurden die
Jungen nicht viel weniger gebraten als das Fleisch.

Ralph lief das Wasser im Munde zusammen. Er gedachte, kein Fleisch anzunehmen, aber die Mahlzeiten
der vergangenen Tage, Früchte und Nüsse, hier ein
Krebs und da ein Fisch – das ließ ihn schwach werden. Er
nahm ein Stück halbrohen Fleisches entgegen und biss
hinein wie ein Wolf.

Auch Piggy wässerte der Mund.

»Krieg ich keins?«, sagte er.

Jack hatte ihn nur zappeln lassen wollen zum Beweis
seiner Macht; aber Piggys Hinweis auf die Unterlassung
forderte weitere Grausamkeit heraus.

»Du hast auch nicht mitgejagt.«

»Ralph auch nicht«, sagte Piggy gierig, »und auch
Simon nicht.«

Er gab nicht nach. »Ist ja kaum ein Gramm Fleisch
dran an so'nem Krebs!«

Ralph wurde unruhig. Simon, der zwischen den Zwillingen und Ralph saß, wischte sich den Mund und schob sein Stück Fleisch über den Felsen Piggy hin, der danach griff. Die Zwillinge kicherten, und Simon senkte vor Scham den Kopf.

Da sprang Jack auf, hieb einen großen Brocken Fleisch ab und warf ihn Simon vor die Füße.

»Da iss! Verdammt nochmal!«

Er starrte Simon durchbohrend an.

»Nimm's!«

Er machte eine Drehung auf dem Hacken, Mittelpunkt eines verblüfften Kreises von Jungen.

»Ich hab euch Fleisch beschafft!«

Zahllose, unsägliche Misserfolge wirkten zusammen und ließen seinen Zorn mit elementarer, Furcht erregender Gewalt losbrechen. »Ich hab mich rangemacht – ich hab mich angeschlichen. Jetzt esst alle – und ich –«

Langsam verdichtete sich die Stille auf dem Berggipfel, bis das Knistern des Feuers und das leise Zischen des bratenden Fleisches zu hören war.

Jack blickte in die Runde, aber er traf nicht auf Verständnis, sondern nur auf Respekt. Ralph stand auf der Asche des Signalfeuers, die Hände voll Fleisch, und blieb stumm.

Schließlich brach Maurice das Schweigen. Er sprach von dem, was allein die Mehrheit wieder zusammenführen konnte.

»Wo hast du das Schwein gefunden?«

Roger deutete nach der ungastlichen Seite.

»Sie waren da unten – am Wasser.«

Jack, der wieder zu sich fand, ertrug es nicht, dass

ein anderer seine Geschichte erzählte. Er fiel schnell ein.

»Wir sind ausgeschwärmt. Ich ran, auf Händen und Knien. Speere konnten wir nicht nehmen, weil keine Widerhaken dran waren. Das Schwein ist abgehauen und hat vielleicht einen Lärm gemacht –«

»Dann ist es zurückgekommen und in den Kreis rein, und es hat geblutet –«

Alle sprachen erleichtert und erregt durcheinander.

»Wir haben dann den Kreis enger gemacht –«

Der erste Hieb hatte sein Hinterteil gelähmt, so konnten sie die Schlinge enger ziehen und schlagen und schlagen –

»Ich hab ihm den Hals durchgeschnitten –«

Die Zwillinge teilten sich immer noch das gleiche Grinsen; sie sprangen auf und rannten umeinander. Die andern taten mit und grunzten wie das verendende Schwein und schrien.

»Eins vor die Birne!«

»Gib ihm Saures!«

Dann machte Maurice das Schwein und rannte quiekend in die Mitte, und die Jäger, weiterhin im Kreis stehend, taten, als schlügen sie ihn. Beim Herumhüpfen sangen sie:

»Stecht das Schwein! Macht es tot! Kurz und klein!«

Ralph beobachtete sie neidisch und grollend. Erst als sie ermüdeten und der Singsang verstummte, sprach er:

»Ich berufe eine Versammlung ein.«

Einer nach dem andern hielten sie inne und sahen ihn an.

»Mit dem Muschelhorn. Ich berufe eine Versammlung ein, und wenn es bis in die Nacht hinein dauert. Unten auf der Plattform. Ich gehe jetzt runter und blase.«

Er wandte sich um und ging davon, den Berg hinab.

Fünftes Kapitel

TIER AUS DEM WASSER

Die Flut kam herein, und zwischen dem Wasser und dem weißen, holprigen Gestein bei der Palmenterrasse war nur ein schmaler Streifen festen Strandes. Ralph ging diesen festen Pfad entlang, weil er nachzudenken hatte, und hier brauchte er nicht auf seine Füße zu achten. Als er neben dem Wasser einherschritt, überfiel ihn plötzlich Erstaunen. Er verstand auf einmal das Mühsame dieses Insellebens, wo jeder Pfad eine Improvisation war und wo man einen beträchtlichen Teil seines Tages damit ausfüllte, auf seine Füße zu achten. Er blieb stehen und blickte auf den Streifen; und dann dachte er an jenen ersten begeisterten Erkundungsgang, als gehöre er einer schöneren Kindheit an, und lächelte spöttisch. Dann machte er kehrt und ging mit der Sonne im Gesicht zur Plattform zurück. Es war Zeit für die Versammlung, und während er in den gleißenden Glanz des Sonnenlichts hineinschritt, ging er sorgfältig die einzelnen Punkte seiner Rede durch. Diese Versammlung musste von allen ernst genommen werden, phantastische Ideen und Vorschläge waren nicht angebracht …

Er verstrickte sich in einem Gewirr von Gedanken, die keine Gestalt annahmen, da ihm die Worte fehlten, sie auszudrücken. Stirnrunzelnd versuchte er es von neuem.

Diese Versammlung durfte nicht in Spielerei ausarten, sondern musste eine ernsthafte Angelegenheit bleiben.

Darauf ging er schneller, er ward auf einmal der Dringlichkeit gewahr und der tief stehenden Sonne und des Luftzugs beim Dahinschreiten, der ihm ins Gesicht wehte. Der Wind presste ihm das graue Hemd an die Brust, und er sah – mit diesem neuen Verständnis –, wie steif die Falten waren, wie Pappe, und wie hässlich; sah, dass die ausgefransten Hosenbeine vorn auf den Schenkeln rötliche Flecke aufrieben. Mit schmerzhafter Plötzlichkeit entdeckte er Schmutz und Verfall; er erkannte auf einmal, wie sehr es ihm zuwider war, ständig das verfilzte Haar aus den Augen zu streichen und sich endlich, wenn die Sonne gegangen war, zur Ruhe in trockenes, raschelndes Laub zu rollen. Darauf begann er zu laufen.

Der Strand am Tümpel war betupft mit Gruppen von Jungen, die auf die Versammlung warteten. Sie spürten seinen Zorn und dachten an das Vergehen, an das tote Feuer, und gaben ihm schweigend den Weg frei.

Der Versammlungsplatz, auf dem er jetzt stand, hatte etwa die Form eines Dreiecks, das jedoch unregelmäßig und unvollendet war wie alles, was sie unternahmen. Da war zunächst der Stamm, auf dem er selbst saß; ein toter Baum, der für die Plattform außergewöhnlich groß war. Vielleicht hatte ihn einer jener legendären Pazifikstürme ans Ufer gespült. Dieser Palmstamm lag parallel zum Strand, sodass Ralph im Sitzen das Gesicht der Insel zukehrte, für die Jungen aber eine dunkle Gestalt war gegen das Flimmern der Lagune. Die beiden Seiten des Dreiecks, dessen Grundlinie der Stamm darstellte, waren weniger gerade gezogen. Rechts lag ein Stamm, der nach der Spitze hin von ruhelosen Gesäßen blank gescheuert war, aber er war nicht so dick wie der des Anführers und nicht so bequem. Links lagen vier kleinere Stämme. Einer davon – der Hinterste – wippte ganz erbärmlich. Versammlung auf Versammlung war in Lachen untergegangen, wenn sich einer zu weit zurücklehnte und der Stamm hochschnellte und ein halbes Dutzend Jungen rückwärts ins Gras warf. Doch jetzt sah er erst, dass keiner darauf gekommen war – weder er noch Jack noch Piggy –, einen Stein zu holen und das Ganze zu verkeilen. Und sie würden weiter mit dem wackeligen Knorren vorlieb nehmen, weil, weil ... Wieder verloren sich seine Gedanken in tiefen Wassern.

Vor den einzelnen Stämmen war das Gras zertrampelt, aber in der Mitte des Dreiecks stand es hoch und unberührt. Auch an der Spitze wuchs das Gras dicht, weil dort niemand saß. Rings um den Versammlungsplatz stiegen die grauen Stämme stracks oder geneigt auf und trugen das niedrige Laubdach. Links und rechts war Strand; vorn die Lagune, hinten das Dunkel der Insel.

Ralph ging auf den Führersitz zu. So spät war noch nie eine Versammlung gewesen. Deshalb sah auch alles so anders aus. Gewöhnlich erhellte die Unterseite des grünen Dachs ein Gewirr goldener Lichtspiegelungen und ihre Gesichter waren von unten her angestrahlt, wie – dachte Ralph – wenn man eine Taschenlampe in der Hand hält. Aber jetzt fiel die Sonne von der Seite ein, sodass die Schatten da waren, wo sie hingehörten.

Wieder versank er in dieses seltsame, ihm so fremde Grübeln. Wenn Gesichter verschieden waren, je nachdem ob sie von oben oder von unten beleuchtet wurden – was war dann ein Gesicht? Nichts war ja dann mehr ...

Ralph trat ungeduldig von einem Bein aufs andere.

Das Dumme war, als Anführer musste man denken, schlau sein. Und dann ging die Gelegenheit vorüber, und man musste einen überstürzten Entschluss fassen. Das brachte einen zum Nachdenken; denn Denken war etwas Wertvolles, das führte zu was ...

Nur, stellte Ralph fest, als er vor dem Führersitz stand, ich kann nicht denken. Nicht so wie Piggy.

Zum zweiten Mal an diesem Abend musste Ralph dessen Fähigkeit anerkennen. Piggy konnte denken. Er konnte Schritt für Schritt in seinem dicken Kopf weiterdenken, nur – Piggy war kein Anführer. Piggy war drollig anzuschauen, aber er hatte Verstand. Ralph wusste jetzt, was Denken war, und vermochte Denken auch bei einem anderen zu schätzen.

Die Sonne, die ihm in die Augen fiel, erinnerte ihn daran, dass die Zeit vorrückte, und er nahm das Muschelhorn vom Baum und sah es prüfend an. Die Einwirkung der Luft hatte das Gelb und Hellrot fast weiß-durchsichtig gebleicht. Ralph fühlte sich dem Muschelhorn wie in liebevoller Verehrung verbunden, obwohl er das Ding selbst aus dem Wasser gefischt hatte. Er blickte auf den Versammlungsplatz und hob das Horn an die Lippen.

Die andern hatten nur darauf gewartet und kamen sogleich.

Wer noch nicht vergessen hatte, dass ein Schiff vorbeigekommen war, während das Feuer tot darniederlag, fühlte sich bedrückt bei dem Gedanken an Ralphs Zorn; die andern und die Kleinen, die keine Ahnung hatten, waren von der feierlichen Stimmung beeindruckt. Der Versammlungsplatz füllte sich rasch; Jack, Simon, Maurice, die meisten der Jäger, zur Rechten Ralphs; der

Rest zur Linken, in der Sonne. Piggy blieb außerhalb des Dreiecks stehen. Das hieß, er wollte zuhören, aber nicht reden; und diese Geste sollte Missbilligung ausdrücken.

»Also – wir müssen eine Versammlung abhalten.«

Keiner sagte etwas, aber alle blickten sie ihn aus erwartungsvollen Gesichtern an. Er schwang die Muschel. Praktische Erfahrung hatte ihn gelehrt, dass grundlegende Feststellungen wie diese mindestens einmal wiederholt werden mussten, damit jeder sie verstand. Man musste dasitzen, aller Augen auf das Muschelhorn ziehen und die Worte wie schwere Steine unter die einzelnen Gruppen fallen lassen, die ihn kauernd und hockend umlagerten. Er suchte nach einfachen Worten, damit auch die Kleinen begriffen, worum es in dieser Versammlung ging. Später würden vielleicht geübte Wortstreiter – Jack, Maurice, Piggy – ihre ganze Kunst aufbieten, um die Versammlung zu verwirren: Aber jetzt zu Anfang musste das Thema der Diskussion klar herausgestellt werden.

»Wir müssen eine Versammlung abhalten. Nicht zum Spaß. Nicht zum Vombaumherunterfallen« – die Kleinen auf den Knorren kicherten und sahen einander an – »Nicht zum Dummheitenmachen oder zum –« er hob das Muschelhorn im Bemühen, das zwingende Wort zu finden – »zum Klugdaherreden. Nein, dafür nicht. Aber damit wir klar sehen.«

Er hielt einen Augenblick inne.

»Ich hab allein für mich nachgedacht, was eigentlich zu tun ist. Ich weiß, was wir brauchen. Eine Versammlung, damit wir klar sehen. Und vor allem rede jetzt erst mal ich.«

Er machte eine Pause und strich sich mechanisch das Haar zurück. Piggy trat auf den Fußspitzen in das Dreieck, nachdem sein Protest ohne Wirkung geblieben war, und setzte sich zu den andern.

Ralph fuhr fort.

»Wir haben eine ganze Masse Versammlungen abgehalten. Alles will gern reden und beisammen sein. Wir fassen Entschlüsse. Aber sie werden nicht ausgeführt. Wir haben Wasser vom Fluss holen wollen in den Kokosschalen da, mit Blättern zugedeckt. Ein paar Tage ist das gegangen. Jetzt ist kein Wasser da. Die Schalen sind trocken. Alles trinkt aus dem Fluss.«

Zustimmendes Gemurmel.

»Es ist natürlich nicht schlimm, wenn einer aus dem Fluss trinkt. Ich trink selbst lieber Wasser dahinten, beim Tümpel, wo der Wasserfall ist, als aus einer alten Kokosschale. Nur – wir haben gesagt, das Wasser wird geholt, und jetzt wird's nicht gemacht. Heute Nachmittag waren nur zwei Schalen voll.«

Er fuhr sich mit der Zunge über die Lippen.

»Und dann die Hütten, die Unterkunft.«

Das Gemurmel schwoll wieder an und verebbte.

»Ihr schlaft meistens in den Hütten. Heut Nacht schläft alles da bis auf Samneric oben beim Feuer. Wer hat die Hütten gebaut?«

Sogleich erhob sich Geschrei. Jeder hatte die Hütten gebaut. Ralph musste noch einmal das Muschelhorn schwingen.

»Augenblick! Ich meine, wer hat alle drei gebaut? Wir haben alle zusammen die erste gebaut, an der zweiten waren wir zu viert, und die letzte da drüben haben Simon und ich allein gebaut. Deshalb ist sie so wackelig. Ihr braucht nicht zu lachen! Die Hütte kann einstürzen, wenn's wieder regnet. Dann brauchen wir die Hütten.«

Er hielt inne und räusperte sich.

»Dann ist noch was. Die Felsen da über dem Tümpel drüben, da hat die Toilette sein sollen. Auch das war vernünftig. Die Flut macht alles wieder sauber. Die Kleinen wissen ja Bescheid.«

Gekicher hier und dort und verstohlene Blicke.

»Jetzt wird überall hingemacht. Sogar bei den Hütten und bei der Plattform. Ihr Kleinen da, wenn ihr Früchte esst, wenn ihr mal müsst –«

Die Versammlung brüllte.

»Ich sage, wenn ihr mal müsst, dann bleibt von den Früchten weg. Das ist Schweinerei.«

Erneutes Lachen.

»Das ist Schweinerei, sag ich!«

Er zerrte an seinem steifen grauen Hemd.

»Das ist wirklich Schweinerei. Wenn ihr müsst, dann auf den Strand, entlang zu den Felsen. Verstanden?«

Piggy streckte den Arm nach dem Muschelhorn aus, aber Ralph schüttelte den Kopf. Seine Rede war Punkt für Punkt ausgearbeitet.

»Wir müssen alle wieder auf die Felsen. Sonst wird's hier schmutzig.« Er machte eine Pause. Die Versammlung fühlte etwas Entscheidendes kommen und harrte gespannt.

»Und dann: das Feuer.«

Er atmete hörbar aus, ein Seufzer, der sich in der Versammlung wie ein Echo fortpflanzte. Jack begann mit dem Messer an einem Stück Holz zu schnitzeln und sagte leise etwas zu Robert, der den Kopf abwandte.

»Das Feuer ist das Wichtigste für uns hier. Wie können wir gerettet werden, wenn wir kein Feuer unterhalten? Höchstens durch Zufall! Bringen wir denn nicht mal ein Feuer zustande?«

Sein Arm beschrieb einen Bogen.

»Da! Guckt mal! Wie viel sind wir? Und wir können kein Feuer anhalten, damit's Rauch gibt. Kapiert ihr das nicht? Begreift ihr denn nicht, wir dürfen das Feuer nicht ausgehen lassen, das ist wichtiger als Essen, wichtiger als alles andere –«

Verlegenes Kichern bei den Jägern. Ralph fuhr sie hitzig an.

»Ihr Jäger! Lacht nur! Aber ihr könnt mir glauben, der Rauch ist wichtiger als ein Schwein, und wenn ihr noch so viele tötet. Ist das allen klar?«

Er breitete die Arme aus und wandte sich wieder an das ganze Dreieck: »Wir müssen da oben Rauch machen – oder wir kommen um.«

Er hielt inne und ertastete den nächsten Punkt.

»Und noch was.«

Einer rief dazwischen: »Mach bald Schluss!«

Es wurde zustimmend gemurmelt. Ralph schlug den Widerstand nieder.

»Und noch was. Wir haben beinah die ganze Insel in Brand gesteckt. Und wir verschwenden Zeit, rollen Felsbrocken rum und machen kleine Feuerstellen. Jetzt hört mal her, das ist jetzt ein Befehl, denn ich bin der Anführer: es wird kein Feuer mehr gemacht, nur noch auf dem Berg, anderswo nicht!«

Sogleich geriet alles in Aufruhr. Einige erhoben sich und schrien, und Ralph schrie zurück.

»Nämlich wenn ihr Feuer braucht, für Fische oder

Krebse zu kochen, könnt ihr genauso gut auf den Berg gehen! Dann geht's wenigstens auch nicht aus.«

Hände griffen nach dem Muschelhorn im Schein der sinkenden Sonne. Er ließ es nicht los und sprang auf den Stamm.

»So, das war's. Ihr wisst jetzt Bescheid. Ihr habt mich gewählt, also tut auch, was ich sage!«

Sie beruhigten sich nach und nach und hockten schließlich nieder. Ralph sprang herunter, und seine Stimme klang wieder normal.

»Also denkt dran: für die Toilette die Felsen, passt aufs Feuer auf und dass immer Rauch da ist, und holt kein Feuer vom Berg. Geht rauf, wenn ihr was braten wollt.«

Jack erhob sich, seine Augen blickten finster im Dämmerlicht, und er streckte die Hände aus.

»Ich bin noch nicht fertig.«

»Du hast doch jetzt genug geredet!«

»Ich hab die Muschel!«

Jack setzte sich murrend wieder hin.

»Und jetzt zum Schluss noch eins. Darüber können wir dann alle reden.«

Er wartete, bis es ganz still war auf der Plattform.

»Alles löst sich auf. Ich weiß nicht, weshalb. Zuerst ist alles so fein gewesen, alles ging prima. Und dann –«

Er schwenkte langsam das Muschelhorn, starrte über die Versammlung hinweg ins Leere und dachte an das wilde Tier, an die Schlange, das Feuer, das Gerede vom Angsthaben.

»Dann kriegen welche auf einmal Angst.«

Gemurmel, ein Stöhnen fast, dann wieder Stille. Jack hatte aufgehört zu schnippeln. Ralph fuhr unvermittelt fort.

»Das ist doch Kindergewäsch! Wir werden das gleich haben. Wir kommen also jetzt zum letzten Teil, wo jeder mitreden kann: das mit der Angst.«

Das Haar fiel ihm wieder über die Augen.

»Wir müssen von der Angst sprechen und dass das alles Unsinn ist. Ich hab selbst manchmal Angst; aber das ist Quatsch. Genau wie Gespenster. Und wenn das klar ist, machen wir wieder alles, wie's sich gehört, und wir kümmern uns auch wieder ums Feuer.« Er sah plötzlich in Gedanken drei Jungen, die den Strand entlanggingen. »Und es wird wieder fein –«

Ralph legte das Muschelhorn feierlich neben sich auf den Stamm zum Zeichen, dass seine Rede zu Ende war. Das letzte Sonnenlicht fiel waagrecht zu ihnen herein.

Jack stand auf und ergriff die Muschel.

»Das heißt also, wir müssen sehen, woran wir sind. Ich will euch sagen, was los ist. Ihr Kleinen da, ihr habt angefangen, von wegen Angst und so. Wilde Tiere! Wo sollen die denn herkommen? Natürlich haben wir manchmal Angst, aber da gewöhnt man sich dran. Nur – Ralph sagt, ihr schreit nachts. Das sind doch bloß Alpträume. Egal – ihr jagt nicht und baut nicht mit, ihr tut gar nichts – ihr seid alles Wickelkinder und Angsthasen. Das seid ihr! Und von wegen Angst – da müsst ihr euch mit abfinden, wir andern tun's ja auch.«

Ralph starrte Jack mit offenem Mund an, aber Jack sah nicht hin.

»Ist doch klar: Ein Traum tut euch nichts, und die Angst auch nicht. Es gibt keine wilden Tiere auf der Insel, ihr braucht gar keine Angst zu haben.« Sein Blick glitt die Reihe der flüsternden Kleinen entlang. »Es würde euch ganz recht geschehen, wenn euch einer holen käme, ihr nichtsnutzigen Schreihälse! Aber es gibt kein wildes Tier –«

Ralph unterbrach ihn gereizt.

»Was soll denn das alles? Wer hat denn was von einem Tier gesagt?«

»Na du neulich. Du hast gesagt, sie träumen schlecht und schreien. Jetzt geht schon's Gerede los – nicht nur die Kleinen, auch meine Jäger manchmal, von so'nem Ding, was Schwarzes, ein wildes Tier oder so. Ich hab's gehört. Das hast du nicht gedacht, was? Jetzt hört mal her. Auf kleinen Inseln gibt's keine großen Tiere. Nur Schweine. Löwen und Tiger gibt's nur in großen Ländern wie Afrika und Indien –«

»Und im Zoo –«

»Ich hab die Muschel! Ich will jetzt nicht von Angst reden, sondern von dem wilden Tier. Meinetwegen habt Angst. Aber'n wildes Tier –«

Jack hielt inne, die Muschel auf den Armen, und wandte sich an die Jäger mit ihren dreckigen schwarzen Mützen.

»Bin ich ein Jäger oder bin ich keiner?«

Sie nickten nur. Freilich war er ein Jäger. Keiner hatte das bezweifelt.

»Also gut. Ich bin auf der ganzen Insel gewesen. Allein. Wenn ein wildes Tier da wäre, hätt ich's gesehen. Habt Angst, wenn ihr Lust habt – aber im Wald gibt's kein wildes Tier!«

Jack gab das Muschelhorn zurück und setzte sich. Die ganze Versammlung klatschte erleichtert Beifall. Da streckte Piggy den Arm aus.

»Jack hat schon Recht, glaub ich, aber nicht ganz. Freilich gibt's kein wildes Tier. Wie soll denn das da hinkommen? Was soll denn das fressen?«

»Schweinefleisch!«

»Wir essen Schweinefleisch.«

»Piggy! Schweinchen!«

»Die Muschel hab ich!«, rief Piggy unwillig. »Ralph – die haben ruhig zu sein, oder? Ihr haltet die Klappe, da, die Kleinen! Nur – mit der Angst, das stimmt nicht. Natürlich ist im Wald nichts Schlimmes. Ha – ich war ja selbst drin. Nächstens kommt ihr noch mit Gespenstern und so. Wir wissen, was los ist, und wenn was nicht stimmt, dann muss man's in Ordnung bringen.«

Er setzte die Brille ab und sah sich blinzelnd um. Die Sonne war verschwunden, wie wenn man am Lichtschalter dreht.

Er wollte das Ganze erklären.

»Wenn ihr'n Schmerz habt im Bauch, groß oder klein –«

»Deiner ist groß!«

»Wenn ihr fertig seid mit Lachen, dann können wir vielleicht weitermachen. Und wenn die Kleinen da wieder auf den Knorzen klettern, macht's gleich wieder bums. Ihr könnt doch genauso gut auf dem Boden sitzen und zuhören. Nein, ich wollt' nur sagen, es gibt Ärzte für alles, sogar für innen im Kopf. Wollt ihr wirklich, dass wir dauernd Angst haben wegen nichts? Das Leben«, sagte Piggy ausholend, »ist was Wissenschaftliches, und sonst nichts. In ein, zwei Jahren, wenn der Krieg aus ist, dann fahren sie zum Mars und wieder zurück. Ich weiß, dass es kein wildes Tier gibt – mit Krallen und so mein ich –, aber es gibt auch keine Angst.«

Piggy machte eine Pause.

»Außer –«

Ralph rückte unruhig hin und her.

»Außer was?«

»Außer wenn einer vorm andern Angst hat.«

Ein Laut, halb Lachen, halb Gespött, klang Piggy entgegen. Er zog den Kopf ein und fuhr hastig fort:

»Dann wollen wir mal den Kleinen hören, der was von einem wilden Tier gesagt hat, und vielleicht können wir ihm zeigen, was er für'n Dummkopf ist.«

Die Kleinen plapperten miteinander, dann trat einer vor.

»Wie heißt du?«

»Phil.«

Für sein Alter war er selbstbewusst. Er streckte die Hände aus, hielt das Muschelhorn auf den Armen wie Ralph und blickte in die Runde, um die Aufmerksamkeit aller auf sich zu ziehen, bevor er begann.

»Gestern Nacht hab ich geträumt, ganz schrecklich, ich hätte mit was gekämpft. Ich war allein draußen vor der Hütte und hab mit dem Zeugs da, dem Schlingzeug in den Bäumen gekämpft.«

Er hielt inne, und die andern Kleinen lachten in erschauerndem Mitempfinden.

»Dann bin ich erschrocken und aufgewacht. Und da war ich ganz allein vor der Hütte, und das Schlingzeug war fort.«

Das Entsetzen war so greifbar, so verständlich, und das nackte Grausen packte sie und verschlug ihnen die Sprache. Hinter der weißen Muschel piepste die Stimme des Kleinen weiter.

»Und ich hab Angst gekriegt und hab Ralph rufen

119

wollen, und da hab ich gesehen, wie sich zwischen den Bäumen was bewegt hat, was Großes, Schreckliches –«

Er verstummte, von der Erinnerung erneut bedrückt, doch gleichzeitig auch stolz auf die Wirkung seiner Worte.

»Das war ein Albtraum«, sagte Ralph, »er hat bloß geschlafwandelt.«

Die Versammlung murmelte gedämpfte Zustimmung.

Der Kleine schüttelte beharrlich den Kopf.

»Wie die Schlingdinger da auf mich los sind, hab ich geschlafen, aber wie sie weg waren, da war ich wach, und da hat sich was Großes, Schreckliches zwischen den Bäumen bewegt.«

Ralph griff nach dem Muschelhorn, und der Kleine setzte sich.

»Du hast geschlafen. Es war gar nichts da. Warum soll denn jemand nachts draußen rumlaufen? Ist einer draußen gewesen? Ist jemand mal rausgegangen?«

Es entstand eine lange Pause, und die Versammlung grinste bei dem Gedanken, dass einer im Dunkeln draußen herumlaufen könnte. Dann stand Simon auf, und Ralph sah ihn überrascht an.

»Du! Was hast du dich im Dunkeln draußen rumgetrieben?«

Simon ergriff krampfhaft die Muschel.

»Ich wollte – wo hingehen – ich bin schon öfter da gewesen.«

»Wo?«

»Ich kenn die Stelle. Da im Dschungel.«

Er zögerte.

Jack schloss die Frage ab mit jener Verachtung in der Stimme, die so lustig und endgültig klang.

»Er hat mal wohin gemusst.«

Mit einem Gefühl der Demütigung Simons wegen nahm Ralph die Muschel wieder an sich und sah Simon dabei fest an.

»Na gut, tu's nicht wieder, klar? Nicht nachts. Es wird grad genug von wilden Tieren gefaselt, die Kleinen brauchen dich nicht auch noch rumschleichen zu sehen wie ein –«

In das spöttische Lachen der Versammlung mischte sich Furcht und Verdammung. Simon wollte etwas sagen, aber Ralph hatte das Muschelhorn, so ging er an seinen Platz zurück.

Als es wieder still geworden war, wandte sich Ralph an Piggy.

»Na, Piggy?«

»Es war noch einer da. Der da.«

Die Kleinen schoben Percival nach vorn und ließen ihn stehen. Das Gras in der Mitte des Dreiecks ging ihm bis an die Knie, und er sah auf seine den Blicken verborgenen Füße hinab und versuchte so zu tun, als seien die andern gar nicht da. Ralph musste an einen anderen kleinen Jungen denken, der genauso dagestanden hatte, und er schreckte vor der Erinnerung zurück. Er hatte den Gedanken an ihn unterdrückt, beiseite geschoben, und es bedurfte dieser augenfälligen Gleichartigkeit der Umstände, um ihn wieder heraufzubeschwören. Man hatte die Kleinen nicht mehr gezählt, einmal weil man nie mit Sicherheit wissen konnte, ob alle mitgezählt waren, und zum anderen, weil Ralph die Antwort auf zumindest eine der Fragen wusste, die Piggy auf dem Berggipfel gestellt hatte. Blonde waren dabei, braune, sommersprossige, und alle schmutzig, aber was größeren Makel anging, waren ihre Gesichter alle schrecklich rein: Keiner hatte mehr das maulbeerfarbene Muttermal gesehen. Aber damals hatte Piggy herumgeredet und gewettert. In stillschweigendem Eingeständnis der Erinnerung an das Unaussprechliche nickte Ralph Piggy zu.

»Mach weiter. Frag ihn.«

Piggy kniete nieder, die Muschel in der Hand.

»Also, wie heißt du?«

Der Kleine zog sich noch tiefer in sein Gehäuse zurück. Piggy sah Ralph hilflos an, der mit scharfer Stimme fragte:

»Wie heißt du?«

Die Stille und die Weigerung des Kleinen waren zu viel für die Versammlung. Sie riefen im Chor:

»Wie heißt du? Wie heißt du?«

»Ruhe!«

Das Kind stand da, im Zwielicht, und Ralph starrte es an.

»Jetzt sag uns mal, wie du heißt.«

»Percival Wernys Madison, Pfarrhaus, Harcourt St. Anthony, Hants, Telefon, Telefon, Tele –«

Als wurzele diese Mitteilung tief unten in den Brunnen des Leids, begann der Kleine zu weinen. Er verzog sein Gesicht, Tränen kamen aus den Augen, sein Mund ging auf, bis man nur noch ein großes schwarzes Loch sah. Zuerst war er stumm, ein Standbild des Kummers, aber dann brach der Jammer aus ihm heraus, laut und anhaltend wie die Muschel.

»Hör auf! Hör bloß auf!«

Percival Wernys Madison hörte aber nicht auf. Ein Brunnen war angebohrt, und weder mit Machtworten noch gar mit Gewalt war er zu schließen. Das Weinen ging fort, in regelmäßigen Intervallen, und schien ihn aufrecht zu halten, als sei er daran festgenagelt.

»Seid still! Hört doch auf!«

Denn jetzt waren die Kleinen nicht mehr zu halten. Sie wurden an ihre persönlichen Kümmernisse erinnert und fühlten vielleicht, dass sie ein Leid teilten, das alle betraf. Sie begannen ebenfalls zu weinen, zwei fast so laut wie Percival.

Maurice erlöste sie.

»Schaut mal her!«, schrie er.

Er tat so, als falle er hin. Er rieb sich das Gesäß und setzte sich auf den Knorren, dass er ins Gras kippte. Er schauspielerte schlecht, aber Percival und die anderen sahen hin und schluckten und lachten. Auf einmal lachten sie alle so verrückt, dass die Großen einfielen.

Jack verschaffte sich als erster Ruhe. Er war nicht im Besitz der Muschel und nahm also gegen die Bestimmung das Wort; aber niemand begehrte auf.

»Und was ist mit dem wilden Tier?«

Etwas Seltsames widerfuhr Percival. Er gähnte und taumelte, sodass Jack ihn packte und schüttelte.

»Wo ist denn das wilde Tier?«

Percival sackte unter Jacks Griff zusammen.

»Muss'n schlaues Tier sein«, sagte Piggy spöttisch, »wenn es sich hier auf der Insel verstecken kann.«

»Jack ist doch überall gewesen –«

»Selbst'n wildes Tier!«

Percival murmelte etwas, und die Versammlung lachte erneut. Ralph beugte sich vor.

»Was hat er gesagt?«

Jack lauschte Percivals Antwort und ließ ihn dann gehen. Erlöst und wieder geborgen mitten unter Menschen fiel Percival ins hohe Gras und schlief ein.

Jack räusperte sich und berichtete dann beiläufig. »Er sagt, das Tier käme aus dem Meer.«

Auch das letzte Lachen verstummte. Ralph drehte sich unwillkürlich um, und seine zusammengekauerte Gestalt hob sich schwarz gegen die Lagune ab. Die Versammlung folgte seinem Blick; bedachte die weiten Wasserstrecken, die hohe See dahinter, unbekanntes Dunkelblau voll unbegrenzter Möglichkeiten; hörte stumm das Heulen und Flüstern des Riffs.

Da platzte Maurice heraus – so laut, dass alle zusammenzuckten.

»Mein Papa hat gesagt, man hätte noch nicht alle Seetiere entdeckt.«

Die Debatte begann von neuem. Ralph reichte das schimmernde Horn hinüber, und Maurice nahm es gehorsam entgegen. Die Versammlung ging weiter.

»Also wenn Jack sagt, man kann ruhig Angst haben, weil man sowieso Angst hat, das stimmt. Aber wenn er meint, es gibt nur Schweine hier, ich denk ja auch, das stimmt, aber genau weiß er's nicht, nicht genau, nicht ganz bestimmt, mein ich« – Maurice holte Luft – »Mein Papa hat gesagt, es gibt da so Dinger, wie heißen die bloß, wo man Tinte draus macht – Tintenfische –, die sind'n paar hundert Meter lang und die fressen ganze Wale auf einen Sitz.« Er hielt inne und lachte belustigt. »Ich glaub natürlich nicht an so'n wildes Tier. Piggy sagt, das Leben ist wissenschaftlich, aber wir wissen das nicht, oder? Nicht bestimmt, mein ich –«

Eric rief:

»Ein Tintenfisch kann ja gar nicht aus dem Wasser raus.«

»Doch, er kann!«

»Kann nicht!«

Im Nu war die Plattform von streitenden, gestikulierenden Gestalten belebt. Ralph saß da, und ihm schien, dass man um den Verstand gekommen sei: Angst – wilde Tiere – kein allgemeiner Beschluss, dass das Feuer das Allerwichtigste war; und wenn man etwas zu klären versuchte, kamen sie vom Thema ab und brachten neue, unangenehme Dinge vor.

Er erkannte neben sich im Dunkel etwas Weißes, nahm es Maurice ab und blies aus Leibeskräften. Alles erstarrte in Schweigen. Simon stand nahe bei ihm und legte die Hand auf das Muschelhorn. Er hatte das brennende Verlangen zu reden; aber vor der Versammlung zu sprechen war für ihn etwas Schreckliches.

»Vielleicht«, sagte er zögernd, »vielleicht gibt's doch ein wildes Tier.«

Die Versammlung schrie wild auf, und Ralph erhob sich voller Erstaunen.

»Du, Simon? Du glaubst an so was?«

»Ich weiß nicht«, sagte Simon. Sein Herz schlug würgend.

»Aber …«

Der Sturm brach los.

»Hingesetzt!«

»Halt die Klappe!«

»Nehmt ihm die Muschel ab!«

»Du hast sie wohl nicht mehr alle!«

»Halt die Klappe!«

Ralph schrie.

»Hört doch, was er sagt! Er hat doch die Muschel!«

»Ich mein bloß … vielleicht sind wir's selbst –«

»Blödsinn!«

Das war Piggy. Es war zu viel für ihn gewesen.

Simon fuhr fort: »Es wär' doch möglich, dass wir so ...«
Simon rang nach Worten, um das Hauptübel der Mensch-
heit darzustellen. Da kam ihm die Eingebung. »Was ist
das Schmutzigste, was es gibt?«

Als Antwort ließ Jack in das darauf entstehende ver-
ständnislose Schweigen das eine rohe, drastische Wort
fallen. Der Bann wich hemmungslosem Toben. Die Kleinen, die wieder auf den Schaukelbaum geklettert waren,
fielen herunter und machten sich nichts daraus. Die Jäger kreischten vor Freude.

Simon sah sein Bemühen zunichte gemacht; das Lachen traf ihn schmerzlich, und er zog sich wehrlos an
seinen Platz zurück.

Endlich schwieg die Versammlung wieder. Einer
sprach außer der Reihe.

»Vielleicht meint er, es ist so was wie'n Geist.«

Ralph hob die Muschel empor und starrte in das Dunkel. Der bleiche Strand leuchtete am hellsten. Die Kleinen waren doch sicher näher? Ja, zweifellos, die saßen
zu einem Haufen zusammengekuschelt in der Mitte im
Gras. Ein Windstoß machte die Palmen flüstern, und das
schien jetzt sehr laut, da Dunkelheit und Stille alles
deutlicher hervortreten ließen. Zwei graue Stämme rieben aneinander mit bösem Quietschen, das niemand bei
Tag vernommen hatte.

Piggy nahm ihm das Muschelhorn aus den Händen.
Er war aufgebracht.

»Ich glaub nicht an Geister – die gibt's nicht!«

Jack sprang auch auf in unerklärlichem Zorn.

»Wen interessiert denn, was du glaubst, Fatty!«

»Ich hab noch die Muschel!«

Man hörte, wie sie miteinander rangen, und das Muschelhorn ging hin und her.

»Du gibst mir die Muschel zurück!«

Ralph stürzte sich zwischen sie und bekam einen Stoß vor die Brust. Er entwand jemandem das Muschelhorn und hockte sich außer Atem nieder.

»Es wird viel zu viel von Geistern geredet. Wir hätten das bis morgen früh lassen sollen.«

Eine gepresste, unbekannte Stimme fiel ein.

»Das ist das wilde Tier vielleicht – ein Geist.«

Die Versammlung wurde wie vom Wind geschüttelt.

»Alles redet außer der Reihe«, sagte Ralph, »wir können ja auch keine richtige Versammlung abhalten, wenn niemand die Bestimmungen einhält!«

Er hielt wieder inne. Der sorgsam ausgedachte Plan für die Versammlung war gescheitert.

»Was soll ich da jetzt sagen? Es war verkehrt, die Versammlung so spät einzuberufen. Wir stimmen ab, wegen der Geister, und dann alles in die Hütten, wir sind müd. Nein – bist du das Jack? – Augenblick noch. Also: ich glaub nicht an Geister, das will ich noch gesagt haben. Ich nehm's wenigstens nicht an. Aber es ist besser, man denkt nicht dran, jetzt, im Dunkeln. Aber wir haben ja sehen wollen, woran wir sind.«

Er hob die Muschel einen Augenblick hoch.

»Also gut. Es geht um die Geister; ob's welche gibt oder nicht –«

Er dachte kurz nach, um die Frage zu formulieren.

»Wer glaubt, dass es Geister gibt?«

Lange Zeit war Stille, und nichts schien sich zu rühren. Dann starrte Ralph in das Dunkel und sah die Hände. Seine Stimme klang ausdruckslos.

»Aha –«

Die Welt, jene verständliche, geordnete Welt entglitt ihm. Früher war alles –; und jetzt – und das Schiff war fort.

Die Muschel wurde ihm entrissen, und Piggy schrie gellend: »Ich habe nicht für Geister gestimmt!«

Er wirbelte umher.

»Merkt euch das!«

Sie hörten ihn aufstampfen.

»Was sind wir eigentlich? Menschen? Oder Tiere? Oder Wilde? Was sollen die großen Leute vielleicht von uns denken! Hauen ab – jagen Schweine – lassen das Feuer ausgehen – und jetzt das hier!«

Ein Schatten trat ihm wütend entgegen.

»Halt die Klappe, du, fauler Fettwanst!«

Ein kurzes Ringen, und die Muschel hüpfte schimmernd auf und nieder. Ralph sprang hoch.

»Jack! Jack! Du hast doch die Muschel nicht! Lass ihn reden!«

Jacks Gesicht schwamm ihm entgegen.

»Und du hältst auch's Maul! Wer bist du eigentlich? Sitzt da rum und kommandiert bloß! Kann nicht jagen, kann nicht singen –!«

»Ich bin Anführer! Ihr habt mich gewählt!«

»Was hat die Wahl denn damit zu tun? Gibt da blöde Befehle –«

»Piggy hat die Muschel!«

»Ja, ja – nimm du nur deinen Piggy in Schutz –«

»Jack!«

Jack äffte ihn höhnisch nach.

»Jack! Jack!«

»Die Bestimmungen!«, rief Ralph, »du verletzt die Bestimmungen!«

»Und wenn schon!«

Ralph bot seine ganze Überzeugungskraft auf.

»Weil die Bestimmungen das Einzige sind, was wir haben!«

Aber Jack schrie zurück.

»Ich pfeif auf die Bestimmungen! Wir sind stark – wir jagen! Wenn's ein wildes Tier gibt, dann bringen wir's zur Strecke! Wir umzingeln es, und dann gib ihm! Gib ihm!«

Er stieß einen wilden Kriegsruf aus und sprang auf den bleichen Sand hinunter. Aufgeregtes Lärmen erfüllte sogleich die Plattform, Gekrabbel, Geschrei, Gelächter. Die Versammlung löste sich auf und zog in unzusammenhängendem Durcheinander aufs Geratewohl zwischen Palmen und Wasser den Strand entlang und in das Dunkel der Nacht.

Ralph fühlte das Muschelhorn an seiner Wange und nahm es Piggy ab.

»Was sollen bloß die Erwachsenen denken!«, schrie Piggy noch einmal. »Schau dir das nur an!«

Man hörte, wie sie unten am Strand eine Scheinjagd veranstalteten, hörte hysterisches Lachen und auch wirkliche Schreckensrufe.

»Blas das Muschelhorn, Ralph!«

Piggy stand so nahe, dass Ralph sein eines Brillenglas funkeln sah.

»Es geht doch ums Feuer. Sieht denn das keiner ein?«

»Du musst jetzt stur sein. Du musst dich durchsetzen!«

Ralph antwortete mit der vorsichtigen Stimme eines, der einen Lehrsatz wiederholt.

»Wenn ich blase und sie kommen nicht zurück, dann ist's aus. Dann kümmert sich keiner mehr ums Feuer. Dann werden wir wie Tiere. Und mit der Rettung ist's vorbei.«

»Wenn du nicht bläst, werden wir sowieso bald wie Tiere. Ich kann nicht sehen, was sie machen, aber hören tu ich.«

Die verstreuten Schatten hatten sich gesammelt und bildeten einen dichten, schwarzen Klumpen, der sich drehte. Sie sangen etwas, und die Kleinen, die genug hatten, stolperten heulend davon.

Ralph hob das Muschelhorn an die Lippen und ließ es wieder sinken. »Das Dumme ist: Gibt's wirklich Geister, Piggy, oder wilde Tiere?«

»Die gibt's nicht, das ist doch klar.«

»Warum nicht?«

»Dann wär' doch alles verkehrt – Häuser und Straßen und Fernsehen – das ging' doch dann alles gar nicht.«

Der tanzende, singende Knäuel hatte sich fortgewälzt, man hörte nur noch unverständliche, rhythmische Laute.

»Aber wenn nun doch alles verkehrt ist? Ich meine, hier auf der Insel? Wenn uns nun doch was sieht und auflauert?«

Ralph schauderte heftig und drängte sich an Piggy, sodass sie angsterfüllt aneinander stießen.

»Red jetzt nicht so'n Quatsch! Es ist schon sowieso alles verwickelt, und ich hab genug mitgemacht, mir reicht's. Wenn's Geister gibt –«

»Am besten, ich trete zurück. Hör bloß.«

»Um Gottes willen, nein!«

Piggy packte Ralph am Arm.

»Wenn Jack Anführer ist, dann gibt's nur noch Jagd und kein Feuer. Und wir bleiben hier, bis wir tot sind.«

Seine Stimme schlug in Quietschen um.

»Wer sitzt denn da?«

»Ich. Simon.«

»Da stehen wir schön da«, sagte Ralph, »wir drei Helden. Ich geb's auf.«

»Wenn du's aufgibst«, fragte Piggy erschrocken flüsternd, »was passiert dann mit mir?«

»Nichts.«

»Er hasst mich. Weiß nicht, warum. Wenn er könnte, wie er wollte – dir tut er nichts, vor dir nimmt er sich in Acht. Außerdem – du würdst's ihm schon geben.«

»Ihr habt euch vorhin ganz schön verhauen.«

»Ich hab die Muschel gehabt«, sagte Piggy ruhig, »ich war an der Reihe.«

Simon bewegte sich im Dunkel.

»Du musst weiter Anführer bleiben.«

»Sei du ruhig, Simon! Warum hast du nicht gesagt, dass es kein Tier gibt?«

»Ich hab Angst vor ihm«, sagte Piggy, »und deshalb kenne ich ihn. Wenn man vor jemand Angst hat, dann hasst man ihn, aber er geht einem immer im Kopf rum. Man macht sich vor, er ist gar nicht so schlimm, und wenn er dann wieder vor einem steht, dann ist's wie beim Asthma, und man kriegt keine Luft. Ich will dir das sagen: Er hasst dich auch, Ralph –«

»Mich? Warum denn mich?«

»Ich weiß nicht. Du hast ihn beim Feuer fertig gemacht; und du bist Anführer und er nicht.«

»Sie laufen ihm aber doch alle nach.«

»Ich bin so oft krank gewesen, im Bett, da hab ich nachgedacht. Ich kenn mich aus mit Menschen. Ich weiß Bescheid über mich, und ihn. Dir kann er nichts machen, aber sowie du nicht da bist, fällt er über den nächsten Besten her. Und das bin ich.«

»Piggy hat Recht, Ralph, mit dir und Jack. Du musst weiter Anführer bleiben.«

»Wir haben keinen Halt mehr, und alles geht bergab. Zu Hause waren immer Erwachsene. Bitte sehr, Herr Sowieso, bitte sehr, Fräulein, und dann hat man eine Antwort bekommen. Ach, das wär' schön!«

»Ich wollt', meine Tante wär' hier.«

»Und ich wollte, mein Vater wär' hier ... Ach, das nützt ja alles nichts.«

»Guck, dass immer Feuer da ist.«

Der Tanz war aus, die Jäger gingen zu den Hütten zurück.

»Die Erwachsenen wissen alles«, sagte Piggy, »die haben keine Angst vorm Dunkeln. Die kämen zusammen und würden Tee trinken und reden. Und dann wär' alles in Ordnung.«

»Die würden nicht die Insel in Brand stecken. Oder einen von den Kleinen –«

»Die würden ein Schiff bauen –«

Die drei Jungen standen im Dunkel und bemühten sich erfolglos, das Erhabene der Welt der Erwachsenen in Worte zu fassen.

»Die hätten auch keinen Streit –«

»Und würden auch meine Brille nicht kaputtmachen –«

»Und von wilden Tieren faseln –«

»Wenn wir doch nur eine Nachricht hätten«, rief Ralph verzweifelt, »irgendwas, irgendwas von Erwachsenen, ein Zeichen oder so ...«

Ein leises Winseln kam aus dem Dunkel, und sie erstarrten und klammerten sich aneinander. Da wurde das Winseln lauter, fremd und wie nicht von dieser Erde und ging in unverständliches Geplapper über. Percival Wemys Madison, Pfarrhaus, Harcourt St. Anthony, lag im hohen Gras und durchlebte Augenblicke, da er seine Adresse vergebens herbetete: Die Beschwörungsformel hatte ihre beschützende Kraft verloren.

Sechstes Kapitel

TIER AUS DER LUFT

Alles Licht war gegangen, nur die Sterne leuchteten. Als sie entdeckt hatten, woher das gespenstische Geräusch kam und Percival wieder verstummte, hoben Ralph und Simon ihn unbeholfen auf und trugen ihn zu einer der Hütten. Trotz seiner mutigen Worte blieb ihnen Piggy dicht auf den Fersen, und dann gingen die drei Großen zusammen zur nächsten Hütte. Sie wälzten sich unruhig auf dem raschelnden, trockenen Laub und schauten auf das Stück Sternhimmel, das die Öffnung nach der Lagune freigab. Ab und zu schrie einer der Kleinen in den anderen Hütten, und einmal sprach ein Großer im Dunkel. Dann fielen auch sie in Schlaf.

Ein Mondsplitter stieg über den Horizont, kaum groß genug, um eine Lichtstraße auszusenden, obwohl er tief auf dem Wasser hing; aber andere Lichter waren am Himmel, die sich schnell bewegten, aufblinkten, ausgingen, wenn auch nicht das leiseste Knallen zur Erde drang von dem Kampf in zehn Meilen Höhe. Aber ein Zeichen fiel herunter, aus der Welt der Erwachsenen, wenngleich zu einer Zeit, da kein Kind wachte und es las. Plötzlicher Leuchtschein einer Explosion, und eine Spiralspur zog über den Himmel; dann wieder Dunkel und Sterne. Über der Insel schwebte ein Fleck, eine Gestalt an einem Fallschirm, die schnell herabfiel, eine Gestalt mit baumelnden Gliedmaßen. Die wechselnden Winde der verschiedenen Lufträume trugen die Gestalt, wohin es ihnen gefiel. Dann, in drei Meilen Höhe, ward der Wind stetig

und ließ sie in abfallender Schleife um das Himmels-
rund wehen und trieb sie auf schräger Bahn über das
Riff und die Lagune hin zum Berg. Die Gestalt fiel und
knickte zwischen den blauen Blumen am Hang zusammen; aber jetzt wehte auch hier oben eine leichte Brise,
und der Fallschirm flatterte und knallte und zerrte. So
glitt die Gestalt den Berg hinauf und zog ihre Füße über
den Boden nach. Meter um Meter, Windstoß um Windstoß, schleppte die Brise die Gestalt durch die blauen
Blumen, über Geröll und rotes Gestein, bis sie zusammengekauert im Felsenmeer des Gipfels lag. Hier gefiel
es der Brise, die Stränge des Fallschirms zu verwickeln
und zu verschlingen; und die Gestalt saß da, ihren be-
helmten Kopf zwischen den Knien, und hing an einem
Gewirr von Seilen. Wenn die Brise wehte, spannten sich
die Seile, und bei diesem Ruck geschah es, dass Oberkör-
per und Kopf aufgerichtet wurden, sodass die Gestalt
über die Bergkuppe zu spähen schien. Wenn dann der
Wind nachließ, lockerten sich die Seile, und die Gestalt
fiel wieder vornüber, und der Kopf sank zwischen die
Knie.

So wanderten die Sterne über den Himmel, und die
Gestalt saß auf dem Berggipfel und richtete sich auf und
verneigte sich und richtete sich wieder auf.

Im Dämmer des frühen Morgens raschelte es neben
einem Felsen ein wenig unterhalb des Gipfels. Zwei Jungen krochen unter einem Haufen aus Reisig und Laub
hervor, zwei dunkle Schatten, die verschlafen miteinander sprachen. Es waren die Zwillinge, sie hatten Feuer-
wache. Eigentlich hätte einer schlafen und der andere
aufpassen sollen. Aber sie brachten einfach nichts Ver-
nünftiges zuwege, verlangte man von ihnen getrenntes

Handeln, und da es unmöglich war, die ganze Nacht hindurch aufzubleiben, hatten sie sich beide schlafen gelegt. Jetzt gähnten sie und rieben sich die Augen und gingen mit sicheren Schritten auf die dunkle Stelle zu, wo das Signalfeuer gewesen war. Dort blieben sie gähnend stehen, und einer lief geschwind zurück, um Reisig und Laub zu holen.

Der andere kniete nieder.

»Ich glaub, es ist aus.«

Er hantierte mit den Holzstückchen, die ihm in die Hände geschoben wurden.

»Nein.«

Er legte sich auf den Boden, den Mund dicht an der dunklen Stelle, und blies vorsichtig. Sein Gesicht tauchte rot beleuchtet aus dem Dämmer. Er hörte einen Augenblick auf zu blasen.

»Sam – hol uns doch mal –«

»– Zunderholz.«

Eric bückte sich und begann erneut vorsichtig zu blasen, bis der Fleck hell war. Sam steckte das Stück Zunderholz in den heißen Fleck, dann einen Zweig. Es glühte heller, und der Zweig fing Feuer. Sam legte noch mehr Zweige auf.

»Verbrenn nicht alles auf einmal«, sagte Eric, »du legst zu viel drauf.«

»Ach komm, wir wärmen uns ein bisschen.«

»Da müssen wir bloß mehr Holz holen.«

»Mir ist aber kalt.«

»Mir auch.«

»Außerdem ist's –«

»– dunkel. Na gut.«

Eric rutschte ein Stück zurück und sah zu, wie Sam

das Feuer anfachte. Er baute ein kleines Zelt aus trockenem Holz, und das Feuer brannte jetzt hell auf.

»War grad höchste Zeit.«

»Er wär' bestimmt –«

»– hochgegangen.«

»Und wie!«

Eine Weile sahen die Zwillinge schweigend in das Feuer. Dann kicherte Eric.

»Ist er vielleicht nicht hoch gewesen?«

»Du meinst mit dem –«

»– Feuer und dem Schwein.«

»Gut, dass er auf Jack los ist und nicht auf uns.«

»Au ja. Denkst du noch an das alte Pulverfass in der Schule, wie der immer getobt hat?«

»»Junge – du-machst-mich-noch-langsam-verrückt!‹«

Die Zwillinge hatten wieder ihr gleiches Lachen, aber dann griff die Dunkelheit nach ihnen und die Angst, und sie sahen sich unbehaglich um. Die Flammen leckten jetzt an dem Zelt und fesselten ihre Blicke. Eric beobachtete die dahinjagenden Holzläuse, die so kopflos unfähig waren, den Flammen zu entkommen, und dachte an das erste Feuer – gerade unter ihnen am steilen Hang des Berges, wo jetzt alles ganz dunkel war. Er dachte nicht gern daran und sah weg zum Gipfel.

Wärme strahlte jetzt aus und schlug ihnen angenehm ins Gesicht. Sam unterhielt sich damit, Zweige aus nächster Nähe ins Feuer zu werfen. Eric spreizte die Hände, um festzustellen, in welcher Entfernung die Hitze gerade noch auszuhalten war. Müßig über die Flammen hinwegschauend blickte er auf die weichen Schatten des Felsmeeres und stellte sich vor, wie alles bei Tage aussah. Gleich da drüben war der große Fels, und die

drei Steine da, und der gespaltene Fels, und dahinten
war eine Lücke – gleich dahinten –

»Sam –«

»Hm?«

»Nichts.«

Die Flammen umfingen die Äste, die Rinde krümmte
sich und fiel ab, das Holz knackte, das Zelt stürzte in sich
zusammen und warf einen weiten Lichtkreis über den
Berggipfel.

»Sam –«

»Hm?«

»Sam! Sam!«

Sam hob unwillig den Kopf. Die Starre in Erics Blick
war schrecklich, denn sie war auf etwas gerichtet, dem
Sam den Rücken zukehrte. Er kroch um das Feuer herum, hockte neben Eric nieder und schaute. Sie packten
einander am Arm – vier starre Augen und zwei weit aufgerissene Münder.

Tief unter ihnen seufzten die Bäume des Waldes und
heulten. Auf ihren Stirnen flatterte das Haar und Flammen schlugen aus dem Feuer seitwärts. Fünfzehn Meter
vor ihnen knallte es, wie wenn Gewebe aufgeblasen
wird.

Keiner schrie, aber sie klammerten sich fester aneinander, und ihre Lippen wurden blass. Vielleicht zehn Sekunden lang hockten sie so, während das Feuer Rauch
und Funken peitschte und Wellen ungleichmäßigen
Lichts über den Berggipfel schickte. Dann stürzten sie,
als hätten sie zusammen nur einen einzigen entsetzten
Willen, über die Felsen und flohen hinab.

Ralph träumte. Er hatte sich lange auf dem raschelnden Laub gewälzt, Stunden, wie ihm schien, und war

dann eingeschlafen. Sogar die erstickten Schreie der unruhig Träumenden aus den anderen Hütten drangen nicht mehr an sein Ohr, denn er war wieder zu Hause und reichte Ponys Zuckerstückchen über die Gartenmauer. Da schüttelte ihn jemand am Arm und rief zum Tee.

»Ralph! Wach auf!«

Das Laub rauschte wie die See. »Was'n los?«

»Wir haben –«

»– das wilde Tier gesehen –«

»– ganz deutlich!«

»Wer ist denn das? Die Zwillinge?«

»Wir haben das Tier gesehen –«

»Ruhe! Piggy!«

Das Laub rauschte immer noch. Piggy stieß mit ihm zusammen, und einer der Zwillinge hielt ihn fest, als er auf das Rechteck mit den erblassenden Sternen zusteuerte.

»Du kannst jetzt nicht raus – es ist schrecklich!«

»Piggy – wo sind die Speere?«

»Ich höre, wie –«

»Dann Ruhe! Legt euch hin.«

Sie lagen regungslos da, und zuerst zweifelten sie noch, dann lauschten sie mit Entsetzen der Schilderung, die ihnen die Zwillinge stockend in tödliches Schweigen hinein zuflüsterten. Bald war das Dunkel erfüllt von Krallen, von grauenvoll unbekannter Drohung. Ein nicht enden wollender Morgendämmer löschte die Sterne langsam aus, und endlich sickerte Licht trüb und grau in die Hütte. Unruhe erfasste sie, obwohl die Welt außerhalb der Hütte noch voll unsagbarer Gefahren war. Das tausendfältige Schattenbild der Nacht zerteilte sich in Nah und Fern, und am höchsten Himmel wärmte Farbe die Wölkchen. Ein einsamer Seevogel flatterte empor mit rauem Ruf, dem bald ein Echo folgte, und im Walde schrie es schrill auf. Wolkenstreifen am Horizont erglühten rosig, und die Federwipfel der Palmen waren wieder grün.

Ralph kniete am Eingang der Hütte und hielt vorsichtig Ausschau.

»Samneric, holt alle zur Versammlung. Aber leise. Los.«

Die Zwillinge fassten einander zitternd bei der Hand, wagten sich die wenigen Schritte zur nächsten Hütte hinüber und verbreiteten die schreckliche Nachricht. Ralph stand auf und ging, um sein Ansehen zu wahren, wenn auch mit unbehaglichem Gefühl im Rücken, zur Plattform. Piggy und Simon folgten ihm, und die anderen kamen nachgeschlichen.

Ralph nahm das Muschelhorn von dem blank gescheuerten Sitz und hob es an die Lippen; aber dann zauderte er und blies nicht. Er hielt die Muschel stattdessen empor und zeigte sie ihnen, und sie verstanden.

Die Sonnenstrahlen fächerten hinter dem Horizont hervor, kippten bis in Augenhöhe. Ralph sah einen Augenblick auf die goldene Scheibe, die sie von rechts anstrahlte und erst die Voraussetzung für eine Ansprache zu schaffen schien. Der Kreis der Jungen vor ihm starrte vor Jagdspeeren.

Er reichte Eric, dem nächststehenden Zwilling, die Muschel.

»Wir haben das Tier mit eigenen Augen gesehen. Nein – wir haben nicht geschlafen –«

Sam führte die Erzählung weiter aus. Wie immer galt

das Muschelhorn für beide, denn ihre körperliche Einheit war anerkannt worden.

»Es hat ein Fell gehabt. Hinter seinem Kopf hat sich was bewegt – so wie Flügel. Und das Tier hat sich auch bewegt –«

»Es war schrecklich! Und dann hat's sich so aufgesetzt –«

»Das Feuer war hell –«

»Wir hatten grad erst frisches Holz drauf –«

»– neue Äste draufgelegt –«

»Augen hat's gehabt –«

»Und Zähne –«

»Und Krallen –«

»Dann sind wir gelaufen und gelaufen –«

»Das Tier ist uns nach –«

»Ich hab gesehen, wie's durch die Bäume geschlichen kam –«

»Es war ganz dicht hinter mir –«

Ralph deutete erschreckt auf Erics Gesicht, das verkratzt war, wo ihn die Büsche geschlagen hatten.

»Was hast du denn da?«

Eric fasste sich ins Gesicht. »Ganz rau. Blute ich?«

Die Runde rückte entsetzt von ihnen ab. Johnny brach noch unter Gähnen in lautes Weinen aus, und Bill knuffte ihn, bis er an den Tränen würgte. Der helle Morgen war voller Drohungen, und der Kreis der Jungen nahm andere Gestalt an. Er schien mehr nach außen gekehrt als nach innen, und die spitzen Holzspeere bildeten jetzt eine wehrhafte Mauer. Jack rief ihre Blicke zur Mitte zurück.

»Das gibt eine richtige Jagd! Wer macht mit?«

Ralph winkte ungeduldig ab.

»Die Speere sind aus Holz. Sei doch nicht verrückt.«

Jack lachte höhnisch: »Hast wohl Angst?«

»Natürlich hab ich Angst. Du vielleicht nicht?«

Er wandte sich an die Zwillinge, wenngleich er wusste, dass es keine Hoffnung gab.

»Ihr macht uns doch auch nichts vor?«

Die Antwort kam so spontan, dass sie keinen Zweifel zuließ.

Piggy ergriff die Muschel.

»Könnten wir nicht – einfach – hier bleiben? Vielleicht kommt das Tier nicht bis hierher.«

Hätte Ralph nicht das Gefühl gehabt, etwas schleiche um sie herum, er hätte ihn angeschrien.

»Hier bleiben? Hier auf dem kleinen Stückchen Insel eingepfercht und immer gucken, ob nichts kommt? Wie bekämen wir da zu essen? Und was wird aus dem Feuer?«

»Auf, zittern wir los«, drängte Jack, »alles nur Zeitverschwendung.«

»Ist's nicht! Was ist mit den Kleinen?«

»Die sollen uns gernhaben!«

»Es muss doch einer auf sie aufpassen!«

»Hat ja bis jetzt auch niemand.«

»Da war's auch nicht nötig, aber jetzt! Piggy passt auf sie auf.«

»Ja, ja, damit Piggy bloß nichts passiert!«

»Sei doch vernünftig. Was kann denn Piggy mit einem Auge schon groß machen?«

Die Blicke der andern gingen neugierig von Jack zu Ralph.

»Und noch was. Wir können nicht wie bei einer gewöhnlichen Jagd vorgehen, denn das Tier hinterlässt ja keine Spuren. Sonst hättst du ja welche gesehen. Soviel wir wissen, ist das Tier auch imstand und fliegt durch die Bäume wie nur was.«

Sie nickten.

»Wir müssen also mal überlegen.«

Piggy setzte die beschädigte Brille ab und putzte das eine Glas.

»Und was ist mit uns, Ralph?«

»Du bist nicht dran. Hier, nimm erst die Muschel.«

»Ich meine, was ist mit uns? Angenommen, das Tier kommt, wenn ihr alle weg seid? Ich seh nicht gut, und wenn ich Angst kriege –«

Jack unterbrach ihn verächtlich. »Du hast ja immer Angst.«

»Ich hab jetzt die Muschel –!«

»Muschel! Muschel!«, schrie Jack, »wir brauchen keine Muschel mehr. Wir wissen, wer was zu sagen hat. Simon, Bill, Walter, was haben die denn schon groß gesagt? Da sind'n paar, die sollen sich endlich merken, dass sie den Mund halten und die Entscheidung uns überlassen –«

Ralph konnte diese Rede nicht länger schweigend hinnehmen. Blut stieg ihm heiß in die Wangen.

»Du bist nicht dran«, sagte er. »Setz dich hin!«

Jack wurde so weiß im Gesicht, dass die Sommersprossen deutlich als braune Flecke hervortraten. Er fuhr sich mit der Zunge über die Lippen und blieb stehen.

»Als Jäger geht mich das was an.«

Die andern blickten gespannt. Piggy sah sich in einen ungemütlichen Streit verwickelt und lehnte die Muschel gegen Ralphs Knie und hockte nieder. Das Schweigen wurde bedrückend, und Piggy hielt den Atem an.

»Es ist aber mehr als nur eine Jagd«, sagte Ralph

schließlich, »weil man keine Fährte verfolgen kann. Und willst du nicht gerettet werden?«

Er wandte sich an die Versammlung.

»Wollt ihr nicht alle gerettet werden?« Er sah wieder Jack an.

»Ich hab schon immer gesagt, das Feuer ist das Wichtigste. Jetzt ist das Feuer sicher aus –«

Die alte Erbitterung kam ihm zu Hilfe und unterstützte seinen Vorstoß.

»Habt ihr denn nicht so viel Grips? Wir müssen das Feuer wieder anmachen. Da hast du überhaupt nicht dran gedacht, Jack, was? Oder will einer vielleicht nicht gerettet werden?«

Ja, sie wollten alle gerettet werden, das war klar. Die Stimmung entschied jäh zu Ralphs Gunsten, und die Krisis ging vorüber. Piggy atmete geräuschvoll aus und rang dann vergeblich nach Luft. Er lag gegen einen Stamm gelehnt, sein Mund stand offen, und blaue Schatten umkrochen seine Lippen. Niemand kümmerte es.

»Jetzt denk mal nach, Jack. Warst du wo auf der Insel noch nicht?«

Jack antwortete unwillig.

»Bloß – na freilich, du weißt doch noch? Am spitzen Ende, da wo die Felsen alle übereinander liegen. Ich war dicht dran. Die Felsen bilden so'ne Brücke. Es gibt nur einen Zugang da rauf.«

»Und es wäre möglich, dass es da seine Höhle hat –«
Alle sprachen durcheinander.

»Freilich! Richtig! Da sehen wir mal nach. Wenn das Tier da nicht ist, gehen wir rauf auf den Berg und gucken da; und stecken das Feuer an.«

»Also los!«

»Erst essen wir noch.« Ralph hielt inne. »Am besten nehmen wir die Speere mit.«

Als sie gegessen hatten, machten sich Ralph und die Großen den Strand entlang auf den Weg. Piggy ließen sie auf der Plattform sitzen. Der Tag versprach, gleich seinen Vorgängern ein Sonnenbad unter blauem Dom zu werden. Der Strand zog sich vor ihnen in sanftem Bogen dahin, bis die Perspektive ihn mit dem Wald vereinte; denn es war noch früh am Tag und keine wechselnden Spiegelschleier trübten den Blick. Unter Ralphs Führung arbeiteten sie sich mühselig und vorsichtig auf der Palmenterrasse vor und wagten sich nicht über den heißen Sand unten beim Wasser. Ralph überließ Jack die Spitze; und Jack tappte mit übertriebener Vorsicht voran, als hätte man nicht jeden Feind auf zwanzig Meter sehen müssen. Ralph ging am Schluss, dankbar, der Verantwortung für eine Weile ledig zu sein.

Simon schritt vor Ralph, und er wollte es nicht ganz glauben – ein wildes Tier mit Krallen, das kratzte, das auf einem Berg saß, das keine Spuren hinterließ und doch nicht schnell genug war, um Samneric zu fassen. Wie Simon auch darüber nachdachte, vor seinem inneren Auge erstand das Bild eines Menschen, eines zugleich tapferen und geschlagenen Menschen.

Er seufzte. Andere konnten aufstehen und zu einer Versammlung sprechen, offenbar ohne die schreckliche Last der Persönlichkeit zu empfinden, konnten aussprechen, was sie zu sagen hatten, als seien nicht die Blicke vieler auf sie gerichtet. Er trat zur Seite und sah zurück. Ralph kam mit seinem Speer über der Schulter daher. Simon ging schüchtern langsamer, bis er mit Ralph auf gleicher Höhe war, und sah durch das wirre, schwarze

Haar, das ihm jetzt in die Augen hing, zu ihm auf. Ralph blickte rasch zu ihm herüber, lächelte gezwungen, als habe er vergessen, dass Simon sich blamiert hatte, und schaute dann wieder weg ins Leere. Eine kurze Weile war Simon glücklich, dass er beachtet wurde, dann ließ er davon ab, über sich nachzudenken. Als er gegen einen Baum rannte, sah Ralph ungeduldig herüber, und Robert kicherte. Simon taumelte, und ein weißer Fleck auf seiner Stirn rötete sich und begann zu bluten. Ralph ließ Simon gehen und schritt wieder in seiner eigenen Hölle dahin. Sie waren bald bei der Felsenburg; und dann hatte der Anführer voranzugehen.

Jack kam zurückgelaufen.

»Man kann jetzt schon die Felsen sehen.«

»Gut. Wir gehen so nahe ran wie möglich.«

Er folgte Jack, der Boden stieg zur Burg hin leicht an. Zu ihrer Linken war ein undurchdringliches Gewirr von Schlingpflanzen und Bäumen.

»Da könnte doch auch was drin sein.«

»Aber du siehst doch, da kann niemand raus und rein.«

»Und was ist jetzt mit der Burg?«

»Erst mal sehen.«

Ralph schob den Grasvorhang auseinander und hielt Ausschau. Der steinige Boden ging nur noch ein paar Meter weiter, dann liefen die beiden Längsseiten der Insel fast zusammen, und man hätte eine Art erhöhte Landspitze erwartet. Stattdessen verlängerte ein schmaler Felsendamm, nur wenige Meter breit und vielleicht fünfzehn lang, die Insel ins Meer hinaus. Und da lag wieder einer jener riesigen, roten Felsen, die das Fundament der Insel bildeten. Diese Seite der Burg, etwa hundert Fuß hoch, war die rote Bastion, die sie vom Gipfel aus gesehen hatten. Der Fels war geborsten, und der Gipfel mit großen Steinbrocken besät, die zu wackeln schienen.

Hinter Ralph harrten die Jäger lautlos im hohen Gras. Ralph sah Jack an.

»Du bist doch Jäger.« Jack errötete.

»Ich weiß. Klar.«

Aus Ralph sprach ein anderes Ich.

»Ich bin der Anführer. Ich geh. Schluss!« Er wandte sich an die andern.

»Und ihr versteckt euch hier und wartet.«

Ihm war, als wolle seine Stimme entweder verlöschen oder überlaut anschwellen. Er sah Jack an.

»Du – meinst also?«

Jack sprach gedämpft.

»Ich bin überall gewesen. Es kann nur hier sein.«

»Hm.«

Simon murmelte hilflos: »Es gibt bestimmt gar kein wildes Tier.«

Ralphs Antwort war so verbindlich, als sei man gleicher Meinung über das Wetter.

»Nein, das glaub ich auch nicht.«

Seine Lippen waren schmal und bleich. Er strich ganz langsam sein blondes Haar zurück.

»Also. Bis später.«

Er zwang seine Füße, ihn bis auf die Landzunge hinauszutragen. Abgründe leerer Luft umfingen ihn. Nirgends konnte man sich verbergen, selbst wenn man nicht weitermusste. Er blieb auf der schmalen Brücke stehen und sah hinab. Bald – es war nur eine Sache von Jahrhunderten – würde das Meer aus der Burg eine Insel machen. Zur Rechten war die Lagune, von der hohen See beunruhigt; und zur Linken –

Ralph erschauerte. Die Lagune hatte sie vor dem Pazifik geschützt, und es hatte sich irgendwie ergeben, dass nur Jack bis ganz ans Wasser auf der anderen Seite vorgedrungen war. Jetzt sah er mit den Augen des Binnenländers die See heranrollen, und sie dünkte ihm der Atem eines riesigen Wesens. Langsam sanken die Wasser zwischen den Felsen und gaben rote Granitflächen frei, seltsame Korallengewächse, Polypen und Tang. Tiefer, tiefer gingen die Wasser und flüsterten wie der Wind in den Waldwipfeln. Ein flacher Felsen lag ausgebreitet da wie ein Tisch, und das Wasser saugte sich an seinen vier tanggrünen Seiten hinunter, die das Ausehen von Klippen annahmen. Dann atmete der schlafende Leviathan aus – die Wasser stiegen, der Tang straffte sich, und das Wasser kochte brausend über die Tischfelsen zusammen. Vom Wellengang spürte man nichts, nur dieses minutenlange Fallen und Steigen und Fallen.

Ralph wandte sich der roten Klippe zu. Hinter ihm warteten sie im hohen Gras und verfolgten seine Bewegungen. Er fühlte, dass der Schweiß auf seiner Handfläche jetzt kalt war; ward sich erstaunt bewusst, dass er eigentlich nicht damit rechnete, einem wilden Tier zu begegnen, und wusste nicht, was er tun sollte, wenn er doch eins traf.

Er sah, dass er den Felsen ersteigen konnte, aber das war nicht nötig. Das kantige Massiv ruhte auf einer Art Sockelplatte, die rundum führte, sodass er sich auf der rechten Seite, über der Lagune, einen Sims entlangtasten konnte und bald um die Ecke verschwunden war. Er kam mühelos vorwärts und spähte um den Felsen herum.

Nichts, was man nicht erwartet hätte: rote Felsblöcke mit Guano drauf wie Zuckerguss; und ein steiler Anstieg zu dem Felsenmeer über der Bastion.

Ein Geräusch hinter seinem Rücken ließ ihn herumfahren. Jack schob sich über den Sims heran.

»Konnte dich nicht allein lassen.«

Ralph schwieg. Er ging voran über die Felsen, untersuchte eine Ausbuchtung, fast wie eine Höhle, die aber nichts Schrecklicheres barg als ein Gelege verfaulter Eier, und hockte schließlich hin, ließ den Blick schweifen und klopfte mit dem Speerende auf den Fels.

Jack war außer sich.

»Das gäb' vielleicht 'ne Festung!« Eine Gischtsäule durchnässte sie.

»Kein Trinkwasser.«

»Und das da oben?« Auf halber Höhe des Felsens war tatsächlich eine lange grüne Stelle. Sie kletterten hinauf und kosteten das Wasserrinnsal.

»Brauchst nur eine Kokosnussschale drunter zu stellen, die läuft immer wieder voll.«

»Nicht für mich. Das ist eine ungemütliche Gegend hier.«

Nebeneinander erstiegen sie die letzte Höhe, wo der letzte sich verjüngende Gesteinshaufen vom letzten zerbrochenen Felsen gekrönt wurde. Jack stieß mit der Faust gegen den ersten Besten, und es knirschte leise.

»Weißt du noch –«

Der Gedanke an die dazwischenliegenden schlimmen Zeiten kam beiden. Jack fuhr schnell fort.

»Da'n Palmstamm druntergeschoben und wenn ein Feind kommt – da!«

Hundert Fuß unter ihnen war der schmale Damm,

dann das steinige Gelände, dann die mit Köpfen betupfte Grasfläche und dahinter der Wald.

»Ein Ruck«, rief Jack frohlockend, »und- hui –!«

Seine Hand beschrieb den Sturz des Felsens. Ralph blickte nach dem Berg.

»Was ist los?«

Ralph drehte sich um. »Warum?«

»Du hast so geguckt –«

»Es brennt kein Feuer. Kein Signal zu sehen.«

»Du bist verrückt mit deinem Signal.«

Der Horizont war ein riesiger Kreis, nur der Berggipfel durchbrach seine straffe blaue Linie. »Das ist aber unsere letzte Rettung.« Er lehnte seinen Speer gegen den schwankenden Stein und kämmte sich mit beiden Händen das Haar aus der Stirn.

»Wir müssen zurück und auf den Berg rauf. Da haben sie das Tier ja auch gesehen.«

»Das ist sicher nicht mehr da.«

»Was sollen wir sonst machen?«

Die andern warteten im Gras, und als sie sahen, dass Jack und Ralph nichts geschehen war, brachen sie aus der Dickung ins helle Sonnenlicht. Sie vergaßen das wilde Tier über der aufregenden Erkundung. Sie schwärmten über den Damm und begannen lärmend hinaufzuklettern.

Ralph stand jetzt mit der Hand an einen roten Stein gelehnt, ein Block so groß wie ein Mühlrad, das geborsten war und wackelig in den Angeln hing. Er sah finster nach dem Berg. Er ballte die Faust und hämmerte auf die rote Mauer zu seiner Rechten. Seine Lippen waren eng aufeinander gepresst, und seine Augen blickten sehnsüchtig unter der Haarfranse hervor.

»Rauch –«

Er leckte seine aufgeriebene Faust. »Jack! Auf los!«

Aber Jack war nicht da. Ein Knäuel Jungen – er hatte den Lärm gar nicht gehört – zerrte und schob an einem Felsen. Als er sich umdrehte, knirschte es, und der ganze Brocken polterte ins Meer, dass eine donnernde Gischtfeder die halbe Klippe hinaufspritzte.

»Aufhören! Aufhören!«

Seine Stimme schlug sie in Schweigen. »Rauch.«

Etwas Seltsames ging in seinem Kopf vor. Über seinen Verstand hinweg flatterte es mit Fledermausflügeln und verdunkelte seine Gedanken.

»Rauch.«

Auf einmal war der Gedanke wieder da und mit ihm der Zorn.

»Wir brauchen Rauch. Und ihr trödelt hier rum und rollt Felsen.«

Roger schrie: »Wir haben noch so viel Zeit!« Ralph schüttelte den Kopf. »Wir gehen auf den Berg.« Geschrei brach los. Einige wollten zum Strand zurück. Andere wollten noch mehr Felsen hinunterrollen. Die Sonne schien hell, und die Gefahr war mit der Dunkelheit verblasst.

»Jack, das Tier ist vielleicht auf der anderen Seite. Geh du wieder vor, du warst ja schon da.«

»Wir könnten den Strand entlanggehen. Da wachsen Früchte.«

Bill trat zu Ralph.

»Warum können wir nicht'n bisschen hier bleiben?«

»Ja, warum denn nicht?«

»Dann spielen wir Festung –«

»Es gibt nichts zu essen hier«, sagte Ralph, »und keine Hütten, und nicht viel Trinkwasser.«

»Das gäb 'ne prima Burg!«

»Und Steine zum Runterrollen –«

»Bis auf den Damm runter –«

»Wir müssen weiter, hab ich gesagt!«, schrie Ralph wütend. »Wir müssen erst sehen, was los ist. Auf!«

»Lass uns doch hier bleiben!«

»Ich will zu den Hütten zurück –«

»Ich bin müde –«

»Nein!«

Ralph schlug sich die Haut von den Knöcheln. Es schien nicht zu schmerzen.

»Ich bin Anführer. Wir müssen herausfinden, was los ist. Seht ihr nicht den Berg da, und kein Signal drauf? Vielleicht ist da draußen ein Schiff. Habt ihr denn alle den Verstand verloren?«

Aufrührerisches Schweigen, einige murrten.

Jack ging voran, die Klippe hinunter und über den Damm.

Siebentes Kapitel

SCHATTEN UND HOHE BÄUME

Der Schweinesteig lief immer dicht neben dem Felsen-
geröll unten am Wasser auf der anderen Seite her, und
Ralph folgte gern Jack auf diesem Pfad. Wenn man das
Ohr dem langsamen Ansaugen und Zurückkochen der
See verschließen konnte und vergessen, wie düster und
leblos das Farndickicht zu beiden Seiten dalag, mochte
es vielleicht geschehen, dass man des Tieres nicht mehr
gedachte und für eine Weile Traumbildern nachhing. Die
Sonne war über die Senkrechte hinausgerückt, und die
Nachmittagshitze umklammerte langsam die Insel.

Ralph gab eine Nachricht nach vorn durch zu Jack,
und als sie wieder an Fruchtbäume kamen, machte der
ganze Zug Halt.

Im Sitzen spürte Ralph zum ersten Mal an diesem Tag
die Hitze. Er zerrte voll Abscheu an seinem grauen
Hemd und fragte sich, ob er es nicht doch einmal waschen sollte. Eine – wie ihm schien – selbst für diese Insel ungewöhnliche Hitze drückte hernieder, und er saß
da und träumte von einem Bad mit allem Drum und
Dran. Er hätte gern eine Schere gehabt, um sein Haar zu
schneiden – er schnickte die dichte Mähne zurück –, dieses verfilzte Haar, bloß ein Zentimeter sollte stehen bleiben. Dann hätte er gebadet, sich mal richtig geaalt im
Seifenschaum. Er fuhr mit der Zunge prüfend über die
Zähne und stellte fest, dass auch eine Zahnbürste nicht
ungelegen käme. Und dann seine Nägel –

Ralph drehte die Hand um und betrachtete sie kritisch. Die Fingernägel waren bis aufs Fleisch abgebissen, obwohl er sich nicht entsinnen konnte, wann er diese alte Gewohnheit wieder aufgegriffen oder ihr auch nur nachgegeben hätte.

»Nächstens lutsch ich noch am Daumen –«

Er sah sich verstohlen um. Offenbar hatte ihn keiner gehört. Die Jäger hockten umher, schlangen ihr schnelles Mahl hinunter und bildeten sich ein, dass ihnen die Bananen und jene andere geleeartige, olivgraue Frucht genügend Mumm gäben. Mit der Erinnerung an sein einstiges sauberes Selbst vor Augen schaute er von einem zum andern. Sie waren schmutzig; nicht so dieser richtige Schmutz, wie wenn einer in den Dreck gefallen oder an einem Regentag lang hingeschlagen ist. Keiner hatte auf den ersten Blick eine Dusche nötig, und doch – ihre Haare viel zu lang, stellenweise verfilzt und in Blätter und Zweigstückchen verwickelt; ihre Gesichter sauber durch ständiges Früchteessen und Schwitzen, aber in den versteckten Winkeln von grauen Schatten gezeichnet; ihre Kleider, abgerissen, steif von Schweiß wie seine eigenen, angelegt nicht weil es schicklich oder bequem war, sondern nur aus Gewohnheit; ihre Haut am ganzen Körper verkrustet vom Salzwasser –

Er ward mit leisem Erschrecken gewahr, dass er dies alles jetzt als normal und gegeben hinnahm. Er seufzte und schob den Stängel beiseite, dessen Früchte er abgestreift hatte. Schon stahlen sich die Jäger davon, um im Wald oder bei den Felsen ihr Bedürfnis zu verrichten. Er wandte sich um und schaute auf das Meer hinaus.

Hier, auf der anderen Seite der Insel, bot sich dem Auge ein ganz neues Bild. Die Zauberschleier der Spiegelungen hielten dem kalten Wasser des Ozeans nicht stand, und der Horizont war eine scharfe, blaue Linie. Ralph stieg zu den Felsen hinab. Hier unten, fast auf Wasserhöhe, folgte der Blick dem ewigen, schwellenden Anrollen der hohen Meereswogen. Sie waren endlos lang und offenbar keine Brecher oder Kammwellen des Flachwassers. Sie wälzten sich auf die Insel zu, als nähmen sie keine Notiz von ihr und hätten anderes zu tun; es war weniger eine fortschreitende Bewegung als ein gewaltiges Heben und Senken des ganzen Ozeans; jetzt sank die See, hinterließ Kaskaden und Sturzbäche abfließenden Wassers, glitt bis hinter Felsen und Geröll zurück, und der Seetang flutete wie schimmerndes Haar; jetzt verhielt sie, holte Atem und stieg brausend empor, fegte unaufhaltsam über Landspitze und Schwemmgrund hinweg, kletterte an der kleinen Klippe hoch, leckte schließlich schäumend eine Wasserrinne hinauf und zersprühte dicht vor ihm mit züngelnder Gischt.

Woge auf Woge folgte Ralph dem Steigen und Fallen, und von der Einsamkeit des Meeres ging eine Betäubung aus. Dann zwang sich allmählich seinen Sinnen die schier unendliche Weite des Wassers auf. Das war die Trennmauer, die Scheidewand. Auf der anderen Seite der Insel, von den Mittagsspiegelungen eingelullt und hinter dem Schild der schützenden Lagune geborgen, mochte man von Rettung träumen – aber hier, vor dem nackten, abweisenden Antlitz des Ozeans, vor der unüberbrückbaren, endlosen Weite, war man gelähmt, war man verdammt, war man –

Er hörte Simons Stimme dicht hinter sich. Da merkte er, dass er Felsgestein umklammert hielt. Die Hände taten ihm weh, er war ganz zusammengekrümmt, seine Halsmuskeln waren steif, und sein Mund stand offen.

»Du kommst schon wieder nach Hause.« Simon nickte, als er dies sagte. Er kniete auf einem Bein und schaute von einem höheren Felsen hinab, an dem er sich mit beiden Händen festhielt. Das andere Bein hing bis zu Ralph herunter.

Ralph war verwirrt und sah Simon fragend an. »Das ist alles so weit, ich –«

Simon nickte.

»Trotzdem. Ich glaub sicher, dass du wieder gut heimkommst.«

Ralphs Glieder lockerten sich ein wenig. Er sah rasch auf die See hinaus und blickte dann Simon schmerzlich lächelnd an.

»Kannst du vielleicht ein Schiff herbeizaubern?«

Simon grinste und schüttelte den Kopf.

»Wie willst du das dann wissen?«

Als Simon schwieg, sagte Ralph barsch: »Du hast ja'n Klaps.«

Simon schüttelte heftig den Kopf, dass ihm das wirre, schwarze Haar ums Gesicht flog.

»Nein, hab ich nicht. Ich hab nur so *das Gefühl, dass du wieder nach Hause kommst.*«

Kurzes Schweigen. Dann blickten sie einander plötzlich lächelnd an.

Roger rief aus dem Dickicht.

»Guckt mal hier!«

Der Boden war aufgewühlt neben dem Schweinesteig, und Kot lag da, der noch dampfte. Jack beugte sich wie verzückt darüber.

»Ralph, wir brauchen Fleisch, und wenn wir auch hinter dem andern Tier her sind.«

»Wenn wir dabei nicht vom Weg abkommen, gut, dann jagen wir halt.«

Sie brachen auf, die Jäger rückten dichter zusammen aus Angst vor dem wieder auferstandenen Untier, während Jack voranschnürte. Es ging langsamer, als Ralph gerechnet hatte; doch andererseits war er froh, trödeln und seinen Speer in der Hand wiegen zu können. Jack stieß plötzlich auf irgendetwas, und der ganze Zug kam zum Stehen. Ralph lehnte sich gegen einen Baum, und sogleich stiegen Wachträume auf. Die Jagd leitete Jack, und zum Berg kam man noch früh genug –

Als sein Vater von Chatham nach Devonport versetzt worden war, hatten sie einmal in einem Häuschen am Rande der Moore gewohnt. Von den Häusern, in denen Ralph gewohnt hatte, erinnerte er sich an dieses besonders deutlich, weil er danach in die Schule gekommen war. Mutti war noch da gewesen, und Papa war jeden Tag heimgekommen. Wilde Ponys kamen an die Steinmauer unten am Garten, und es hatte geschneit. Gleich hinter dem Häuschen war eine Art Verschlag, und da konnte man liegen und die Flocken vorbeiwirbeln sehn. Wo eine Flocke schmolz, gab es eine feuchte Stelle; und dann sah man genau, wie die erste Flocke liegen blieb, ohne zu tauen, und dann wurde die ganze Erde langsam weiß. Man konnte hineingehen, wenn man fror, und zum Fenster hinausschauen, an dem blinkenden Kupferkessel vorbei und dem Teller mit dem blauen Männchen –

Vorm Zubettgehn gab es eine Schüssel Haferflocken mit Zucker und Rahm. Ja – und Bücher warteten auf einem Regal neben dem Bett; zwei, drei lagen immer obendrauf, und die Reihe stand nicht mehr gerade, weil er sich nicht die Mühe gemacht hatte, sie wieder einzuordnen.

Sie hatten Eselsohren und waren verkratzt. Da war das leuchtend bunte von Topsy und Mopsy, das er nie aufschlug, weil es von zwei Mädchen handelte; dann das andere von dem Zauberer, das er nur mit unterdrücktem Grausen las, und Seite siebenundzwanzig überschlug man, da war die grässliche Spinne abgebildet; in einem andern war von Leuten die Rede, die Ausgrabungen gemacht hatten, in Ägypten und so; dann war da *Der Kleine Eisenbahner, Der Kleine Seemann;* er sah sie greifbar vor sich, hätte hinaufreichen und sie anfassen können, er spürte förmlich, wie das *Mammutbuch für Jungen* unter seinem Griff langsam herausrutschte und schwer in seinen Händen lag … Alles hatte seine Ordnung; alles war ihm wohl gesinnt und vertraut.

Die Büsche vor ihnen raschelten. Jungen stürzten wie wild vom Schweinesteig weg in die Schlingpflanzen und schrien. Ralph sah, wie Jack zur Seite gestoßen wurde und hinfiel. Dann kam etwas den Steig entlang auf ihn zugesprungen, das glänzende Stoßzähne hatte und böse grunzte. Zu seiner Überraschung konnte Ralph kaltblütig die Entfernung schätzen und zielen. Der Eber war noch fünf Meter weg, da schleuderte er seinen lächerlichen Holzspeer und sah, dass er die große Schnauze getroffen hatte und dass der Speer einen Augenblick im Fleisch hängen blieb. Das Grunzen wurde zum Quieken, und das Tier setzte seitwärts ins Dickicht. Schreiend stürzten die Jungen wieder auf den Schweinesteig, Jack kam zurückgerannt und spürte im Unterholz nach der Fährte.

»Hier durch –«

»Der geht bestimmt auf uns los!«

»Hier durch, hab ich gesagt –«

Der Eber stürzte davon. Sie stießen auf einen anderen

Schweinesteig parallel zum ersten, und Jack eilte voran. Ralph war voller Angst und Furcht und Stolz.

»Ich hab ihn getroffen! Der Speer ist stecken geblieben –«

Da gelangten sie plötzlich zu einer offenen Stelle am Meer. Jack suchte auf dem nackten Fels umher und blickte unruhig.

»Er ist fort.«

»Ich hab ihn getroffen«, wiederholte Ralph, »und der Speer ist'n Augenblick stecken geblieben!«

Er musste sich bestätigt wissen. »Habt ihr mich nicht gesehen?«

Maurice nickte.

»Ich hab dich gesehen. Peng! Direkt auf die Schnauze und dann – huiii!«

Ralph redete erregt weiter.

»Ich hab ihn prima getroffen. Der Speer ist stecken geblieben. Ich hab ihn verwundet.«

Er sonnte sich in seinem neuen Ruhm und merkte, dass Jagen doch Spaß machte.

»Ich hab ihm schön eins gegeben. Das war sicher das wilde Tier.« Jack kam zurück.

»Das war nicht das wilde Tier, das war'n Eber.«

»Ich hab ihn getroffen!«

»Warum hast du ihn denn nicht gepackt? Ich hab's versucht –«

Ralphs Stimme überschlug sich.

»Was, 'n Eber?«

Jack stieg das Blut ins Gesicht.

»Du hast gesagt, der geht auf uns los. Warum hast du denn nach ihm geworfen? Warum hast du nicht gewartet?«

Er streckte seinen Arm aus.

»Da guckt!«

Er zeigte allen seinen linken Unterarm. Auf der Außenseite war die Haut aufgeritzt; keine große Wunde, aber es blutete.

»Das ist von seinen Stoßzähnen. Ich hab meinen Speer nicht schnell genug greifen können.«

Die Aufmerksamkeit konzentrierte sich auf Jack.

»Das ist eine Wunde«, sagte Simon, »die musst du aussaugen, wie Berengaria.«

Jack suckelte.

»Ich hab ihn getroffen!«, rief Ralph aufgebracht, »mit meinem Speer – ich hab ihn verwundet.«

Er wollte ihre Aufmerksamkeit auf sich lenken.

»Er ist so den Pfad entlanggekommen. Dann hab ich geworfen, so –«

Robert knurrte ihn an. Ralph machte das Spiel mit, und die andern lachten. Dann stießen sie alle nach Robert, der so tat, als wollte er sie umrennen.

Jack schrie.

»Einen Kreis machen!«

Der Kreis schloss und dehnte sich, Robert ahmte das erschreckte Quieken nach, dann schrie er wirklich vor Schmerz.

»Au! Aufhören! Ihr tut mir ja weh!«

Ein Speergriff traf ihn in den Rücken, als er zwischen ihnen umherstolperte.

»Haltet ihn!«

Sie packten ihn an Armen und Füßen. Ralph ergriff, von plötzlicher, heißer Erregung erfasst, Erics Speer und stieß damit nach Robert.

»Macht ihn kalt! Macht ihn kalt!«

Auf einmal schrie und zappelte Robert mit der Kraft der Verzweiflung. Jack hatte ihn beim Schopf und zückte sein Messer. Hinter ihm versuchte Roger näher heranzukommen. Der rhythmische Chor ertönte wie beim Abschluss eines Tanzes oder einer Jagd.

»*Stecht das Schwein! Macht es tot! Stecht das Schwein! Kurz und klein!*«

Auch Ralph drängte sich vor, um ein Stück dieses braunen, verwundbaren Fleisches in die Hand zu bekommen. Die Begierde, etwas zu zerdrücken und zu verletzen, war übermächtig.

Jack ließ den Arm fallen; der wogende Kreis jubelte und grunzte, wie wenn ein Schwein verendet. Dann lagen sie schwer atmend am Boden und lauschten Roberts ängstlichem Wimmern. Er wischte sich mit dem schmutzigen Arm über das Gesicht und versuchte, sich aufzurichten.

»Au, mein Hintern!«

Er rieb sich kläglich das Kreuz. Jack wälzte sich herum.

»Das war'n feines Spiel!«

»Ja, nur ein Spiel«, sagte Ralph unsicher. »Ich bin beim Rugby auch mal schwer verletzt worden –«

»Wir müssten eine Trommel haben«, sagte Maurice, »dann wär's erst richtig.«

Ralph blickte ihn an. »Wie richtig?«

»Ich weiß nicht so wie. Wir brauchen ein Feuer und eine Trommel, und dann geht alles im Takt.«

»Und'n Schwein brauchen wir«, sagte Robert, »wie bei 'ner richtigen Jagd.«

»Oder jemand, der das Schwein macht«, sagte Jack. »Einer müsste sich verstellen als Schwein und dann so tun, als ob er mich umwerfen wollte und so –«

»Ihr braucht'n richtiges Schwein«, sagte Robert, der sich noch immer das Gesäß rieb, »weil ihr's totschlagen wollt.«

»Da nehmen wir einen von den Kleinen«, sagte Jack, und alles lachte.

Ralph setzte sich auf.

»Ja, wenn wir so weitermachen, finden wir das Tier heut nicht mehr.«

Einer nach dem andern standen sie auf und rückten sich ihre Kleiderfetzen zurecht.

Ralph sah Jack an.

»Jetzt Richtung Berg.«

»Gehn wir nicht besser zurück zu Piggy, eh's dunkel wird?«, fragte Maurice.

Die Zwillinge nickten gleichzeitig.

»Ja, das machen wir, wir gehen morgen früh rauf.« Ralph hob den Blick und sah die See.

»Wir müssen das Feuer wieder anstecken.«

»Piggy hat doch die Brille«, sagte Jack, »ohne die kannst du nichts machen.«

»Dann stellen wir fest, ob die Luft sauber ist.«

Maurice sprach zögernd, er wollte nicht als Angsthase dastehen.

»Und wenn das Tier noch oben ist?«

Jack reckte seinen Speer.

»Dann schlagen wir's tot.«

Die Sonne schien abzukühlen. Er hieb mit dem Speer um sich.

»Worauf warten wir noch?«

»Ich glaub, wenn wir hier unten am Wasser weitergehen«, sagte Ralph, »dann kommen wir unter der verbrannten Stelle raus, und dann können wir raufklettern.«

Wieder schritt Jack entlang dem Auf und Nieder der blendenden See voran.

Und wieder träumte Ralph und überließ es seinen behänden Füßen, mit den Hindernissen des Pfades fertigzuwerden. Doch hier schienen seine Füße nicht so geschickt zu sein wie früher, denn sie mussten den größten Teil des Weges unten am Wasser auf dem nackten Fels dahingehen, zwischen dem Meer und der dunklen Üppigkeit des Waldes. Kleine Klippen mussten überwunden werden, auf einigen ging man ziemlich beschwerlich wie auf einer Mauer, auf allen vieren. Ab und zu kletterten sie über gischtnasse Felsen und sprangen über klare Tümpel, die die Flut zurückgelassen hatte. Sie stießen auf eine Rinne, die das schmale Vorland zerteilte wie ein Wallgraben. Die Rinne schien bodenlos zu sein, und sie starrten entsetzt in den finsteren Spalt, in dem das Wasser gurgelte. Dann kamen die Wogen zurück, die Rinne kochte vor ihnen und Gischt zischte auf bis in das Grün der Schlingpflanzen, dass alle nass wurden und schrien. Sie versuchten es im Wald, aber der war so dicht und verflochten wie ein Vogelnest. Schließlich mussten sie einzeln hinüberspringen, nachdem das Wasser gefallen war, und selbst so wurden einige zum zweiten Mal durchnässt. Danach schienen sich die Felsen ihnen unüberwindbar in den Weg zu legen, sie hockten sich erst einmal hin, ließen ihre Lumpen trocknen und blickten auf die glatten Kammlinien der Brandungswellen, die so gemächlich an der Insel vorüberrollten. In einem Schlupfwinkel kleiner bunter wie Insekten umherschwirrender Vögel fanden sie Früchte. Dann meinte Ralph, sie gingen zu langsam. Er kletterte selbst auf einen Bau, schob den Baldachin auseinander und sah den kantigen Gipfel, der immer noch in ziemlicher Ferne zu liegen schien. Sie versuchten, schneller die Felsen entlangzueilen, und als sich Robert schwer das Knie aufschlug, sahen sie ein, dass dieser Weg langsam gegangen werden musste, wenn sie nicht zu Schaden kommen wollten. So schritten sie also weiter, als erstiegen sie einen schwierigen Berg, bis die Felsen zu einer unüberwindlichen Klippe zusammenwuchsen; dichter Dschungel hatte diese Mauer überwuchert, die unmittelbar ins Meer abfiel.

Ralph sah prüfend nach der Sonne.

»Schon bald Abend. Spätnachmittag jedenfalls.«

»Ich kann mich an diese Klippe nicht erinnern«, sagte Jack niedergeschlagen, »das ist sicher das Stück Küste, wo ich noch nicht war.«

Ralph nickte.

»Mal'n Augenblick überlegen.«

Ralph war jetzt nicht mehr befangen, wenn er in Gegenwart anderer nachdenken musste, die täglichen Entscheidungen waren für ihn wie Schachzüge. Das Dumme war nur, dass er nie ein guter Schachspieler werden würde. Er dachte an die Kleinen und an Piggy. Er sah Piggy deutlich vor sich, wie er in einer der Hütten lag, und alles war still, nur ab und zu schrie einer im Schlaf.

»Wir können die Kleinen nicht mit Piggy allein lassen. Nicht die ganze Nacht durch.«

Die andern schwiegen, umstanden ihn aber erwartungsvoll.

»Wenn wir zurückgehn, das dauert Stunden.«

Jack räusperte sich und sprach mit merkwürdig gepresster Stimme.

»Piggy darf nichts passieren, was?«

Ralph tippte sich mit der dreckigen Spitze von Erics Speer an den Mund.

»Wenn wir quer durchgehen –«

Er blickte sich um.

»Einer geht quer über die Insel und sagt Piggy, dass wir erst kommen, wenn's dunkel ist.«

Bill konnte es nicht glauben.

»Ganz allein mitten durch den Wald? Jetzt?«

»Mehr können wir nicht entbehren.«

Simon drängte sich an Ralphs Seite.

»Ich geh, wenn du willst. Mir macht's nichts aus, Ehrenwort.«

Ehe Ralph antworten konnte, lächelte er schnell, wandte sich um und kletterte in den Wald.

Ralph sah wieder zu Jack hinüber. Er schien seiner erst jetzt gewahr zu werden, und das versetzte Jack in Wut.

»Jack – als du damals ganz bis zur Felsenburg bist –«

»Ja, und?«

»Da bist du doch ein Stück hier an der Küste entlanggekommen, unter dem Berg dahinten.«

»Ja.«

»Und dann weiter?«

»Dann bin ich auf einen Schweinesteig gestoßen. Der ging meilenweit.«

Ralph nickte. Er wies auf den Wald.

»Der Steig muss also da drin irgendwo sein.«

Das sahen alle ein.

»Gut. Dann hauen wir uns einen Weg, bis wir den Pfad finden.« Er ging einen Schritt und blieb stehen.

»Augenblick noch. Wo führt der Steig hin?«

»Auf den Berg«, erwiderte Jack, »ich hab dir's gesagt.«
Seine Stimme klang höhnisch. »Oder willst du nicht
rauf?«

Ralph atmete schwer, er spürte die wachsende Gegnerschaft und wusste plötzlich, wie Jack zumute war, wenn
ihm die Führung entglitt.

»Ich hab ans Licht gedacht. Wir werden im Dunkeln
rumtappen.«

»Wir haben doch nach dem Tier gucken wollen –«

»Es wird zu dunkel sein dazu.«

»Ich geh auch so«, sagte Jack hitzig. »Ich geh rauf,
wenn's soweit ist. Du nicht? Willst du lieber zu den Hütten zurück und Piggy alles erzählen?«

Jetzt war es an Ralph zu erröten, aber er sprach aus
der Verzweiflung, aus der neuen Erkenntnis heraus, die
Piggy ihm vermittelt hatte.

»Warum hasst du mich?«

Den Jungen wurde unbehaglich, als sei etwas Anstö-
ßiges gesagt worden.

Immer noch wütend und verletzt wandte Ralph sich
als Erster ab.

»Auf, weiter.«

Er schritt voran und übernahm es, wie von Rechts wegen einen Pfad durch das Geschlinge zu hauen.

Jack ging als letzter; er fühlte sich verdrängt und brü-
tete vor sich hin.

Der Schweinepfad war ein dunkler Tunnel, denn die
Sonne glitt jetzt rasch dem Rand der Welt entgegen, und
im Wald waren die Schatten nie weit. Der Pfad war breit
und ausgetreten, und sie eilten geschwind dahin. Dann
brach das Laubdach auf, und sie hielten an, ihr Atem
ging rasch, und sie sahen zu den wenigen Sternen auf,

die um die Bergkuppe herum vom Himmel niederstachen.

»Also da sind wir.«

Die Jungen blickten einander zweifelnd an. Ralph fasste einen Entschluss.

»Wir gehen jetzt direkt zur Plattform. Rauf gehen wir erst morgen.«

Gemurmel des Einverständnisses; aber Jack stand neben ihm.

»Wenn du natürlich Angst hast –«

Ralph wandte sich um.

»Wer ist zuerst auf die Felsenburg rauf?«

»Ich bin auch rauf. Und da war's taghell.«

»Gut. Wer will jetzt mit auf den Berg?«

Schweigen war die alleinige Antwort.

»Samneric, wie ist's mit euch?«

»Wir gehn am besten und sagen Piggy –«

»– ja, sagen Piggy, dass –«

»Aber Simon ist doch schon hin!«

»Wir sagen am besten Piggy, dass – vielleicht –«

»Robert? Bill?«

Sie wollten gleich zur Plattform zurückgehen, nein, ängstlich waren sie natürlich nicht, aber – müde.

Ralph wandte sich wieder an Jack.

»Siehst du?«

»Ich geh rauf auf den Berg.«

Die Worte klangen bösartig, als spreche er einen Fluch aus. Er sah Ralph an, sein schmaler Körper straffte sich, und er hielt den Speer, als wollte er ihn damit bedrohen.

»Ich geh rauf und guck nach dem Tier – jetzt sofort.«

Und dann der letzte Stachel, die lässig ausgesprochenen, tückischen Worte:

»Kommst du mit?«

Jetzt vergaßen die andern, dass sie hatten umkehren wollen, und blieben stehen, um dieses neuerliche Aufeinanderprallen zweier Gegner im Dunkel zu erleben. Die Worte waren zu treffsicher, zu böse, zu herausfordernd, um wiederholt werden zu können. Sie trafen Ralph unvorbereitet, als er sich schon auf die gefahrlose Rückkehr zu den Hütten, den stillen vertrauten Wassern der Lagune eingestellt hatte.

»Von mir aus.«

Erstaunt hörte er seine ruhige, gleichgültige Stimme, und das Verletzende an Jacks Einschüchterungsversuch blieb ohne Wirkung.

»Na ja, wenn's dir nichts ausmacht –«

»Mir ist das gleich.«

Jack trat einen Schritt vor.

»Also gut –«

Schulter an Schulter, von den Blicken der andern gefolgt, begannen die beiden, den Berg hinaufzusteigen.

Ralph hielt inne.

»Wir sind eigentlich verrückt. Warum gehen nur wir zwei allein? Wenn wir tatsächlich etwas finden, langen zwei gar nicht –«

Man hörte, wie die andern forteilten. Eine dunkle Gestalt jedoch schwamm gegen den Strom.

»Roger?«

»Ja.«

»Dann sind wir also zu dritt.«

Aufs Neue begannen sie den Berghang hinaufzuklettern. Die Dunkelheit schien sie wie Flutwasser zu umspülen. Jack, der schwieg, begann zu schlucken und zu husten; und als ein Windstoß kam, mussten sie alle drei spucken. Ralphs Augen waren tränenblind.

»Asche. Wir kommen jetzt an die abgebrannte Stelle.«

Ihre Füße und die gelegentlichen Böen wirbelten kleine Staubstürme auf. Sie hielten wieder an, und während des Hustens hatte Ralph Zeit, darüber nachzudenken, wie unüberlegt sie handelten.

War kein wildes Tier da – und aller Wahrscheinlichkeit nach war keines da –, dann gut; harrte ihrer aber etwas auf dem Berg oben – was konnten sie dann schon ausrichten, wo sie durch das Dunkel behindert und nur mit Stöcken bewaffnet waren?

»Wir sind ganz schön verrückt.«

Aus dem Dunkel kam die Antwort.

»Schiss?«

Ralph schüttelte sich gereizt. An all dem war Jack schuld.

»Freilich. Aber deshalb sind wir trotzdem verrückt.«

»Wenn ihr nicht weiter mitwollt«, sagte die Stimme sarkastisch, »dann geh ich allein rauf.«

Ralph hörte den Spott heraus und hasste Jack. Die beißende Asche in seinen Augen, die Müdigkeit und die Furcht machten ihn wild.

»Dann geh! Wir warten hier.«

Stille.

»Warum gehst du nicht? Hast du Angst?«

Ein Fleck im Dunkel, ein Fleck, der Jack war, löste sich und bewegte sich fort.

»Gut. Bis später.«

Der Fleck verschwand. Ein anderer nahm seine Stelle

ein. Ralph stieß mit dem Knie an etwas Hartes und erschütterte einen verkohlten Stamm, der sich kantig anfühlte. Die scharfe, geschwärzte Rinde drückte ihn in die Kniekehle, und da wusste er, dass Roger sich hingesetzt hatte. Er tastete mit der Hand und hockte sich neben Roger nieder, während der Stamm sich in der unsichtbaren Asche wiegte. Roger war von Natur aus wenig mitteilsam und schwieg. Er sagte nicht, was er über das Tier dachte noch weshalb er an dieser wahnwitzigen Erkundung teilgenommen hatte. Er saß einfach da und schaukelte den Stamm leise hin und her. Ralph hörte ein schnelles, klopfendes Geräusch, das ihn wütend machte, und merkte, dass Roger mit seinem lächerlichen Holzstock gegen etwas schlug.

So saßen sie, wippend, klopfend – unzugänglich Roger, wütend Ralph; der nahe Himmel ringsum war voller Sterne, außer da, wo der Berg ein schwarzes Loch aufriss.

Sie hörten hoch über sich ein Gleiten, das Geräusch eines, der mit Riesenschritten waghalsig über Felsen und Asche daherkam. Dann hatte Jack sie entdeckt; er zitterte und krächzte so, dass sie seine Stimme gerade noch erkennen konnten.

»Ich hab was gesehen da oben –«

Sie hörten ihn an den Stamm stoßen, der heftig ins Schaukeln geriet. Er lag eine Weile still.

»Passt gut auf«, brummte er dann, »es kommt vielleicht runter.«

Ein Aschenregen ging um sie herum nieder. Jack richtete sich auf.

»Ich hab auf dem Berg was gesehen, das hat sich so aufgeblasen.«

»Das hast du dir eingebildet«, sagte Ralph unsicher, »was soll sich denn aufblasen? So'n Tier gibt's ja nicht.«

Roger sprach; sie machten einen Satz, denn sie hatten ihn vergessen.

»Ein Frosch.«

Jack kicherte unter Schaudern.

»So was Froschähnliches. Ich hab auch was gehört, es hat so wie ›flapp‹ gemacht. Und dann hat sich's aufgeblasen.«

Ralph war selbst überrascht, weniger darüber, dass seine Stimme so ruhig klang, als über das, was sie tollkühn vorschlug.

»Wir sehen einfach nach.«

Zum ersten Mal, seit er ihn kannte, spürte Ralph, wie Jack zögerte.

»Jetzt –?«

Seine Stimme antwortete für ihn.

»Klar!«

Er stand vom Stamm auf und ging über die knirschenden Holzkohlen voran hinauf ins Dunkel, und die andern folgten.

Jetzt, da seine körperliche Stimme schwieg, hörte er die innere Stimme der Vernunft und noch andere Stimmen. Piggy nannte ihn einen Kindskopf. Eine andere Stimme sagte, er solle den Unsinn aufgeben; und das Dunkel und ihr verzweifeltes Vorhaben machten es, dass ihm die Nacht so unwirklich vorkam wie ein böser Traum.

Unter dem letzten Hang kamen Jack und Roger näher, aus Tintenflecken wurden erkennbare Gestalten. In stillem Einverständnis hielten sie an und kauerten sich zusammen. Hinter ihnen am Horizont war ein Fleck helleren Himmels, wo gleich der Mond aufgehen würde. Ein

Windstoß brauste durch den Wald und schlug ihnen die Kleiderfetzen um den Leib.

Ralph machte eine Bewegung.

»Auf, los!«

Sie krochen weiter, Roger ein wenig hinterdrein. Jack und Ralph sahen zu gleicher Zeit über die Gipfelkante. Die schimmernde Weite der Lagune lag unter ihnen und dahinter eine längliche weiße Stelle, das war das Riff. Roger stieß zu ihnen.

Jack flüsterte.

»Am besten, wir kriechen auf Händen und Füßen. Vielleicht schläft's gerade.«

Roger und Ralph krochen weiter. Diesmal blieb Jack ein wenig zurück, trotz seiner mutigen Worte. Sie gelangten auf den flachen Gipfel, und ihre Hände und Knie glitten über harten, rauen Fels.

Etwas, das sich aufblies.

Ralphs Hand fuhr in die kalte, weiche Asche des Feuers, und er erstickte einen Schrei. Hand und Schultern zuckten von der unvermuteten Berührung. Grüne Lichter der Übelkeit flimmerten ihm vor den Augen und fraßen sich ins Dunkel.

Roger lag hinter ihm, und Jack sprach dicht an seinem Ohr.

»Da drüben, wo immer der Spalt im Felsen war. So wie'n Buckel, siehst du's?«

Asche von dem toten Feuer wehte Ralph ins Gesicht. Er konnte weder den Spalt noch sonst etwas erkennen, denn die grünen Lichter tanzten wieder stärker, und der Berggipfel begann sich zu drehen.

Noch einmal hörte er Jack aus der Ferne flüstern.

»Angst?«

Es war weniger Angst als eine Art Lähmung, und ihm schien, als sei er regungslos oben auf einem spitzen, schwankenden Berg festgebannt. Jack glitt von ihm fort, Roger stieß ihn an und tastete sich keuchend weiter. Er hörte sie flüstern.

»Siehst du was?«

»Da –«

Vor ihnen, nur drei, vier Meter vor ihnen, war ein felsförmiger Buckel, wo kein Fels hätte sein sollen. Ralph hörte es von irgendwoher leise wispern – vielleicht kam es aus seinem eigenen Mund. Er gab sich innerlich einen Ruck, verschmolz Angst und Ekel zu Hass und stand auf. Er tat zwei bleierne Schritte vorwärts.

Hinter ihnen war der Mondsplitter ganz über den Horizont gerückt. Vor ihnen saß etwas, das wie ein großer Affe aussah, und schlief mit dem Kopf zwischen den Knien. Dann brauste der Wind im Wald, es lärmte im Dunkel, und das Untier hob den Kopf und streckte ihnen ein zerstörtes Gesicht entgegen.

Ralph kam erst wieder zu sich, als er in großen Sätzen über den Aschenboden stürzte; er hörte andere Wesen aufschreien und umherspringen und wagte sich halsbrecherisch den Steilhang hinunter; und dann war der Berg leer, nur drei Stöcke blieben zurück und die Gestalt, die sich bewegte.

Achtes Kapitel

DER HERR DER FLIEGEN

Piggy schaute mutlos vom dämmerbleichen Strand auf zum dunklen Berg.

»Habt ihr euch auch nicht getäuscht? Habt ihr euch nicht geirrt?«

»Ich hab dir's doch jetzt zigmal erzählt«, sagte Ralph, »wir haben's gesehn.«

»Und meinst du, hier unten kann uns nichts passieren?«

»Mensch, wie soll ich das wissen!«

Ralph ließ ihn stehen und ging ein paar Schritte den Strand entlang. Jack kniete und malte mit dem Zeigefinger Kreise in den Sand. Piggys Stimme klang gedämpft.

»Habt ihr euch auch wirklich nicht getäuscht? Wirklich nicht?«

»Geh doch hin und guck«, sagte Jack verächtlich, »dann sind wir dich wenigstens los.«

»Keine Angst.«

»Das Tier hat Zähne gehabt«, sagte Ralph, »und große, schwarze Augen.«

Es schüttelte ihn heftig. Piggy setzte die Brille ab und putzte das eine runde Glas.

»Und was machen wir jetzt?«

Ralph wandte sich der Plattform zu. Das Muschelhorn schimmerte zwischen den Bäumen als weißer Klecks vor der Stelle, an der die Sonne emportauchen würde. Er strich seinen Haarwust zurück.

»Was weiß ich.«

Er dachte an die panische Flucht über den Steilhang.

»Also ehrlich gesagt, an so was Großes trauen wir uns ja doch nicht ran. Wir reden immer nur, aber keiner würde auf einen Tiger losgehen. Verstecken würden wir uns. Sogar Jack würde sich verstecken.«

Jack sah noch immer vor sich in den Sand.

»Und meine Jäger?«

Simon trat leise aus dem Schatten bei den Hütten heraus. Ralph überhörte Jacks Frage. Er deutete auf den gelben Fleck über der See.

»Solang's hell ist, haben wir alle Mut. Aber dann? Und jetzt hockt das Ding beim Feuer, als ob's nicht wollte, dass wir gerettet werden –«

Er rang unbewusst die Hände. Seine Stimme wurde lauter.

»Wir können also kein Signalfeuer mehr anmachen … Wir sind erledigt.«

Ein goldener Punkt erhob sich über das Meer, und mit einem Schlag war der Himmel hell.

»Und meine Jäger?«

»Ja, ihr mit euren Holzstöcken!«

Jack sprang auf. Er war rot im Gesicht, als er davonging. Piggy setzte seine halbe Brille auf und sah Ralph an.

»Da hast du's! Jetzt hast du ihm auf'n Schlips getreten mit seinen Jägern.«

»Ach sei ruhig!«

Der Klang des von einem Unkundigen geblasenen Muschelhorns ließ sie verstummen. Jack blies weiter, als spiele er der emporsteigenden Sonne auf, bis es in den Hütten lebendig wurde; und die Jäger stapften zur Plattform, und die Kleinen wimmerten, wie es jetzt so oft vorkam. Ralph erhob sich gehorsam und ging mit Piggy und den andern zur Plattform.

»Nur geredet wird«, sagte Ralph erbittert, »nichts als geredet.« Er nahm Jack die Muschel ab.

»Diese Versammlung –«

Jack unterbrach ihn. »Ich hab sie einberufen!«

»Wenn du sie nicht einberufen hättest, hätte ich's getan. Du hast nur geblasen.«

»Darauf kommt's aber doch an, oder?«

»Ach da! Red, wenn du willst!«

Er warf Jack die Muschel in die Arme und setzte sich auf den Stamm.

»Ich hab eine Versammlung einberufen, es gibt da Verschiedenes –«, sagte Jack. »Zunächst – wie ihr jetzt wisst – wir haben das wilde Tier gesehen. Wir sind raufgekrochen. Wir waren ganz dicht dran. Das Tier hat sich aufgerichtet und hat uns angesehen. Ich weiß nicht, was es macht. Wir wissen nicht mal, was es für'n Tier ist –«

»Das Tier kommt aus dem Meer –«

»Es kommt, wenn's dunkel ist –«

»Aus den Bäumen –«

»Ruhe!«, schrie Jack. »Ihr habt zuzuhören. Das Tier oder was es ist, sitzt da oben –«

»Es wartet vielleicht ab –«

»Oder es geht jagen.«

»Ja, es geht jagen.«

»Es geht jagen«, sagte Jack.

Er dachte an das Grauen, das ihn im Walde überkommen hatte.

»Ja, das wilde Tier geht auf Jagd. Bloß – Ruhe jetzt! Zweitens: Es wird gesagt, wir könnten es nicht töten.

Drittens: Ralph hat gesagt, meine Jäger würden nichts taugen.«

»Das hab ich nicht gesagt!«

»Ich hab die Muschel. Ralph meint, ihr wärt Feiglinge, die vor dem Eber und dem Tier ausreißen. Und das ist noch nicht alles.«

Es ging wie ein Seufzen über die Plattform, als hätte jeder gewusst, was kam. Jack sprach weiter; mit bebender Stimme, aber zielbewusst, kämpfte er gegen das abweisende Schweigen an.

»Er ist wie Piggy. Er redet genau wie Piggy. Er ist kein richtiger Anführer.«

Er deutete mit der Muschel auf ihn.

»Er ist selbst ein Feigling!«

Er hielt kurz inne und fuhr dann fort.

»Oben, als wir weiter sind, Roger und ich – da ist er zurückgeblieben.«

»Ich bin auch hin!«

»Aber erst später.«

Die beiden starrten einander durch ihre Haarfransen an.

»Ich bin auch rauf«, sagte Ralph, »dann bin ich fortgerannt, und ihr auch.«

»Dann sag bloß, ich wär'n Feigling!«

Jack wandte sich an die Jäger.

»Er ist kein Jäger. Er hätte uns nie Fleisch beschafft. Er ist kein Aufsichtsschüler, und wir wissen gar nichts von ihm. Er gibt da bloß an und meint, alles muss einfach tun, was er sagt. Das ganze Gerede –«

»Das ganze Gerede!«, schrie Ralph. »Gerede! Gerede! Wer hat's denn gewollt? Wer hat die Versammlung gewollt?«

Hochrot im Gesicht drehte Jack sich um. Sein Mund bebte, und seine Augen funkelten unter den Brauen hervor.

»Gut«, sagte er mit schwerer drohender Stimme, »also gut.«

Er hielt das Muschelhorn mit der einen Hand an die Brust gepresst, und sein Zeigefinger schoss vor.

»Wer ist dafür, dass Ralph kein Anführer mehr sein soll?«

Er sah erwartungsvoll den Kreis der Jungen an, die wie erstarrt dasaßen. Tödliches Schweigen lastete unter den Palmen.

»Hände hoch«, sagte Jack mit fester Stimme, »wer will Ralph nicht mehr als Anführer?«

Das Schweigen hielt an. Atemlos und schwer und voll Scham. Langsam wich das Rot aus Jacks Wangen und kam qualvoll schnell wieder zurück. Er fuhr sich mit der Zunge über die Lippen und wandte seinen Kopf zur Seite, sodass er keinem in die Augen sehen musste.

»Wie viel sind dafür, dass –«

Seine Stimme brach ab. Die Hände, die die Muschel hielten, zitterten. Er räusperte sich und sagte laut: »Also gut.«

Er legte die Muschel behutsam vor sich ins Gras. Tränen der Demütigung rannen ihm aus den Augenwinkeln.

»Ich mach nicht mehr länger mit! Mit euch nicht!«

Die meisten sahen jetzt zu Boden, ins Gras oder auf ihre Füße. Jack räusperte sich noch einmal.

»Bei dem Haufen von Ralph hier will ich nicht dabei sein!« Er blickte die Stämme auf der rechten Seite entlang, wo die Jäger saßen, die einmal ein Chor gewesen waren.

»Ich mach für mich weiter. Er kann seine Schweine allein fangen. Wer mit will, wenn ich jage, kann kommen.«

Er stürzte aus dem Dreieck heraus und wollte die Stufe zum weißen Sand hinabspringen.

»Jack!«

Jack drehte sich nach Ralph um. Einen Augenblick hielt er an, und dann schrie er mit schriller, zorniger Stimme:

»Nein!«

Er sprang von der Plattform herunter und rannte den Strand entlang und achtete nicht der Tränen, die ihm über das Gesicht liefen; und bis er in den Wald eintauchte, blickte Ralph ihm nach.

Piggy war aufgebracht.

»Ich hab hier geredet, Ralph, und du stehst da wie –«

Ralph blickte Piggy an und sah ihn doch nicht und sprach leise vor sich hin.

»Er kommt wieder. Wenn die Sonne untergeht, kommt er wieder.«

Er starrte auf die Muschel in Piggys Hand. »Was?«

»Ach ja –!«

Piggy gab es auf, Ralph zurechtzuweisen. Er putzte wieder an seinem Einglas und fuhr in seiner Rede fort.

»Wir kommen auch ohne Jack Merridew aus. Es sind auch noch andere da. Aber jetzt weiter. Ich kann's zwar kaum glauben, aber es ist ein wildes Tier da, und da müssen wir immer dicht bei der Plattform bleiben; da brauchen wir den mit seiner Jagd gar nicht dabei. Und jetzt können wir endlich mal richtig überlegen.«

»Wir können gar nichts machen, Piggy. Aussichtslos.«

Eine Zeit lang hockten sie in bedrücktem Schweigen

da. Dann stand Simon auf und nahm Piggy die Muschel ab, und Piggy war so überrascht, dass er vergaß, sich zu setzen. Ralph sah zu Simon auf.

»Simon? Was ist denn jetzt wieder los?«

Ein unterdrücktes, höhnisches Lachen lief durch den Kreis, und Simon schreckte davor zurück.

»Wir können vielleicht doch etwas tun. Wir könnten –«

Wieder versagte ihm unter dem Druck der Öffentlichkeit die Stimme. Er sah sich Hilfe suchend nach einem mitfühlenden Gesicht um und wählte Piggy. Halb ihm zugewandt drückte er das Muschelhorn an seine braune Brust.

»Ich meine, wir sollten auf den Berg rauf.«

Der Kreis erschauerte vor Grausen. Simon brach ab und sah Piggy bittend an, der ihm mit dem Ausdruck belustigten Nichtverstehens gegenüberstand.

»Wozu denn zu dem Tier da raufklettern, wo Ralph und die andern zwei auch nichts ausgerichtet haben.«

Simons Antwort war ein Flüstern. »Was sollen wir denn sonst tun?«

Er war fertig und ließ sich von Piggy das Muschelhorn aus den Händen nehmen. Dann trat er zurück und hockte ganz im Hintergrund nieder.

Piggy sprach jetzt mit größerer Sicherheit, und wenn die Umstände nicht so ernst gewesen wären, hätten die andern sogar erkannt, dass er sich dabei gefiel.

»Wie gesagt, wir kommen ganz gut ohne einen gewissen jemand aus. Es geht aber jetzt darum, was zu tun ist. Und ich glaub, ich weiß, was Ralph gleich sagen wird. Das Wichtigste hier ist der Rauch, und ohne Feuer gibt's kein' Rauch.«

Ralph machte eine ungeduldige Bewegung.

»Unsinn, Piggy. Wir haben kein Feuer. Das Ding sitzt doch da oben – wir können hier nicht weg.«

Piggy hob die Muschel empor, als wolle er seinen Worten Nachdruck verleihen.

»Auf dem Berg haben wir kein Feuer mehr. Aber weshalb nicht hier unten? Da auf den Felsen könnten wir doch eins anmachen, oder einfach auf'm Sand. Rauch gibt's doch genauso.«

»Ja, das stimmt!«

»Rauch!«

»Beim Badetümpel!«

Sie begannen zu schwatzen.

Auch nur Piggy konnte den geistigen Wagemut aufbringen, die Verlegung des Feuers vom Berg zum Strand vorzuschlagen.

»Das Feuer ist also dann hier unten«, sagte Ralph. Er sah sich um. »Am besten hier zwischen dem Tümpel und der Plattform. Freilich –«

Er stockte stirnrunzelnd und überlegte weiter, wobei er unwillkürlich mit den Zähnen an einem Fingernagel kaute.

»Freilich steigt der Rauch nicht so hoch, man sieht ihn nicht von so weit weg. Aber wir brauchen wenigstens nicht so nah an das – an das –«

Sie nickten, sie hatten genau verstanden. Man brauchte nicht so nah hin.

»Wir fangen jetzt gleich damit an.«

Die größten Gedanken sind die einfachsten. Jetzt, da es etwas zu tun gab, waren alle mit Eifer bei der Sache. Jacks Weggang stimmte Piggy so froh, er fühlte sich so erleichtert, so stolz auf seinen Beitrag zum Wohle der

Gemeinschaft, dass er mithalf beim Holzsammeln. Er holte das Holz nicht von weit her, er nahm sich einen umgestürzten Baum auf der Plattform vor, der zur Versammlung nicht benötigt wurde; die andern hatte die Heiligkeit des Ortes bisher selbst von dem abgehalten, was hier nutzlos war. Den Zwillingen ging plötzlich auf, dass sie jetzt ganz in der Nähe ein Feuer hatten, wenn die Nacht sie anfallen wollte, und darüber gerieten einige der Kleinen außer sich vor Freude und hüpften umher und klatschten in die Hände.

Das Holz war nicht so trocken wie das, was sie auf dem Berg gehabt hatten. Es war zum großen Teil vermodert und voller krabbelnder Insekten; Stämme mussten vorsichtig vom Boden gelöst werden, sonst zerfielen sie zu feuchtem Staub. Weil sie nicht weit in den Wald hineingehen wollten, holten die Jungen außerdem alles Holz aus der Nähe, ganz gleich, wie sehr es von frischen Trieben umwachsen war. Den Waldrand und die Schneise kannten sie, das Muschelhorn und die Hütten waren nahe, und bei Tag sah es dort ganz friedlich aus. Was die Nacht daraus machen würde, daran wollte keiner denken. Sie gingen deshalb tatkräftig und fröhlich ans Werk, wenngleich nach und nach die Tatkraft ein klein wenig panisch und die Ausgelassenheit ein klein wenig hysterisch wirkte. Sie bauten eine Pyramide aus Laub und Zweigen, Ästen und Stämmen auf dem nackten Sand bei der Plattform. Zum ersten Mal in ihrem Inselleben geschah es, dass Piggy selbst seine Brille abnahm, niederkniete und die Sonne auf das Zunderholz lenkte. Bald hing eine Rauchdecke darüber, und ein gelber Flammenbusch zuckte auf.

Die Kleinen, die seit der ersten Katastrophe nur selten ein Feuer erlebt hatten, waren ganz aufgeregt. Sie tanzten und sangen, und alle fühlten sich irgendwie zueinander gehörig.

Endlich ließ Ralph die Arme sinken, stand auf und wischte sich mit dreckigem Unterarm den Schweiß vom Gesicht.

»Wir werden ein kleineres Feuer machen müssen, das hier ist zu groß zum Anhalten.«

Piggy hockte sich vorsichtig in den Sand und begann sein Brillenglas zu putzen.

»Wir könnten mal was probieren – ein kleines, starkes Feuer und dann grüne Äste drauf, damit's raucht. Die Blätter sind ja nicht alle gleich, vielleicht raucht's bei welchen besonders gut.«

Mit den Flammen verflackerte auch die Erregung. Die Kleinen hörten auf zu singen und umherzuspringen und liefen einer nach dem andern zum Wasser oder zu den Fruchtbäumen oder zu den Hütten.

Ralph ließ sich in den Sand plumpsen.

»Wir müssen eine neue Einteilung machen, wer aufs Feuer aufpasst.«

»Wenn du sie alle zusammenkriegst –«

Er blickte sich um. Und dann sah er erst, wie wenig Große dabei waren, und verstand, warum ihnen die Arbeit so schwer gefallen war.

»Wo ist Maurice?«

Piggy wischte wiederum an seiner Brille.

»Ich nehm an … nein, allein geht der doch nicht in den Wald, oder?«

Ralph sprang auf, rannte schnell ums Feuer herum, blieb neben Piggy stehen und hielt mit der Hand sein Haar zurück.

»Wir müssen aber eine Einteilung machen! Wen haben wir da … du und ich und Samneric und –«

Er vermied es, Piggy anzusehen, und sprach in beiläufigem Ton.

»Wo ist Maurice, und Roger?«

Piggy beugte sich vor und legte ein Stück Holz aufs Feuer.

»Ich glaub, die sind weg. Die wollen sicher auch nicht mitmachen.«

Ralph hockte nieder und begann kleine Löcher in den Sand zu bohren. Da entdeckte er zu seinem Erstaunen eine kleine Blutspur. Er hielt den zerbissenen Nagel vor die Augen und sah, wie ein runder Blutstropfen anschwoll, wo die Wurzelhaut abgekaut war.

Piggy sprach weiter.

»Ich hab gesehn, wie sie sich fortgemacht haben, als wir beim Holzholen waren. Die sind da raus. Wo er auch hin ist.«

Ralph ließ die Hand wieder sinken und starrte in die Luft. Der Himmel schien die großen Veränderungen auf der Insel mitzuempfinden, denn er war heute ganz anders und so dunstig, dass man glaubte, die heiße Luft sei an einzelnen Stellen weiß. Die Sonnenscheibe war von stumpfem Silber, als sei sie näher gerückt und nicht so heiß; doch die Luft drückte.

»Die haben doch immer nur Scherereien gemacht, oder?«

Die Stimme näherte sich seiner Schulter und klang ängstlich.

»Wir kommen auch ohne die aus, wir fühlen uns bestimmt wohler, meinst du nicht auch?«

Ralph saß da. Die Zwillinge schleppten einen großen

Stamm herbei und grinsten stolz. Sie ließen den Stamm auf die Glut fallen, dass die Funken stoben.

»Wir kommen ganz gut allein rum, was?«

Der Stamm brauchte lange, bis er trocknete, Feuer fing und rot erglühte, und Ralph saß im Sand und schwieg noch immer. Er sah nicht, wie Piggy auf die Zwillinge zuging und mit ihnen flüsterte, noch wie alle drei zusammen in den Wald gingen. »So, da.«

Es durchfuhr ihn, und er kam zu sich. Piggy und die beiden andern waren da. Sie waren mit Früchten beladen.

»Ich hab gedacht, vielleicht feiern wir das'n bisschen«, sagte Piggy.

Die drei setzten sich hin. Sie hatten eine Menge reifer Früchte mitgebracht und grinsten Ralph an, als er einige nahm und zu essen begann.

»Danke«, sagte er. Dann im Ton freudiger Überraschung: »Danke!«

»Wir werden prima allein fertig«, sagte Piggy. »Die andern haben ja kein bisschen Verstand, die hier immer alles durcheinander bringen wollen. Jetzt machen wir ein hübsches kleines Feuer —«

Ralph fiel wieder ein, was ihn beunruhigt hatte. »Wo ist Simon?«

»Keine Ahnung.«

»Er ist doch wohl nicht auf den Berg rauf?«

Piggy brach in lautes Lachen aus und langte herzhaft zu.

»Kann schon sein.«

Er aß seinen Mund leer. »Der hat ja einen weg.«

Simon war an den Fruchtbäumen vorbeigekommen, aber heute waren die Kleinen zu sehr mit dem Feuer am Strand beschäftigt und hatten ihn nicht bis hierher verfolgt. Er ging weiter durch die Schlingpflanzen zu der großen Matte, die an der freien Stelle hing, und kroch dahinter. Vor dem Laubvorhang stürzte das Sonnenlicht herab, und die Schmetterlinge tanzten in der Mitte ihren ewigen Tanz. Er kniete hin, und die Sonne stach auf ihn hernieder. Damals war es, als schwinge die Luft vor Hitze; jetzt aber schlug sie drohend zu. Bald rann ihm der Schweiß von seinem langen, wirren Haar. Er rutschte unruhig hin und her, aber er konnte der Sonne nicht ausweichen. Auf einmal verspürte er Durst, und dann großen Durst.

Er blieb sitzen.

Weitab am Strand stand Jack vor einer kleinen Gruppe von Jungen. Er strahlte stolz und glücklich.

»Jagen!«, sagte er. Er sah sie prüfend an. Auf dem Kopf trug jeder die Überreste einer schwarzen Mütze, und vor undenklichen Zeiten hatten sie brav in zwei Reihen hintereinander gestanden, und ihre Stimmen waren Engelsgesang gewesen.

»Wir jagen. Ich bin Anführer.«

Sie nickten, und die Krise ging zwanglos vorüber.

»Und dann – mit dem Tier –«

Sie wurden unruhig, blickten zum Wald.

»Also, um das Tier kümmern wir uns nicht, klar?« Er nickte ihnen zu.

»Wir denken einfach nicht mehr daran.«

»Ja, gut!«

»Ja!«

»Einfach nicht mehr dran denken!«

Wenn Jack ihr Eifer überraschte, so zeigte er es nicht.

»Und noch was. Hier haben wir nicht mehr so viel Angst. Wir sind ja hier am andern Ende der Insel –«

Ihre leidenschaftliche Zustimmung kam aus der Tiefe ihrer geplagten Seele.

»Jetzt hört her. Wir gehen später vielleicht zur Felsenburg. Aber jetzt will ich erst noch mehr von den Großen, von dem Muschelhorn und dem ganzen Kram da wegkriegen. Wir jagen ein Schwein und laden alles ein.«

Er hielt inne und fuhr dann langsamer fort.

»Und mit dem Tier – wenn wir was jagen, dann lassen wir ihm was übrig. Vielleicht lässt's uns dann in Ruhe.«

Er stand unvermittelt auf. »Jetzt gehen wir in den Wald und jagen.«

Er wandte sich um und ging davon, und nach kurzem Zögern folgten ihm die andern gehorsam.

Sie schwärmten aufgeregt in den Wald. Jack fand fast sofort die umgewühlten, zertretenen Wurzeln, die auf Schweine hindeuteten, und bald war die Fährte frisch. Jack winkte den andern, sie sollten schweigen, und ging allein weiter. Er war glücklich, und das feuchte Dunkel des Waldes lag ihm auf der Haut wie seine alten Kleider. Er kroch einen Hang hinunter, vor sich Felsen, einzelne Bäume und das Meer.

Die Schweine lagen fett und behäbig da und genossen lustvoll den Schatten unter den Bäumen. Es ging kein Wind, und sie waren arglos; und Übung hatte Jack lautlos werden lassen wie ein Schatten. Er schlich wieder zurück und gab den Jägern in dem Versteck Anweisungen. Dann krochen sie alle zentimeterweise in Schweiß und Schweigen und Hitze vorwärts.

Unter den Bäumen flappte faul ein Ohr. Ein wenig abseits von den andern lag in tiefer Mutterseligkeit die große Sau der Herde. Sie war schwarz und rosa. Und an ihrem Bauch hingen wie Fransen kleine schlafende, kuschelnde, quiekende Ferkel.

In fünfzehn Meter Entfernung von der Herde blieb Jack hocken; und sein Arm reckte sich und wies auf das Mutterschwein. Er sah sich forschend um, ob auch alle verstanden hätten, und die andern nickten ihm zu. Die Reihe rechter Arme holte aus.

»Los!«

Die Schweineherde geriet in Bewegung; und aus nur zehn Meter Entfernung flogen die Holzspeere mit den feuergehärteten Spitzen auf das ausersehene Schwein. Ein Ferkel rannte mit entsetztem Quieken, Rogers Speer nachschleifend, in die See. Das Muttertier stieß einen keuchenden Schrei aus und taumelte auf; zwei Speere staken in seiner Flanke. Die Jungen schrien auf und stürzten los, die Ferkel stoben auseinander, und das Schwein durchbrach die heranrückende Linie und setzte stampfend in den Wald.

»Ihm nach!«

Sie eilten den Schweinesteig entlang, aber der Wald war zu dunkel und verwachsen; Jack fluchte und ließ halten und spürte unter den Bäumen nach der verlorenen Fährte. Dann sagte er für eine Weile nichts, keuchte aber so wütend, dass sie von Furcht ergriffen einander unbehagliche, bewundernde Blicke zuwarfen. Dann stieß er mit dem Finger auf den Boden. »Da –«

Ehe die andern die Blutspur untersuchen konnten, folgte Jack schon der neuen Richtung, beugte sich hier über einen Abdruck, streifte dort prüfend einen Zweig zur Seite. So schritt er mit rätselhafter, gefühlsmäßiger Sicherheit weiter, und die Jäger tappten hinterdrein.

Vor einem Dickicht blieb er stehen.

»Da drin.«

Sie kreisten das Dickicht ein, aber das Schwein entkam, den Stachel eines weiteren Speers in der Flanke. Die nachschleifenden Enden behinderten das Tier, und die scharfen vierflügeligen Spitzen bedeuteten eine Qual. Es rannte gegen einen Baum und trieb sich dabei einen Speer noch tiefer ins Fleisch; und jetzt konnte ein jeder von ihnen seinen Weg mühelos an dem frischen Blut verfolgen. Der Nachmittag schwand dahin in Dunst und furchtbarer, schwüler Hitze; das Schwein taumelte blutend und wahnsinnig vor Schmerz weiter, und die Jäger waren ihm in Gier verbunden und folgten nach, erhitzt von der langen Jagd und dem verspritzten Blut. Sie konnten das Schwein jetzt sehen, holten es fast ein, aber es rannte noch einmal mit letzter Kraft ihnen voraus. Sie waren dicht hinter ihm, als es auf eine Lichtung torkelte, wo bunte Blumen wuchsen und Schmetterlinge einander umtanzten und die Luft eine heiße Mauer bildete.

Hier schlug die Hitze das Schwein nieder, und es knickte zusammen, und die Jäger kamen über es. Dieser plötzliche Ausbruch einer unbekannten Welt machte das Tier toll; es quiekte und bockte, und die Luft war voll von Schweiß und Lärm und Blut und Schrecken. Roger rannte um den Knäuel herum und stach mit seinem Speer zu, wo immer sich schwarz gefleckte Haut zeigte. Jack hing auf dem Rücken des Schweins und hieb mit seinem Messer auf es ein. Roger konnte endlich seinen Speer ansetzen und begann zu drücken, bis er sich mit ganzem Körpergewicht dagegenstemmte; Zentimeter um Zentimeter drang der Speer tiefer ein, und das entsetzte Quieken wurde zu schrillem Schrei. Da bekam Jack den Hals zu fassen, und das warme Blut sprudelte ihm über die Hände. Das Schwein brach zusammen, und sie waren in ermatteter, befriedigter Lust über ihm. Die Schmetterlinge tanzten immer noch selbstvergessen über der Mitte der Lichtung.

Schließlich verflog der erste Rausch des Tötens. Die Jungen ließen von dem Schwein ab, und Jack erhob sich mit ausgestreckten Armen.

»Hier!«

Er kicherte und fuchtelte herum, und sie lachten über seine blutdampfenden Hände. Dann packte Jack Maurice und rieb ihm das rote Geschmier ins Gesicht. Roger zog seinen Speer heraus; die andern hatten vorher gar nicht auf ihn geachtet. Roger fasste den Vorgang in einem Ausspruch zusammen, der brüllendes Gelächter hervorrief.

»Direkt zum Arsch rein!«

»Hast du gehört, was er gesagt hat?«

»Direkt zum Arsch rein!«

Diesmal übernahmen Roger und Maurice die beiden Rollen; und als Maurice nachahmte, wie das Schwein dem Speer zu entrinnen strebte – das war so lustig, dass die Jungen vor Lachen schrien.

Schließlich verlor auch dieses Spiel seinen Reiz. Jack versuchte, seine blutigen Hände an einem Felsen abzuwischen. Dann machte er sich über das Schwein her, nahm es aus und zog die warmen Beutel farbigen Gedärms hervor, die er auf einem Felsen aufhäufte, während ihm die andern zusahen. Dabei sprach er mit ihnen.

»Das Fleisch tragen wir zum Strand runter. Ich geh zur Plattform und lad die andern ein. Da können wir alles in Ruhe erledigen.«

Roger meldete sich. »Boss –«

»Ja –«

»Wie machen wir Feuer?«

Jack fiel in die Hocke und blickte stirnrunzelnd auf das Schwein.

»Wir überfallen sie und holen uns Feuer. Vier gehen mit, Henry und du, Robert und Maurice. Wir bemalen uns und schleichen uns an. Du kannst einen Ast schnappen, während ich mit ihnen rede. Die andern bringen das Zeugs dahin, wo wir heut morgen waren. Da machen wir das Feuer. Und dann –«

Er hielt inne und erhob sich und sah auf die Schatten unter den Bäumen. Als er fortfuhr, klang seine Stimme gedämpft.

»Aber wir lassen was übrig für –«

Er kniete wieder nieder und hantierte mit seinem Messer. Die Jungen umdrängten ihn. Er wandte den Kopf zu Roger, der hinter ihm stand.

»Spitz mal einen Stock an beiden Enden zu.«

Nach einer Weile stand er auf und hielt den tropfenden Schweinskopf in den Händen.

»Wo ist der Stock?«

»Hier.«

»Rammt ihn da in den Boden. Ach so – das ist felsig. Dann stoßt ihn da in den Spalt. So.«

Jack hob den Kopf empor und spießte ihn durch den weichen Schlund hindurch auf die Stockspitze, die zum Maul herauskam. Er trat zurück, und der Kopf hing da, und Blutstropfen rannen an dem Stock herunter.

Instinktiv traten auch die andern zurück – und es ward ganz still im Wald. Sie lauschten, und das lauteste Geräusch war das Summen der Fliegen über dem Gedärmhaufen.

Jacks Worte waren ein Flüstern.

»Packt das Schwein –«

Maurice und Robert spießten die Beute auf, hoben die plumpe Last hoch und warteten. Alles war still, und sie standen über dem vertrockneten Blut und warfen verstohlene Blicke um sich.

Jack sprach mit lauter Stimme.

»Der Kopf da ist für das Tier. Als Opfergabe.«

Das Schweigen nahm die Gabe an und schlug sie mit Furcht. Der Kopf schwebte dort, mit trübem Blick, grinste schwach, und das Blut zwischen seinen Zähnen wurde schwarz. Wie auf Befehl rannten sie plötzlich davon, so schnell sie konnten, durch den Wald dem offenen Strand entgegen.

Simon blieb in seinem Versteck, ein kleiner brauner Fleck, hinter dem Laub verborgen. Selbst wenn er die Augen schloss, verfolgte ihn der Schweinskopf wie ein Nachbild.

Sein verschleierter Blick sah Simon düster mit dem grenzenlosen Zynismus des Lebenserfahrenen an und versicherte ihm, dass alles schlecht war.

»Das weiß ich.«

Es kam ihm zum Bewusstsein, dass er laut gesprochen hatte. Er schlug schnell die Augen auf, und da war der Kopf und grinste belustigt im seltsamen Tageslicht, und ihn kümmerten nicht die Fliegen, nicht das offene Gedärm und nicht das Unwürdige seines Daseins auf der Spitze eines Spießes.

Er sah weg und fuhr sich mit der Zunge über die trockenen Lippen. Eine Opfergabe für das Tier. Konnte das Tier nicht kommen und sie holen? Der Kopf, schien ihm, war gleicher Meinung. Lauf weg, sagte der Kopf stumm, lauf wieder zu den andern. Es war nur ein Scherz – was kümmert's dich? Dir war nur unwohl. Ein wenig Kopfweh, hast vielleicht was Verkehrtes gegessen. Geh wieder fort, Kind, sagte der Kopf stumm.

Simon sah auf, fühlte den Druck seines feuchten Haares und starrte zum Himmel empor. Da oben waren endlich einmal Wolken, große aufgeblasene Türme, die grau und milchig und kupfern über die Insel wuchsen. Die Wolken lasteten auf dem Land; sie verdichteten sich und schufen stetig diese dicke, quälende Hitze. Sogar die Schmetterlinge verließen die Lichtung, wo das schamlose Ding grinste und tropfte. Simon neigte den Kopf mit krampfhaft geschlossenen Augen, die er dann mit seiner Hand beschirmte. Es waren keine Schatten unter den Bäumen, alles verharrte in mattfarbener Unbeweglichkeit, und die Gegenstände schienen namenlose Trugbilder zu sein. Der Gedärmhaufen war ein schwarzer Fliegenklumpen, der wie eine Säge summte. Nach einer Weile fanden diese Fliegen Simon. Gesättigt ließen sie sich auf die Schweißrinnsale nieder und tranken. Sie kitzelten um seine Nasenlöcher und spielten auf seinen Schenkeln Bockspringen. Sie waren schwarz und schillernd grün und ohne Zahl; und vor Simon hing der Herr der Fliegen auf seinem Stock und grinste. Schließlich gab Simon es auf und schaute wieder hin; sah die weißen Zähne, die trüben Augen, das Blut – und sein Blick kam nicht von diesem unausweichlichen Urbild los. In Simons rechter Schläfe begann es heftig zu pulsen.

Ralph und Piggy lagen im Sand, starrten ins Feuer und warfen lässig Kiesel in die rauchlose Glut.

»Der Ast ist all.«

»Wo sind Samneric?«

»Wir müssten mehr Holz holen. Das Grünzeug ist ausgegangen.«

Ralph seufzte und erhob sich. Es waren keine Schatten unter den Palmen auf der Plattform, nur dieses seltsame Licht, das gleichzeitig von überallher zu kommen schien. Hoch oben bei den geblähten Wolken löste sich der Donner.

»Bald gießt's mit Eimern.«

»Und was ist mit dem Feuer?«

Ralph tappte in den Wald und holte einen buschigen, grünen Ast, den er auf das Feuer fallen ließ. Der Ast knisterte, die Blätter rollten sich zusammen, und gelber Rauch floß auseinander.

Piggy malte gedankenlos mit dem Finger Figuren in den Sand.

»Das Dumme ist, wir sind zu wenig für'n Feuer. Du schickst jetzt Samneric immer auf eine Schicht. Die machen alles zusammen –«

»Freilich.«

»Das ist aber ungerecht, ist dir das nicht klar? Die müssten zweimal dran.«

Ralph bedachte dies und sah, dass Piggy Recht hatte. Er stellte verblüfft fest, wie wenig erwachsen er dachte, und seufzte erneut. Das mit der Insel wurde immer schlimmer.

Piggy sah ins Feuer.

»Das grüne Zeug ist auch bald all.«

Ralph wälzte sich auf die andere Seite.

»Piggy, was sollen wir bloß machen?«

»Einfach sehen, dass wir allein fertig werden.«

»Aber – das Feuer –«

Er blickte stirnrunzelnd auf den schwarzen und weißen Wirrwarr, in dem die unverbrannten Enden von Ästen lagen. Er versuchte seine Gedanken in Worte zu fassen.

»Ich hab Angst.«

Er sah, wie Piggy aufblickte, und redete weiter drauflos.

»Nicht vor dem Tier. Das heißt, vor dem hab ich auch Angst. Aber keiner begreift das mit dem Feuer. Wenn du am Ertrinken bist und einer wirft dir'n Seil zu – wenn der Doktor sagt, nimm das ein, sonst stirbst du – dann würdest du doch folgen, oder?«

»Na klar.«

»Und sieht denn das keiner? Begreift das niemand? Ohne Rauchsignal sind wir hier verloren! Da!«

Eine Welle erhitzter Luft flimmerte über der Asche, von Rauch war nichts zu sehen.

»Nicht mal ein einziges Feuer können wir unterhalten. Und denen ist das ganz egal. Und was noch schlimmer ist –«

Er blickte fest in Piggys schweißüberströmtes Gesicht.

»Was noch schlimmer ist: mir manchmal auch. Angenommen, ich werd so wie die andern – dass mir alles egal ist –, was wird dann aus uns?«

Piggy nahm verstört die Brille ab.

»Ich weiß auch nicht, Ralph. Wir müssen einfach durchhalten. Das würden die Erwachsenen auch tun.«

Aber Ralph hatte nun einmal begonnen, seinen Kummer abzuladen. »Woran liegt das bloß alles, Piggy?«

Piggy sah ihn erstaunt an.

»Du meinst das mit dem –?«

»Nein, nicht das – ich meine – dass nichts mehr klappt, dass alles so, so –«

Piggy rieb langsam über seine Brille und dachte nach. Als ihm zum Bewusstsein kam, wie weit Ralph sich ihm anvertraut hatte, wurde er rot vor Stolz.

»Keine Ahnung, Ralph. Ich glaub, es liegt an ihm –«

»An Jack?«

»Ja, an Jack.« Ein Tabu bildete sich langsam auch um diesen Namen.

Ralph nickte bedächtig.

»Ja«, sagte er, »das muss es wohl sein.«

Aus dem nahen Wald brach es mit lautem Lärm. Dämonische Gestalten mit weißen und roten und grünen Gesichtern stürzten mit Geheul hervor, dass die Kleinen schreiend davonrannten. Aus dem Augenwinkel heraus sah Ralph Piggy forteilen. Zwei Gestalten sprangen auf das Feuer zu, und er ging schon in Abwehrstellung, aber sie griffen sich nur einige halbverbrannte Äste und sausten den Strand entlang davon. Die drei andern rührten sich nicht und blickten Ralph an; und er sah, dass der größte der drei, der bis auf die Bemalung und einen Gürtel völlig nackt dastand, Jack war.

Ralph bekam wieder Luft. »Na, was gibt's?«, sagte er. Jack achtete seiner nicht, hob den Speer und begann laut zu rufen.

»Alle mal herhören! Ich und meine Jäger, wir sind dahinten am Strand bei einem flachen Felsen. Wir jagen und haben zu essen und spielen. Wenn ihr in meinen Stamm eintreten wollt, dann kommt mal rüber. Vielleicht lass ich euch mitmachen. Vielleicht auch nicht.«

Er hielt inne und blickte sich um. Unter seiner Farbmaske war er frei von Scham und Befangenheit und konnte jeden Einzelnen fest ansehen. Ralph kniete neben den Überresten des Feuers wie ein Schnellläufer im Startloch, und sein Gesicht war unter Haaren und Ruß halb verborgen. Samneric schauten gemeinsam hinter einer Palme am Waldrand hervor. Einer der Kleinen heulte mit verkniffenem, hochrotem Gesicht neben dem Tümpel, und Piggy stand auf der Plattform und hielt das weiße Muschelhorn umklammert.

»Heut Abend ist bei uns großes Fest. Wir haben ein Schwein getötet, und es gibt Fleisch. Ihr könnt kommen und mitessen, wenn ihr wollt.«

Oben in den Wolkenschluchten dröhnte wieder der Donner. Jack und die beiden unkenntlichen Wilden schraken zurück, sahen zum Himmel auf und fassten sich wieder. Der Kleine heulte weiter.

Jack schien auf etwas zu warten. Er sprach flüsternd auf die andern ein.

»Los – jetzt!«

Die beiden Wilden murmelten vor sich hin. Jacks Stimme klang scharf.

»Los!«

Die beiden Wilden sahen einander an, hoben gleichzeitig ihre Speere und riefen im Chor:

»Der Häuptling hat gesprochen!«

Dann wandten sich die drei um und trotteten davon.

Ralph sprang wieder auf und starrte auf die Stelle, an der die Wilden entschwunden waren. Samneric kamen und flüsterten furchtsam.

»Ich hab gedacht, es wär' –«

»und ich hab –«

»– Angst gehabt.«

Piggy stand immer noch mit dem Muschelhorn in der Hand über ihnen auf der Plattform.

»Das waren Jack und Maurice und Robert«, sagte Ralph. »Die scheinen sich ja prima zu amüsieren.«

»Ich hab gedacht, ich krieg Asthma.«

»Geh weg mit deinem Asthma!«

»Wie ich Jack gesehen hab, hab ich gedacht, der will bestimmt die Muschel. Ich weiß nicht, warum, aber –«

Alle blickten in liebevoller Verehrung auf die weiße Muschel. Piggy legte sie in Ralphs Hände, und als die Kleinen das vertraute Zeichen sahen, eilten sie sogleich zurück. »Nicht hier.«

Er wandte sich zur Plattform. Er fühlte, dass eine rituelle Handlung nötig war. Voran schritt Ralph, das weiße Muschelhorn auf den Armen, dann Piggy, sehr gewichtig, dann die Zwillinge, dann die Kleinen und die andern.

»Alles hinsetzen. Die haben uns überfallen, weil sie Feuer brauchen. Bei denen geht's hoch her. Aber das –«

Ein flimmernder Vorhang legte sich vor sein Denken und verwirrte ihn. Er hatte etwas sagen wollen; da war der Vorhang heruntergegangen. »Aber das –«

Sie sahen ihn ernst an, noch kamen ihnen keine Zweifel an seiner Autorität. Ralph streifte sich das dumme Haar aus den Augen und – starrte auf Piggy.

»Aber das – hm – das Feuer! Freilich das Feuer!«

Er lachte auf, hielt aber inne, und jetzt konnte er auf einmal reden.

»Das Feuer ist das Wichtigste. Ohne Feuer gibt's keine Rettung. Ich mal mich auch ganz gern an und lauf rum wie'n Wilder. Aber wir müssen das Feuer anhalten. Das Feuer ist das Wichtigste auf der Insel, weil, weil –«

Er stockte wieder, und in das Schweigen mischten sich Zweifel und Verwunderung. Piggy flüsterte eindringlich. »Rettung!«

»Ja, richtig. Ohne das Feuer gibt's keine Rettung. Wir müssen also beim Feuer bleiben und Rauch machen.«

Niemand rührte sich, als er geendet hatte. Nach den vielen glänzenden Reden, die an eben dieser Stelle gehalten worden waren, klangen Ralphs Worte lahm, sogar die Kleinen merkten das.

Schließlich streckte Bill die Hand nach der Muschel aus.

»Wo wir jetzt oben kein Feuer machen können – weil wir da oben keins machen können –, da brauchen wir mehr Leute, damit's nicht ausgeht. Am besten, wir gehen zu dem Fest und sagen ihnen, es wär schwer mit dem Feuer für uns hier. Und dann gehn wir jagen und so – wie die Wilden, mein ich –, das muss doch prima werden.«

Samneric griffen nach der Muschel.

»Das wird sicher prima, Bill hat ganz Recht – und er hat uns ja eingeladen –«

»– zu einem Fest –«

»Fleisch –«

»– knusprig –«

»Ich könnte schon'n Brocken Fleisch vertragen –«

Ralph hob die Hand.

»Wir können uns doch auch selbst Fleisch beschaffen.« Die Zwillinge sahen einander an. Bill antwortete.

»Wir wollen nicht in den Dschungel.«

Ralphs Gesicht verzog sich.

»Er – geht aber rein.«

»Der ist ja auch ein Jäger. Die sind alle Jäger, das ist was anderes.«

Eine Weile sprach niemand, dann murmelte Piggy vornübergebeugt: »Fleisch –«

Die Kleinen saßen da und dachten mit ernsten Gesichtern an Fleisch, und das Wasser lief ihnen im Mund zusammen.

Über ihnen dröhnte erneut der Donner, und die trockenen Palmenwedel raschelten unter einem plötzlichen Windstoß.

»Du bist ein alberner kleiner Junge«, sagte der Herr der Fliegen, »ein richtiger dummer alberner Junge!«

Simon bewegte seine geschwollene Zunge, schwieg aber.

»Glaubst du etwa nicht«, sagte der Herr der Fliegen, »dass du ein richtiger dummer Junge bist?«

Simon antwortete in derselben stummen Sprache.

»Ja«, sagte der Herr der Fliegen, »es ist besser, du rennst weg und spielst mit den andern. Die denken, du hättest einen Klaps. Du willst doch nicht, dass Ralph denkt, du hättest einen Klaps, oder? Ralph hast du doch gern, was? Und Piggy, und Jack?«

Simons Kopf richtete sich ein wenig auf. Seine Augen vermochten nicht, sich loszureißen, und der Herr der Fliegen hing vor ihm im Raume.

»Was treibst du denn hier ganz allein? Hast du keine Angst vor mir?« Simon schauderte.

»Dir kann niemand helfen. Nur ich. Und ich bin das Tier.« Simons Mund arbeitete, brachte verständliche Worte hervor.

»Schweinskopf auf einem Stock!«

»Und stell dir vor, da habt ihr gedacht, das Tier sei etwas, das man jagen und töten kann!«, sagte der Kopf.

Ein, zwei Augenblicke lang hallten der Wald und die ganze nur trübe geschaute Umgebung wider von höhnischem Gelächter. »Du hast's gewusst, wie? Dass ich ein Teil von euch bin, von ganz innen, innen, innen? Dass ich schuld daran bin, dass nichts klappt? Dass alles so gekommen ist, wie's gekommen ist?«

Wieder bebte das Lachen durch den Wald.

»Komm jetzt«, sagte der Herr der Fliegen. »Geh zurück zu den andern und Schwamm drüber.«

Simons Kopf schwankte. Seine Augen waren halb geschlossen, als ahme er das anstößige Ding auf dem Stock nach. Er wusste, dass einer seiner Anfälle nahte. Der Herr der Fliegen dehnte sich aus wie ein Ballon.

»Das ist doch lachhaft. Du weißt genau, dass du mir da unten wieder begegnest – also versuche gefälligst nicht, mir zu entwischen!«

Simon lag zusammengekrümmt und steif da. Der Herr der Fliegen nahm den Ton des Schulmeisters an.

»Jetzt reicht's aber bald! Mein armes, irregeleitetes Kind, glaubst du, du bist klüger als ich?«

Pause.

»Ich warne dich! Ich werde langsam ungemütlich, klar? Du bist nicht erwünscht hier, verstanden? Wir wollen es uns hier fein machen auf der Insel, verstanden? Wir wollen es uns hier fein machen auf der Insel, verstanden? Versuch's also erst gar nicht, mein armer, irregeführter Junge, sonst –«

Simon war, als starrte er in ein riesiges Maul. Innen war alles dunkel, von einer Schwärze, die sich ausdehnte.

»Sonst –«, sagte der Herr der Fliegen, »sonst machen wir dich fertig, klar? Jack und Roger und Maurice und

Robert und Bill und Piggy und Ralph. Machen wir dich fertig, klar?«

Simon war jetzt in dem Maul. Er fiel und fiel und verlor das Bewusstsein.

Neuntes Kapitel

TIER, TANZ UND TOD

Das Wolkengebäude über der Insel wuchs höher. Ein ständiger Strom erhitzter Luft stieg den ganzen Tag vom Berg aufwärts und wurde zehntausend Fuß hochgeschleudert. Kreisende Gasmassen luden sich auf, bis die Luft zerspringen musste. Am frühen Abend war die Sonne verschwunden, und ein messingfarbenes Glänzen trat an die Stelle des hellen Tageslichts. Sogar die Luft, die von der See herandrängte, war heiß und brachte keine Abkühlung. Die Farbe wich aus Wasser und Bäumen und roter Felsfläche, und die weißen und braunen Wolken brauten sich zusammen. Nichts schien mehr zu atmen außer den Fliegen, die ihren Herrn schwarz umhüllten und dem herausgerissenen Gedärm das Aussehen glitzernder Kohle gaben. Selbst als das Gefäß in Simons Nase platzte und das Blut hervorströmte, ließen sie ihn in Ruhe und zogen den Hautgout des Schweines vor.

Mit dem rinnenden Blut lief Simons Anfall in die Ermattung des Schlafs aus. Er lag in der Matte aus Schlingpflanzen, während der Abend dahinging und das Donnern anhielt. Endlich erwachte er und sah verschwommen die dunkle Erde dicht unter seinem Gesicht. Doch er verharrte noch regungslos, lag da, mit dem Kopf auf der Seite, und sah aus stumpfen Augen vor sich hin. Dann wälzte er sich herum, zog die Beine an und griff nach den Schlingsträngen, um sich aufzurichten.

Als die Schlingen erzitterten, stoben die Fliegen mit giftigem Summen von dem Gedärm auf und fielen wieder darüber her. Simon erhob sich. Das Licht war unirdisch. Der Herr der Fliegen hing auf seinem Stock wie ein schwarzer Klumpen.

Simon sprach mit lauter Stimme zur Lichtung. »Was soll ich denn sonst tun?«

Nichts antwortete. Simon kehrte der Lichtung den Rücken und kroch durch die Schlingpflanzen in den Dämmer des Waldes. Er schritt lustlos mit leerem Blick zwischen den Stämmen dahin, und das Blut um Mund und Nase war angetrocknet. Nur manchmal, wenn er die Schlingstränge zur Seite schob und die Neigung des Bodens nach der Richtung befragte, bildeten seine Lippen lautlose Worte.

Die Schlingengirlanden in den Bäumen wurden jetzt seltener, und durch die Laubdecke siebte fahles Licht vom Himmel herab. Hier war das Rückgrat der Insel, das ein wenig höher gelegene Land unterhalb des Berges, wo der Wald kein dichter Dschungel mehr war. Große Lichtungen wechselten jetzt mit Dickungen und hohen Bäumen ab, und der ansteigende Boden führte ihn in immer offeneren Wald. Er tappte weiter, schwankte manchmal vor Müdigkeit, hielt aber nicht an. Das angeborene Leuchten war aus seinen Augen gewichen, und er ging finster entschlossen wie ein alter Mann dahin.

Ein Windstoß machte ihn taumeln, und er sah, dass er im Freien war, auf Fels, unter erzenem Himmel. Er fühlte sich schwach in den Beinen, und die Zunge schmerzte ihn beständig. Als der Wind an den Gipfel stieß, sah er etwas, sah, wie etwas Blaues gegen braune Wolken flatterte. Er schleppte sich weiter, und der Wind kam wieder mit starker Gewalt und schlug die Waldwipfel, dass sie sich duckten und brausten. Simon sah, wie sich ein unförmiges Ding plötzlich auf dem Gipfel hochreckte und auf ihn herabblickte. Er verbarg sein Gesicht und keuchte weiter.

Die Fliegen hatten die Gestalt auch gefunden. Die Leben vorspiegelnde Bewegung schreckte sie jedes Mal auf, und dann hingen sie in dunkler Wolke über dem Kopf. Wenn aber der blaue Stoff des Fallschirms zusammenfiel, sank die plumpe Gestalt seufzend vornüber, und die Fliegen ließen sich wieder nieder.

Simon spürte Fels unter seinen Knien. Er kroch heran – und da verstand er. Das Seilgewirr zeigte ihm das Geheimnis der grausigen Marionette; er musterte das weiße Nasenbein, die Zähne, die Farben der Verwesung. Er sah, wie erbarmungslos die Hüllen aus Gummi und Segeltuch den armen Körper zusammenhielten, der doch hätte verfaulen sollen. Da blies der Wind wieder, und die Gestalt hob und senkte sich und wehte ihn mit üblem Atem an. Simon kniete nieder, auf die Arme gestützt, und übergab sich, bis sein Magen leer war. Dann packte er die Seile, löste sie von dem Gestein und entriss die Gestalt dem unwürdigen Spiel des Windes.

Schließlich wandte er sich ab und sah zum Strand hinunter. Das Feuer bei der Plattform schien ausgegangen zu sein, zumindest stieg kein Rauch auf. Weiter unten am Strand, jenseits des Flüsschens bei der großen Felsplatte, säulte ein dünner Rauchfaden auf zum Himmel. Der Fliegen nicht achtend, schirmte Simon seine Augen mit beiden Händen und starrte nach dem Rauch. Selbst auf diese Entfernung konnte man sehen, dass die meisten, vielleicht alle, dort unten versammelt waren.

Also hatten sie das Lager verlegt, weiter von dem Tier weg. Bei diesem Gedanken musste Simon auf das arme, stinkende Etwas schauen, das neben ihm hockte. Das Tier war harmlos und grauenhaft; die andern mussten es so bald wie möglich erfahren. Er stürzte den Berg hinab, seine Beine knickten ein; sogar bei großer Anstrengung vermochte er nur taumelnd voranzukommen.

»Baden«, sagte Ralph, »das ist doch das Einzige.«

Piggy beobachtete durch sein Einglas den undeutlich aufragenden Himmel.

»Die Wolken da gefallen mir nicht. Weißt du noch, wie's geregnet hat gleich nach unserer Ankunft?«

»Es wird bald wieder so regnen.«

Ralph tauchte in den Tümpel. Einige der Kleinen spielten am Rand und versuchten, sich einzubilden, dass ihnen ein Nass, das wärmer war als Blut, gut tat. Piggy nahm die Brille ab, stelzte vorsichtig ins Wasser und setzte die Brille wieder auf. Ralph tauchte hoch und spritzte ihm einen Wasserstrahl entgegen.

»Denk an meine Brille«, sagte Piggy. »Wenn Wasser aufs Glas kommt, muss ich raus und sie abwischen.«

Ralph spritzte noch einmal und spritzte vorbei. Er lachte Piggy an und glaubte, er würde wie immer in verletztem Schweigen brav den Rückzug antreten. Stattdessen peitschte Piggy mit seinen Händen ins Wasser.

»Aufhören, sag ich!«, schrie er.

Wütend schlug er Ralph Wasser ins Gesicht.

»Schon gut, schon gut«, sagte Ralph, »reg dich wieder ab.«

Piggy hörte auf, ins Wasser zu schlagen.

»Mit tut was weh im Kopf. Ich wollt, es wär'n biss-chen kühler.«

»Ich wollt, es würde regnen.«

»Ich wollt, wir könnten heimgehn.«

Piggy lehnte sich zurück gegen den flachen Sandhang des Tümpels. Sein Magen wölbte sich vor, und das Wasser darauf trocknete. Ralph spritzte einen Strahl in die Höhe. Man konnte den Gang der Sonne an dem Vorrücken eines hellen Flecks in den Wolken erkennen. Er kniete im Wasser nieder und blickte sich um.

»Wo sind denn die andern?« Piggy richtete sich auf.

»Vielleicht liegen sie in den Hütten.«

»Wo sind Samneric?«

»Und Bill?«

Piggy wies über die Plattform.

»Die sind da raus. Zu Jacks Korona.«

»Sollen ruhig gehen«, sagte Ralph. Doch ihm war unbehaglich. »Mir ist's gleich.«

»Die wollen doch bloß ein Stückchen Fleisch –«

»Und jagen«, sagte Ralph, »und wie'n Stamm von Wilden hausen und sich die Gesichter anschmieren wie Indianer auf'm Kriegspfad.«

Piggy stocherte unter dem Wasser im Sand und sah Ralph nicht an.

»Vielleicht gehen wir lieber auch –«

Ralph warf ihm einen schnellen Blick zu, und Piggy errötete.

»Ich mein – um zu gucken, dass nichts passiert.«

Ralph spritzte noch einmal Wasser in die Höhe.

Lange ehe Ralph und Piggy zu Jacks Bande stießen, hörten sie den Lärm. Die Palmen ließen hier zwischen Wald und Küste einen breiten Rasenstreifen frei. Eine

Stufe unterhalb des Rasens begann der weiße, angewehte Sand, den die Flut nicht überspülte; er war warm, trocken und festgetrampelt. Noch etwas weiter unterhalb zog sich ein Felsmassiv zur Lagune hin. Dahinter war ein schmaler Sandgürtel, und dann kam das Wasser. Auf den Felsen brannte ein Feuer, und Fett tropfte von dem bratenden Schweinefleisch in die unsichtbaren Flammen. Alle Jungen der Insel, außer Piggy, Ralph, Simon und den beiden, die das Schwein wendeten, hatten sich auf dem Rasen gelagert. Sie lachten, sangen, lagen, hockten oder standen umher auf dem Gras, und in ihren Händen hielten sie Fleisch. Aber nach den fettverschmierten Gesichtern zu urteilen war das Mahl fast vorüber; und einige führten Kokosnussschalen zum Mund und tranken daraus. Vor Beginn des Festes war ein großer Stamm mitten auf den Rasen geschleppt worden, und darauf saß Jack, bemalt und geschmückt wie ein Götzenbild. Große Fleischstücke lagen auf grünen Blättern neben ihm, und Früchte und Kokosschalen voll Trinkwasser.

Piggy und Ralph traten an den Rand der Rasenfläche; und als die Jungen sie sahen, verstummten sie einer nach dem andern, bis nur noch der Junge neben Jack sprach. Dann wurde es auch da still, und Jack drehte sich im Sitzen um. Eine Weile blickte er sie an, und das Knistern des Feuers war das lauteste Geräusch neben dem dumpfen Dröhnen des Riffs. Ralph sah zur Seite; und Sam glaubte, er wende sich vorwurfsvoll an ihn, und nahm mit verlegenem Kichern seinen abgenagten Knochen vom Mund. Ralph trat unsicher einen Schritt vor, deutete auf eine Palme, flüsterte Piggy etwas ins Ohr, und sie kicherten beide wie Sam. Ralph zog seine Füße aus dem tiefen Sand und begann vorbeizuschlendern. Piggy versuchte zu pfeifen.

Da packten die Bratköche am Feuer plötzlich ein großes Stück Fleisch und rannten damit auf die Rasenfläche zu. Sie rempelten Piggy an, der verbrannt wurde und schreiend umherhüpfte. Im selben Augenblick waren Ralph und alle andern eins in einem stürmischen, befreienden Gelächter. Wieder einmal war Piggy der Mittelpunkt allgemeiner Heiterkeit, und alle waren wieder guter Dinge, und alles war wieder gut.

Jack erhob sich und schwang seinen Speer. »Bringt ihnen Fleisch!«

Die Jungen mit dem Spieß gaben Ralph und Piggy jedem ein saftiges Stück. Sie nahmen die Gabe gierig entgegen. So standen sie und aßen unter bleiernem Himmel, den die Vorboten des Sturmes durchbrausten.

Jack schwang wiederum seinen Speer. »Hat alles genug gegessen?«

Es war noch Fleisch übrig, an den Spießen bruzzelte es, und auf den grünen Schüsseln lag es gehäuft. Von seinem Magen verführt, warf Piggy einen angeknabberten Knochen auf den Strand hinunter und bückte sich nach mehr.

Jack erhob noch einmal ungeduldig seine Stimme.

»Hat alles genug gehabt?«

In seinen Worten klang eine Mahnung mit, eine Mahnung aus Besitzerstolz, und sie aßen schneller, solange noch Zeit war. Als Jack sah, dass so bald noch keine Pause eintreten würde, erhob er sich vom Stamm, auf dem er thronte, und schlenderte dem Rand der Grasfläche zu. Er sah unter seiner Bemalung heraus auf Ralph und Piggy herab. Sie wichen einige Schritte durch den Sand zurück, und Ralph blickte in das Feuer, während er aß. Gleichsam im Unterbewussten vermerkte er, dass die Flammen jetzt sichtbar waren gegen das stumpfe Licht. Der Abend war hereingebrochen; er brachte keinen stillen Schein, er drohte mit Unheil.

Jack sprach.

»Gebt mir was zu trinken.«

Henry reichte ihm Wasser, und er trank, wobei er Piggy und Ralph über den schartigen Rand der Schale hinweg beobachtete. Macht ruhte in der braunen Wölbung seiner Unterarme: Befehlsgewalt hockte auf seiner Schulter wie ein Affe und flüsterte mit ihm.

»Alles hinsetzen!«

Die Jungen nahmen in Reihen vor ihm im Gras Platz, aber Ralph und Piggy blieben, wo sie standen, auf dem einen Fuß tieferen weichen Sand. Jack kümmerte sich fürs Erste nicht um die beiden, neigte sein Maskengesicht zu den Sitzenden hinab und richtete seinen Speer auf sie.

»Wer will in meinen Stamm?«

Ralph machte eine plötzliche Bewegung, wobei er stolperte. Einige drehten sich nach ihm um.

»Ich hab euch zu essen gegeben«, sagte Jack, »und meine Jäger werden euch vor dem wilden Tier beschützen. Wer will in meinen Stamm?«

»Ich bin Anführer«, sagte Ralph, »denn ihr habt mich gewählt. Und wir haben das Feuer anhalten wollen. Jetzt rennt alles hinter einem Stück Fleisch her –«

»Bist ja selbst gerannt!«, rief Jack. »Hast den Knochen ja noch in der Hand!«

Ralph wurde dunkelrot.

»Ich hab ja auch gesagt, ihr seid Jäger. Ihr habt ja jagen sollen.«

Jack tat wieder, als sei Ralph nicht da.

»Wer will in meinen Stamm? Bei uns wird's prima.«

»Ich bin Anführer«, sagte Ralph mit bebender Stimme. »Und was ist mit dem Feuer? Und außerdem hab ich die Muschel –«

»Du hast sie ja nicht bei dir«, höhnte Jack. »Du hast sie ja liegen lassen. Da guckst du dumm, was? Und die Muschel gilt hier unten auch gar nicht –«

Der Donner krachte plötzlich hernieder. Es war kein dumpfes Grollen, der Schlag hatte etwas Hartes.

»Die Muschel gilt auch hier«, rief Ralph, »und überall auf der Insel!«

»Na und? Was willst du denn machen?«

Ralph blickte forschend über die Reihen. Von den Jungen kam ihm keine Hilfe, und er sah verwirrt und in Schweiß gebadet zur Seite. Piggy flüsterte ihm etwas zu.

»Das Feuer – Rettung!«

»Wer will in meinen Stamm?«

»Ich.«

»Ich.«

»Ich auch.«

»Ich blas die Muschel«, sagte Ralph atemlos, »und ruf zur Versammlung!«

»Das hören wir hier nicht.«

Piggy berührte Ralph am Handgelenk.

»Komm weg hier. Es gibt bloß Krach. Und unser Fleisch haben wir ja gegessen.«

Heller Schein zuckte hinter dem Wald auf, und der Donner krachte wieder, dass einer der Kleinen zu weinen anfing. Dicke Regentropfen fielen auf sie nieder, jeder machte beim Aufschlag sein eigenes Geräusch.

»Gleich wird's losgehen«, sagte Ralph, »und's gießt

wie damals, als wir angekommen sind. Wer guckt jetzt dumm, he? Wo sind denn eure Hütten? Was willst denn du jetzt machen, Jack?«

Die Jäger sahen ängstlich zum Himmel auf und schauderten vor den herabstürzenden Tropfen zurück. Eine Welle der Unruhe brachte die Jungen in schwankende, rastlose Bewegung. Der blitzende Schein wurde heller, und die Donnerschläge waren kaum noch zu ertragen. Die Kleinen begannen schreiend umherzurennen.

Jack sprang auf den Sand hinunter.

»Wir führen unsern Tanz auf! Los!«

Er lief stolpernd durch den tiefen Sand auf die freie Felsfläche hinter dem Feuer. Nach jedem Blitzstrahl war die Luft dunkel und schrecklich, und die Jungen folgten ihm lärmend. Roger machte das Schwein; er grunzte und ging auf Jack los, der zur Seite sprang. Die Jäger ergriffen ihre Speere, die Köche ihre Spieße und die andern Holzprügel, die beim Feuer lagen. Sie tanzten im Kreis, und die Schreie vereinigten sich zum Chor. Während Roger die Wehlaute des Schweins von sich gab, rannten und hüpften die Kleinen außen um den Kreis herum. Der Himmel drohte mit seinem Zorn, und auf einmal waren Piggy und Ralph bestrebt, Glieder dieser wahnsinnigen, aber irgendwie Geborgenheit bietenden Gemeinschaft zu werden. Es tat gut, die braunen Rücken der Mauer zu berühren, die das Grauen abhielt und eindämmte.

»*Stecht das Tier! Macht es tot! Blut fließt rot!*«

Sie tanzten jetzt im Takt, und der Singsang erfasste sie immer mehr und fiel in festen Rhythmus. Roger verwandelte sich aus dem Schwein in einen Jäger, sodass die

Mitte des Ringes frei war. Einige der Kleinen bildeten ihren eigenen Reigen; und die kleineren Kreise drehten sich und drehten sich, als schaffe die Vervielfachung allein schon Sicherheit. Es trampelte und stampfte wie von einem einzigen Wesen.

Eine blau-weiße Narbe zerriss den Himmel. Einen Augenblick darauf kam das Krachen über sie wie ein Schlag einer Riesenpeitsche. Der Sang nahm an Verzweiflung zu.

»*Stecht das Tier! Macht es tot! Blut fließt rot!*«

Jetzt entstieg dem Entsetzen ein anderes, gieriges, heißes, blindes Verlangen.

»*Stecht das Tier! Macht es tot! Blut fließt rot!*«

Wieder zuckte die weiß-blaue Narbe über sie hinweg, und die schweflige Entladung schlug hernieder. Die Kleinen schrien und stürzten durcheinander, flohen vom Waldrand weg, und einer durchbrach in seiner Todesangst den Ring der Großen.

»Auf ihn! Auf ihn!«

Aus dem Kreis wurde ein Hufeisen. Da kam vom Wald her etwas gekrochen. Es kam dunkel, unsicher näher. Sie schrien schrill vor dem Tier auf wie im Schmerz. Das Tier taumelte in das Hufeisen hinein.

»*Stecht das Tier! Macht es tot! Blut fließt rot!*«

Die blau-weiße Narbe war jetzt ständig am Himmel und das Krachen unerträglich. Simon schrie etwas von einem Toten auf einem Berg.

»*Stecht das Tier! Macht es tot! Blut fließt rot! Macht es kalt!*«

Die Stöcke fielen herab, und der neue Kreis war wie ein großes Maul, das schrie und mit den Zähnen knirschte. Das Tier lag in der Mitte auf den Knien und hatte die Arme vor das Gesicht geschlagen. Es schrie gegen den Höllenlärm etwas von einem Leichnam auf einem Berg. Das Tier kämpfte sich vorwärts, durchbrach den Ring und fiel über die steile Felsstufe auf den Sand am Wasser. Sogleich wogte die Menge ihm nach, ergoss sich über den Fels, sprang das Tier an, schrie, schlug, biss, zerrte. Es fielen keine Worte, alle Bewegungen flossen zusammen zu einem einzigen Reißen von Zähnen und Klauen.

Da öffneten sich die Wolken und ließen einen Wasserfall hinabstürzen. Die Regenmassen wogten vom Berggipfel heran, rissen Blätter und Zweige von den Bäumen, rauschten wie kalter Guss über den zappelnden Knäuel auf den Sand. Jetzt brach der Knäuel auseinander, und einzelne Gestalten schwankten davon. Nur das Tier lag reglos da, wenige Schritte vor dem Meer. Selbst durch den Regen konnten sie sehen, ein wie kleines Tier es war; und schon färbte sein Blut den Sand.

Jetzt trieb ein starker Wind den Regen ab und spülte das Wasser in Kaskaden von den Bäumen des Waldes. Auf dem Gipfel füllte sich der Fallschirm und stieg; die Gestalt glitt hoch, stand aufrecht, wirbelte herum, schwebte durch die Unermesslichkeit der nassen Luft in die Tiefe und stieß sich mit plumpen Füßen von den Wipfeln der hohen Bäume ab; sie fiel und fiel und sank dem Strand entgegen, und die Jungen rannten schreiend in die Finsternis. Und weiter trug der Fallschirm die Gestalt, und die Gestalt durchschnitt in gerader Rinne die Lagune und holperte über das Riff aufs Meer hinaus.

Gegen Mitternacht versiegte der Regen, und die Wolken schwammen davon, sodass der Himmel wieder mit den wunderbaren Sternlichtern übersät war. Dann erstarb auch die Brise, und man hörte nur noch das Tropfen und Rieseln des Wassers, das aus Spalten rann und von Blatt zu Blatt auf die braune Erde der Insel niedersickerte. Die Luft war kühl, feucht und klar; und jetzt verstummte sogar das Rieseln des Wassers. Das Tier lag zusammengekauert auf dem fahlen Strand, und die Flecken wurden größer und größer.

Das Ufer der Lagune ward zu einem Leuchtstreifen, der sich langsam, aber stetig vorschob im Rhythmus der andringenden Flutwelle. Das klare Wasser spiegelte den klaren Himmel und das strahlende Gewinkel der Sternbilder. Der Leuchtstreifen bauschte sich über die Sandkörner und kleinen Kiesel; er umkräuselte jeden einzelnen lauernd eine Weile, riss ihn dann plötzlich mit unhörbarem Laut an sich und rollte weiter.

Entlang dem landwärtigen Rand der Untiefen war die vorrückende Helle voller seltsamer, mondstrahlgestaltiger Wesen mit feurigen Augen. Hier und da klammerte sich ein größerer Kiesel an seine Lufthülle und wurde von einem Perlmantel bedeckt. Die Flut schwoll heran über den regenzerfurchten Sand und glättete alles mit silbernem Tuch. Jetzt beleckte sie den vordersten Fleck, der dem zerbrochenen Leib entsickerte, und die Wesen bildeten einen unruhigen Lichtsee, als sie sich am Rand versammelten. Das Wasser stieg weiter und übergoss Simons wirres Haar mit hellem Glanz. Seine Wangenlinie strahlte silbern, und die Wölbung seiner Schultern wurde zu gehauenem Marmor. Die seltsamen dienstbaren Wesen mit ihren feurigen Augen und dem nachschleifenden Schaumschweif umspielten geschäftig seinen Kopf. Der Körper hob sich kaum merklich, und eine

Luftblase entstieg dem Mund mit nassem Blubb. Dann zog es ihn sanft ins Wasser.

Irgendwo über der verfinsterten Hälfte der Welt wirkte die unermessliche Kraft der Sonne und des Mondes; und so wurde die Wasserhülle auf dem Erdenstern festgehalten und wölbte sich ein wenig auf einer Seite, während der harte Kern sich drehte. Die große Welle der Flut rollte weiter wider die Insel, und die Wasser stiegen. Leise, umgeben von einem Kranz neugieriger leuchtender Wesen, glitt Simons lebloser Körper, eine Gestalt aus Silber unter den ewigen Sternbildern, hinaus dem freien Meer entgegen.

Zehntes Kapitel

DIE MUSCHEL UND DIE BRILLE

Piggy spähte angestrengt der näher kommenden Gestalt entgegen. Er hatte herausgefunden, dass er manchmal deutlicher sah, wenn er die Brille abnahm und das eine Glas vor das andere Auge hielt; aber auch für das gute Auge blieb Ralph, nach allem, was geschehen war, unverkennbar Ralph. Er trat jetzt unter den Kokosbäumen hervor, er war schmutzig, und Laub hing in seinem gelben Haarwust. Ein Auge war nur noch ein schmaler Spalt in seiner geschwollenen Backe, und auf seinem rechten Knie hatte sich ein großer Schorf gebildet. Er blieb einen Moment stehen und hielt nach der Gestalt auf der Plattform Ausschau. »Piggy? Bist du der Einzige, der noch da ist?«

»'n paar von den Kleinen sind noch da.«

»Die zählen nicht. Keine Großen?«

»Doch – Samneric. Die sind grad Holz holen.«

»Sonst niemand?«

»Nicht, dass ich wüsste.«

Ralph kletterte vorsichtig auf die Plattform. Wo die Versammlung immer gesessen hatte, war das raue Gras noch zertrampelt; das zerbrechliche weiße Muschelhorn glänzte noch immer neben dem blank gescheuerten Sitz. Ralph hockte sich dem Platz des Anführers und der Muschel gegenüber ins Gras. Piggy kniete zu seiner Linken nieder, und eine lange Minute hindurch war es still.

Schließlich räusperte sich Ralph und flüsterte etwas. Piggy flüsterte zurück.

»Was? Ich hab nichts verstanden.«

Ralph sprach lauter: »Simon.«

Piggy sagte nichts, nickte aber ernst. Sie blieben hocken und starrten mit ausdruckslosem Blick auf den Führersitz und die Lagune. Das grüne Licht und die glänzenden Flecke der Sonnenstrahlen spielten über ihre verdreckten Körper.

Endlich stand Ralph auf und ging auf das Muschelhorn zu. Er nahm es zart in beide Hände und kniete gegen den Stamm gelehnt nieder. »Piggy –«

»Ja?«

»Was machen wir jetzt?«

Piggy wies mit dem Kopf auf das Muschelhorn.

»Du könntest –«

»Zur Versammlung rufen?«

Ralph lachte hart bei diesen Worten, und Piggy runzelte die Stirn.

»Du bist immer noch Anführer.«

Ralph lachte erneut.

»Freilich. Du hast uns zu sagen.«

»Ich hab die Muschel! Ha! Ha!«

»Ralph! Hör auf so zu lachen! Das hat doch keinen Zweck, Ralph! Was sollen denn die andern denken?«

Schließlich verstummte Ralph. Ihn schauderte.

»Piggy –«

»Ja?«

»Das ist Simon gewesen.«

»Das hast du schon mal gesagt.«

»Piggy –«

»Ja –«

»Das war Mord –«

»Hör jetzt auf!«, schrillte Piggy los. »Was hat denn das jetzt für'n Zweck, darüber zu reden!«

Er sprang auf und sah zu Ralph hinunter.

»Es war dunkel. Und dann mit dem verdammten Tanz da – und dann hat's geblitzt und gedonnert und geregnet. Und dann haben wir doch alle Angst gekriegt …!«

»Ich hab keine Angst gehabt!«, sagte Ralph langsam. »Ich bin auf einmal – ich weiß nicht, was ich gehabt hab –«

»Wir haben Angst gehabt!«, rief Piggy erregt. »Da weiß man nicht, was man tut. Ich bin nicht – ich meine so wie du –«

Er fuchtelte herum und suchte nach einem Wort.

»O Piggy!« Ralphs leise, trostlose Stimme ließ Piggy in seinem Gestikulieren innehalten. Er bückte sich nieder und wartete. Ralph hatte die Muschel in den Armen und wiegte sie hin und her.

»Verstehst du denn nicht, Piggy? Was wir gemacht haben –«

»Vielleicht ist er noch –«

»Nein.«

»Er hat vielleicht nur so getan –«

Piggys Worte erstarben, als er Ralphs Gesicht sah.

»Du warst doch draußen. Nicht mit im Kreis. Du hast ja nicht richtig mitgemacht. Hast du nicht gesehen, was wir – was sie gemacht haben?«

Seine Stimme war voller Abscheu und gleichzeitig irgendwie fieberhaft erregt.

»Hast du's nicht gesehen, Piggy?«

»Nicht so ganz richtig. Ich hab ja jetzt nur noch ein gutes Auge. Das weißt du doch, Ralph.«

Ralph wiegte sich immer noch hin und her.

»Es war'n Zufall«, sagte Piggy plötzlich, »ja, das war's. Ein Unfall.« Wieder wurde seine Stimme schrill.

»Kommt da aus dem Dunkeln – was hat der da auch so aus dem Dunkeln rauszukrabbeln brauchen! Er hat ja'n Klaps weggehabt. Er war ja selbst schuld.« Er fuchtelte wieder wild mit den Armen. »Es war'n Unfall.«

»Du hast also nicht gesehen, was sie gemacht haben –«

»Guck doch mal, Ralph, wir müssen das vergessen. Es hat keinen Zweck, darüber nachzudenken, klar?«

»Ich fürcht mich. Vor uns. Ich will heim. O Gott, ich will heim!«

»Es war'n Unfall«, sagte Piggy hartnäckig, »und dabei bleibt's.«

Er legte die Hand auf Ralphs nackte Schulter, und Ralph erschauerte unter der menschlichen Berührung.

»Und dann guck mal, Ralph«, Piggy blickte sich rasch um und kam ihm dann ganz nahe – »sag nichts davon, dass wir bei dem Tanz dabei waren. Samneric brauchen nichts zu wissen.«

»Aber wir waren doch dabei! Alle waren dabei!«

Piggy schüttelte den Kopf.

»Wir nicht bis ganz zum Schluss. Im Dunkeln haben die das nie gemerkt. Und du hast ja gesagt, ich hab sowieso nur von draußen –«

»Ich auch«, sagte Ralph kaum hörbar, »ich hab auch nur von außen –« Piggy nickte eifrig.

»Richtig so. Wir sind gar nicht richtig dabei gewesen. Wir haben nichts getan, wir haben nichts gesehen.«

Piggy hielt inne und sprach dann weiter.

»Wir leben jetzt für uns, wir vier –«

»Wir vier! Wir können das Feuer nicht allein anhalten.«

»Wir versuchen's mal, klar? Ich hab's schon angesteckt.«

Samneric brachten einen großen Stamm aus dem Wald geschleppt. Sie ließen ihn am Feuer fallen und eilten zum Tümpel.

»He! Ihr zwei!«

Die Zwillinge stutzten einen Augenblick und gingen dann weiter.

»Sie gehen baden, Ralph.«

»Besser, ich hab's hinter mir.«

Die Zwillinge waren sehr überrascht, als sie Ralph sahen. Sie erröteten und blickten an ihm vorbei ins Leere.

»So was! Wir haben gar nicht gewusst, dass du da bist, Ralph.«

»Wir sind im Wald gewesen –«

»Holz holen fürs Feuer –«

»– wir haben uns gestern Abend verirrt –«

Ralph sah zu Boden.

»Ihr habt euch verirrt nach dem –«

Piggy putzte sein Brillenglas.

»Nach dem Fest«, sagte Sam mit erstickter Stimme. Eric nickte. »Ja, nach dem Fest.«

»Wir sind schon früh wieder weg«, sagte Ralph rasch, »wir waren müde.«

»Wir auch –«

»– schon sehr früh –«

»– wir waren sehr müde.« Sam fingerte an einem Kratzer auf seiner Stirn und zog dann hastig die Hand fort. Eric rieb an seiner aufgerissenen Lippe.

»Ja, wir waren sehr müde«, wiederholte Sam, »deshalb sind wir früh weg. Ist der –«

Die Luft war angefüllt mit uneingestandenem Wissen. Sam druckste herum, und das schlimme Wort entschlüpfte ihm. »– Tanz fein geworden?«

Die Erinnerung an den Tanz, an dem keiner von ihnen beteiligt gewesen war, ließ alle vier erbeben.

»Wir sind schon früh wieder weg.«

Als Roger die Landbrücke erreichte, die die Felsenburg mit der Küste verband, überraschte es ihn nicht, dass er angerufen wurde. Die ganze schreckliche Nacht hindurch hatte er damit gerechnet, wenigstens einige des Stammes vorzufinden, die hier an der sichersten Stelle dem Grauen der Insel trotzten.

Die Stimme tönte schneidend von oben herab, wo die immer kleiner werdenden Felsen wackelig übereinander lagen.

»Halt! Wer da?«

»Roger.«

»Tritt näher, Freund.« Roger trat näher.

»Du hast doch gesehen, wer ich bin.«

»Der Häuptling hat gesagt, wir sollen jeden anrufen.«

»Und wenn ich trotzdem weiter will, kannst du doch auch nichts machen.«

»Was? Komm nur rauf und guck dir das mal an.« Roger kletterte die stufenförmige Klippe hoch.

»Hier. Da kannst du was sehen.«

Unter dem obersten Felsen klemmte ein Stamm, und darunter war ein weiterer Hebel. Robert stützte sich leicht gegen den Hebel, und der Fels knirschte. Ein richtiger Druck, und der Fels würde donnernd auf die Landzunge herunterkrachen. Roger staunte anerkennend.

»Hat was los, der Häuptling, was?«

Robert nickte.

»Er will uns auf die Jagd mitnehmen.«

Sein Kopf wies in die Richtung der Hütten, dahin, wo in der Ferne ein weißer Rauchfaden zum Himmel aufstieg. Roger hockte sich auf den äußersten Rand der Klippe; er sah finster auf die Insel zurück, während er mit dem Finger an einem losen Zahn wackelte. Sein Blick blieb an dem Gipfel des fernen Berges hängen, und Robert wollte den unausgesprochenen gemeinsamen Gedanken verscheuchen.

»Er will Wilfred schlagen.«

»Weshalb?«

Robert bewegte ungewiss den Kopf.

»Keine Ahnung. Er hat's nicht gesagt. Er ist plötzlich wütend geworden, und wir haben Wilfred fesseln müssen. Er ist jetzt« – er kicherte aufgeregt – »er ist jetzt vier Stunden gefesselt und wartet immer noch –«

»Aber hat der Häuptling nicht gesagt, weshalb?«

»Ich hab nicht gehört, dass er etwas gesagt hat.«

Roger saß auf dem furchtbaren Felsen in der dörrenden Sonne und empfing diese Nachricht wie eine Erleuchtung. Er ließ seinen Zahn in Ruhe, verhielt sich ganz still und erkannte die Möglichkeiten willkürlicher Machtausübung. Dann kletterte er, ohne ein Wort zu sagen, an der Rückseite der Felsen hinunter zu der Höhle und den andern der Bande.

Dort hockte der Häuptling, nackt bis zum Gürtel, das Gesicht weiß und rot übermalt. Der Stamm lagerte im Halbkreis vor ihm. Wilfred war gerade geschlagen und losgebunden worden und schnuffelte geräuschvoll im Hintergrund. Roger hockte sich zu den andern.

»Morgen«, fuhr der Häuptling fort, »gehen wir wieder auf Jagd.«

Er deutete mit dem Speer auf einige der Wilden.

»Ein paar bleiben hier und arbeiten weiter an der Höhle und bewachen den Eingang. Ich nehme ein paar Jäger mit und bring Fleisch. Die am Eingang sehen zu, dass die andern sich nicht einschleichen –«

Einer der Wilden hob die Hand, und der Häuptling wandte ihm sein kaltes bemaltes Gesicht zu.

»Warum glaubst du denn, die wollen sich einschleichen, Häuptling?«

Der Häuptling antwortete ausweichend, aber im Ton der Überzeugung. »Die kommen bestimmt. Die wollen versuchen, uns zu schaden. Deshalb müssen die Torwächter aufpassen. Und dann –«

Der Häuptling stockte. Sie sahen ein Dreieck von überraschendem Fleischrot hervorschießen, über seine Lippen gleiten und wieder verschwinden.

»– und dann will vielleicht auch das Tier rein. Ihr wisst doch noch, wie's gekrochen gekommen ist –«

Der Halbkreis erschauerte und murmelte Zustimmung.

»Es kann sich verwandeln – ihr habt's ja gesehen. Und es kann wiederkommen, wenn wir ihm auch den Kopf von unserer Beute gelassen haben. Passt also auf und seid vorsichtig.«

Stanley löste seinen Unterarm vom Felsen und hob einen fragenden Finger in die Höhe.

»Ja?«

»Ja, aber haben wir ihn denn nicht – es denn nicht –?«

Er wand sich und sah zu Boden.

»Nein!«

In dem Schweigen, das dann eintrat, schreckte jeder der Wilden vor seiner eigenen Erinnerung zurück.

»Nein! Wir – das Tier – töten – das würden wir doch gar nicht fertig bringen!«

Halb erleichtert, halb durch die Möglichkeit weiterer Schrecken eingeschüchtert, murmelten die Wilden wieder vor sich hin.

»Lasst also den Berg gehen«, sagte der Häuptling feierlich, »und lasst ihm den Kopf, wenn ihr was jagt.«

Stanleys Finger schnellte noch einmal in die Höhe.

»Das Tier hat sich vielleicht in etwas verwandelt.«

»Vielleicht«, sagte der Häuptling. Eine theologische Spekulation ging ihm durch den Sinn. »Am besten, wir verderben's nicht mit ihm. Man weiß nie, wozu es imstande ist.«

Die Wilden überdachten dies; und dann erbebten sie wie unter einem Windstoß. Der Häuptling bemerkte die Wirkung seiner Worte und stand unvermittelt auf.

»Aber morgen jagen wir, und wenn wir Fleisch haben, gibt's wieder ein Fest.«

Bill hob die Hand.

»Häuptling –«

»Ja?«

»Was nehmen wir zum Feueranmachen?«

Der weiße und rote Lehm verbarg die Röte im Gesicht des Häuptlings. In das ungewisse Schweigen hinein tröpfelte wieder das Gemurmel der Wilden. Dann hob der Häuptling die Hand.

»Wir holen uns das Feuer von den andern. Aufgepasst! Morgen jagen wir und verschaffen uns Fleisch. Heut Nacht geh ich mit zwei von den Jägern los – wer will mit?«

Maurice und Roger hoben die Hand.

»Maurice –«

»Ja, Häuptling?«

»Wo ist das Feuer bei denen gewesen?«

»Wieder an der alten Stelle beim Feuerfelsen.« Der Häuptling nickte.

»Die andern können schlafen, sobald die Sonne untergeht. Aber wir drei, Maurice, Roger und ich, wir gehen dann los. Kurz vor Sonnenuntergang hauen wir ab –«

Maurice meldete sich.

»Und was ist, wenn wir dem Tier begegnen?«

Der Häuptling wischte den Einwurf mit einer Handbewegung fort.

»Wir bleiben unten am Strand. Und wenn's wirklich kommt, dann führen wir wieder unsern – unsern Tanz auf.«

»Nur wir drei?«

Wieder schwoll das Gemurmel an und erstarb.

Piggy reichte Ralph seine Brille und stand daneben, bis ihm sein Gesicht zurückgegeben wurde. Das Holz war feucht; das war jetzt das dritte Mal, dass sie es anzündeten. Ralph trat zurück und sprach vor sich hin.

»Wir wollen nicht noch mal eine Nacht kein Feuer haben.« Er blickte schuldbewusst über die drei Jungen neben ihm. Er hatte eben zum ersten Mal den doppelten Zweck des Feuers zugegeben. Sicher, man musste eine Rauchsäule emporwinken lassen; aber das Feuer war jetzt auch der schützende Herd, der das Unheil abwehrte, bis sie einschliefen. Eric hauchte auf das Holz, dass es glühte und eine kleine Flamme aussandte. Eine Woge weißen und gelben Rauchs wallte auf.

Piggy nahm seine Brille wieder an sich und sah voll Wohlbehagen ins Feuer.

»Wenn wir bloß ein Radio bauen könnten!«

»Oder ein Flugzeug –«

»– oder ein Schiff.«

Ralph kramte mühsam in seiner immer mehr verblassenden Kenntnis von den Dingen der Außenwelt.

»Dann schnappen uns vielleicht die Roten.« Eric strich sich das Haar zurück.

»Die sind immer noch besser als –«

Er wollte keinen mit Namen nennen, und Sam vollendete den Satz, indem er mit dem Kopf den Strand hinunterwies.

Ralph musste an die plumpe Gestalt unter einem Fallschirm denken.

»Er hat was von einem Toten gesagt –« Eine verzweifelte Röte stieg in sein Gesicht bei diesem Eingeständnis der Anwesenheit beim Tanz.

Er munterte den Rauch mit ungeduldig drängenden Bewegungen auf. »Schlaf nicht ein – steig hoch!«

»Der Rauch wird dünner.«

»Wir brauchen schon wieder Holz, und dabei ist's feucht.«

»Mein Asthma –«

Die Antwort folgte automatisch.

»Du mit deinem Asthma!«

»Wenn ich Klötzer durch die Gegend schleppe, wird mein Asthma schlimmer. Ich wollt, 's wär anders, aber's ist so.«

Die drei Jungen gingen in den Wald und kamen schwer beladen mit morschem Holz zurück. Wieder wallte der Rauch auf, gelb und dick.

»Komm, wir holen uns was zu essen.«

Sie gingen miteinander zu den Fruchtbäumen, mit ihren Speeren in der Hand, redeten wenig und schlangen ihr Mahl hastig hinunter.

Als sie wieder aus dem Wald heraustraten, versank langsam die Sonne, und nur heiße Asche glühte noch im Feuer, und es stieg kein Rauch mehr auf.

»Ich kann kein Holz mehr schleppen«, sagte Eric. »Ich bin müde.«

Ralph räusperte sich.

»Oben haben wir das Feuer angehalten.«

»Das oben war auch kleiner. Das hier muss ja immer groß sein.«

Ralph trug ein Stück Holz zum Feuer und verfolgte den Rauch, der in den Abenddunst trieb.

»Wir müssen's anhalten!«

Eric warf sich zu Boden.

»Ich bin zu müd dazu. Und es hat ja auch keinen Zweck.«

»Eric!«, rief Ralph verletzt. »Red nicht so!«

Sam kniete neben Eric nieder.

»Was hat's dann für'n Zweck?«

Ralph war aufgebracht und versuchte, sich zu erinnern. Das Feuer hatte etwas Gutes. Etwas ganz ungemein Gutes.

»Ralph hat's euch doch oft genug gesagt«, fiel Piggy mürrisch ein. »Wie sollen die uns hier finden?«

»Eben! Wenn wir keinen Rauch machen –«

Er hockte vor ihnen nieder, und die Dämmerschatten verdichteten sich.

»Begreift ihr das denn nicht? Radios und Schiffe! Blödsinn! Das Feuer ist viel wichtiger.«

Er streckte die Hand aus und krümmte die Finger zur Faust. »Wir können nur eins tun, um hier herauszukommen. Jäger spielen kann jeder, Fleisch beschaffen kann jeder –«

Er sah jedem ins Gesicht. Da fiel im Augenblick höchster leidenschaftlicher Überzeugung der Vorhang in seinem Kopf herunter, und er wusste nicht mehr, worauf er hinauswollte.

Er kniete im Sand, hatte die Faust geballt und starrte von einem zum andern. Dann schlug der Vorhang zurück.

»Ja, richtig. Deshalb müssen wir Rauch machen; und immer weiter Rauch.«

»Aber wir können's doch nicht anhalten! Da guck nur!«

Das Feuer verglühte neben ihnen.

»Zwei passen aufs Feuer auf«, sagte Ralph mehr zu sich selbst, »das macht zwölf Stunden am Tag –«

»Wir können kein Holz mehr holen, Ralph –«

»– nicht jetzt im Dunkeln –«

»– nicht bei Nacht –«

»Wir können's ja morgen neu anmachen«, sagte Piggy. »Nachts sieht sowieso niemand den Rauch.«

Sam nickte heftig.

»Es war was anderes, als das Feuer noch –«

»– da oben war.«

Ralph stand auf und fühlte sich seltsam schutzlos in der herandrängenden Dunkelheit.

»Dann lasst's halt für heut Abend ausgehen.«

Er ging voran zur ersten Hütte, die sehr wackelig aussah, aber immer noch stand. Die Laubstreu darinnen war trocken und raschelte bei jeder Berührung. In der nächsten Hütte sprach einer der Kleinen im Schlaf. Die vier Großen krochen hinein und wühlten sich unter die Blätter. Die Zwillinge lagen nebeneinander und Ralph und Piggy auf der anderen Seite. Eine Weile hörte man nur das ständige Knistern und Rascheln des Laubes, das ihnen Geborgenheit schenken sollte.

»Piggy –«

»Ja?«

»Alles in Ordnung?«

»So ziemlich.«

Endlich senkte sich Schweigen über die Hütte, nur noch gelegentlich raschelte es. Ein schwarzes mit funkelndem Flitter besetztes Rechteck hing vor ihnen, und die Brandung rollte dumpf wider das Riff.

Ralph aber begann sein nächtliches »Angenommen«, zu spielen …

Angenommen, sie konnten in einem Düsenflugzeug heimfliegen, dann würden sie noch vor Morgengrauen auf dem großen Flugplatz in Wiltshire landen. Dann würden sie mit dem Auto weiterfahren; nein, wenn schon, dann lieber mit dem Zug; bis hinunter nach Devon, und sie würden wieder in dem Haus da wohnen. Dann kamen die wilden Ponys bis an den Garten und äugten über die Mauer …

Ralph wälzte sich unruhig im Laub. Dartmoor war ein wildes Land, und wild waren auch die Ponys. Aber der Reiz der Wildnis war verflogen.

Seine Gedanken glitten weiter und stellten sich eine zivilisierte Stadt vor, in der Wildheit nicht Fuß fassen konnte. Was gab es Sichereres als einen Omnibusbahnhof mit seinen Ampeln und Rädern?

Auf einmal tanzte Ralph um einen Signalmast. Ein Bus kam da aus dem Busbahnhof gekrochen, ein ganz komischer Bus …

»Ralph! Ralph!«

»Was'n los?«

»Mach nicht so'n Krach –«

»Oh, ich muss geträumt haben –«

Aus dem Dunkel am anderen Ende der Hütte kam ein schreckliches Stöhnen, und das Laub erzitterte unter ihrer Angst.

Sam und Eric hielten sich eng umschlungen und rangen miteinander. »Sam! Sam!«

»He! Eric!«

Jetzt war alles wieder still. Piggy flüsterte mit Ralph. »Wir müssen hier weg.«

»Wie weg?«

»Sehen, dass sie uns endlich finden und abholen.«

Zum ersten Mal an diesem Tag und trotz der wachsenden Finsternis musste Ralph kichern.

»Im Ernst«, flüsterte Piggy. »Wenn wir nicht bald hier rauskommen, schnappen wir über.«

»Fehlt nicht mehr viel!«

»Total bekloppt!«

»Mist!«

Ralph strich sich die feuchten Haarfransen aus den Augen.

»Du schreibst einfach deiner Tante einen Brief.«

Piggy nahm diesen Vorschlag ernst.

»Ich weiß nicht, wo sie jetzt ist. Und ich hab keinen Umschlag und keine Briefmarke. 's ist auch gar kein Briefkasten da. Und kein Briefträger.«

Über den Erfolg seines faulen Witzes geriet Ralph außer sich. Er kicherte und konnte nicht mehr aufhören, es schüttelte ihn am ganzen Leibe.

Piggy wies ihn würdevoll zurecht. »So lustig ist das gar nicht!«

Ralph kicherte weiter, obwohl ihm schon die Brust

wehtat. Der Lachkrampf brachte ihn so außer Atem, dass er erschöpft dalag und auf den nächsten Anfall wartete. Während einer dieser Pausen überfiel ihn der Schlaf.

»– Ralph! Du machst schon wieder Krach! Sei doch mal 'n Augenblick ruhig!«

Ralph reckte sich aus dem Laub heraus. Er hatte allen Grund, froh zu sein, dass sein Traum unterbrochen worden war, denn der Bus war näher gekommen, und er hatte ihn deutlicher sehen können.

»Warum – was 'n los?«

»Sei still – hör doch mal!«

Ralph lehnte sich vorsichtig zurück, und das Laub raschelte dazu, bis er still lag. Eric stöhnte unverständliche Worte und beruhigte sich wieder. Bis auf das unnütze Sternenrechteck war es stockfinster.

»Ich hör nichts.«

»Da draußen bewegt sich was –«

Ralph prickelte der Kopf. Das Rauschen seines Blutes übertönte alles andere und ließ dann nach.

»Ich hör immer noch nichts.«

»Horch mal. Horch mal 'ne Zeit lang genau hin.«

Ganz deutlich und unüberhörbar knackte nur ein, zwei Meter hinter der Rückwand der Hütte ein Zweig. Wieder brauste Ralph das Blut in den Ohren, und grässliche Wahnvorstellungen jagten durch seinen Kopf. Ein Wesen, das alle diese Schrecken in sich vereinte, streifte um die Hütten. Er fühlte, wie Piggy den Kopf an seine Schulter presste, und wie seine Hand ihn umkrampfte.

»Ralph! Ralph!«

»Sei ruhig und horch!«

Verzweifelt flehte Ralph, das Tier möchte die Kleinen ausersehen haben.

Draußen flüsterte grausig eine Stimme. »Piggy –
Piggy –«

»Jetzt ist's da!«, keuchte Piggy. »Also doch!«

Er klammerte sich an Ralph und schnappte nach Luft.
»Piggy, komm raus! Ich brauch dich, Piggy –«

Ralphs Mund hing an Piggys Ohr.

»Sei still! Sag gar nichts!«

»Piggy – wo bist du, Piggy?«

Etwas streifte an der Rückwand der Hütte vorbei. Einen Augenblick verhielt sich Piggy ruhig, dann bekam
er sein Asthma. Er krümmte den Rücken, und seine Beine fuhren raschelnd in das Laub. Ralph wälzte sich von
ihm fort.

Dann ein böses Knurren im Eingang der Hütte und das
Stampfen und Tappen lebender Wesen. Jemand stolperte
über Ralph, und in Piggys Ecke keuchte und krachte und
fuchtelte es wild durcheinander. Ralph schlug zu; dann
wälzte er sich, wie ihm schien, mit einem Dutzend anderer schlagend, beißend, kratzend am Boden. Er wurde
gestoßen und umhergezerrt, Finger fassten in seinen
Mund, und er biss zu. Eine Faust ließ ab und kam zurück-
gesaust, dass die ganze Hütte in Lichter zerstob. Ralph
rollte sich seitwärts über einen schmerzverkrümmten
Leib und fühlte heißen Atem an seiner Wange. Er begann
mit geballter Faust auf den Mund unter ihm loszuhäm-
mern; als das Gesicht glitschig-feucht wurde, schlug er
mit immer leidenschaftlicherer Gier noch härter zu. Ein
Knie ruckte zwischen seinen Beinen hoch, und er fiel zur
Seite und ergab sich seinem Schmerz, und der Kampf
rollte über ihn hinweg. Dann stürzte die Hütte ein, als
wolle sie alles ersticken; und die unerkannten Schatten
wühlten und stießen sich heraus. Dunkle Gestalten glit-

ten aus den Trümmern hervor und huschten davon, und bald hörte man wieder die Schreie der Kleinen und Piggys Keuchen.

Ralphs Stimme zitterte.

»Die Kleinen da, ihr geht alle wieder schlafen«, rief er. »Wir haben was mit den andern gehabt. Jetzt wird wieder geschlafen.«

Samneric kamen dicht heran und spähten nach Ralph. »Bei euch alles o. k. ?«

»Glaub schon –«

»– ich hab ganz schön was eingesteckt.«

»Ich auch. Was macht Piggy?«

Sie zerrten Piggy unter den Trümmern hervor und lehnten ihn mit dem Rücken gegen einen Baum. Die Nacht war kühl und für den Augenblick frei von drohendem Schrecken. Piggys Atem ging etwas ruhiger.

»Hast du was abgekriegt, Piggy?«

»Es geht –«

»Das war Jack mit seinen Jägern«, sagte Ralph finster. »Warum können die uns nicht in Ruhe lassen!«

»Wir haben's ihnen ganz schön gegeben«, sagte Sam. Aufrichtigkeit gebot ihm fortzufahren. »Wenigstens du. Ich hab selbst mit mir genug zu tun gehabt.«

»Einem hab ich's ganz schön gezeigt«, sagte Ralph. »Den hab ich dir vielleicht zugerichtet! Der will so bald von uns nichts mehr wissen!«

»Ich auch«, sagte Eric. »Als ich wach geworden bin, hat mir einer ins Gesicht getreten. Ich bin sicher ganz blutig im Gesicht, Ralph. Aber dann hab' ich's ihm gegeben!«

»Was hast'n gemacht?«

»Ich hab mein Knie hoch«, sagte Eric mit leisem Stolz, »und hab ihm in'n Sack getreten. Der hat vielleicht gebrüllt! Der kommt auch so bald nicht wieder. Wir haben uns also gar nicht so schlecht gehalten.«

Ralph machte eine plötzliche Bewegung im Dunkeln; aber dann hörte er, wie Eric an seinem Mund herumfingerte.

»Was gibt's?«

»Nur'n Zahn los –«

Piggy zog die Beine an.

»Wieder auf Draht, Piggy?«

»Ich hab gedacht, die hätten die Muschel gewollt.«

Ralph tappte den fahlen Strand hinunter und sprang auf die Plattform. Das Muschelhorn funkelte immer noch neben dem Führersitz. Er starrte eine Weile darauf und ging dann zu Piggy zurück.

»Die Muschel haben sie nicht mitgenommen.«

»Ich weiß – die haben's nicht auf die Muschel abgesehen gehabt. Die haben was anderes gewollt. Ralph – was mach ich jetzt bloß?«

Weit weg auf dem schmalen Strandbogen trabten drei Gestalten der Felsenburg entgegen. Sie ließen den Wald abseits liegen und gingen dicht am Wasser. Manchmal sangen sie leise; manchmal schlugen sie ein Rad, und der Leuchtstreifen neben ihnen am Ufer rückte langsam vor. Der Häuptling führte sie an, stetigen Schritts, im Bewusstsein des Erfolges. Er war jetzt wirklich ein Anführer; und er stach mit seinem Speer ins Dunkel. Seine linke Hand schwenkte lässig Piggys zerbrochene Brille.

Elftes Kapitel

DIE FELSENBURG

In der kurzen Morgenkühle umlagerten die vier Jungen den schwarzen Fleck, an dem das Feuer gewesen war; Ralph kniete daneben und blies. Graue Aschefedern stoben auseinander unter seinem Atem, aber kein Funke erglühte darunter. Die Zwillinge sahen besorgt zu, und Piggy saß mit ausdruckslosem Gesicht hinter der milchigen Wand seiner Kurzsichtigkeit. Ralph blies weiter, bis es vor Anstrengung in seinen Ohren sang, aber da nahm ihm die erste Morgenbrise die Arbeit ab und blendete ihn mit Asche. Er sprang zurück, fluchte und rieb sich die tränenden Augen. »Hat keinen Zweck.«

Eric sah durch eine Maske getrockneten Blutes auf ihn hinunter. Piggy blickte dahin, wo Ralph sein musste.

»Freilich hat's keinen Zweck, Ralph. Jetzt haben wir kein Feuer.«

Ralph kam Piggy mit seinem Gesicht ganz nahe. »Kannst du mich sehen?«

»Etwas.«

Ralph ließ seine geschwollene Backe wieder über das Auge zurückklappen.

»Sie haben unser Feuer mitgenommen!« Wut machte seine Stimme schrill.

»Sie haben's gestohlen!«

»Die Bande!«, rief Piggy. »Und ich kann nichts mehr sehen! Na ja, Jack Merridew, wer sonst! Du rufst jetzt zur Versammlung, Ralph, wir müssen was unternehmen.«

»Eine Versammlung für uns vier allein?«

»Wir haben sonst niemand. Sam – führ mich'n biss-chen –«

Dann schritten sie zur Plattform.

»Blas das Muschelhorn«, sagte Piggy, »blas, so laut du kannst.«

Der Wald hallte wider, und Vögel flogen kreischend aus den Baumwipfeln auf, wie an jenem ersten Morgen vor undenklichen Zeiten. Der Strand zu beiden Seiten blieb leer. Ein paar Kleine kamen aus den Hütten. Ralph setzte sich auf den glatt gescheuerten Stamm, und die andern standen vor ihm. Er nickte, und Samneric hock-ten rechts von ihm nieder. Ralph schob Piggy die Mu-schel in die Hände. Er packte das glänzende Horn vor-sichtig und sah blinzelnd zu Ralph hinunter.

»Also fang an.«

»Ich will bloß Folgendes sagen. Ich kann nichts mehr sehen, und ich muss meine Brille wiederhaben. Schlim-mes ist hier passiert auf der Insel. Ich hab für dich als Anführer gestimmt. Er ist der Einzige, der was zuwege gebracht hat. Jetzt red du, Ralph, und sag uns, was – sonst –«

Piggy brach weinerlich ab, und während er sich hin-hockte, nahm Ralph ihm das Muschelhorn aus den Hän-den.

»Ein ganz hundsgemeines Feuer! Jeder denkt, das kriegen wir hin, was? Nur'n Rauchfeuer, damit wir hier rauskommen. Sind wir Wilde oder was? Jetzt steigt kein Rauch mehr hoch. Vielleicht fährt'n Schiff vorbei. Wisst ihr noch, wie er weg ist jagen, und das Schiff ist vorbei-gekommen? Und alles glaubt, er hat's meiste los als An-führer. Und das mit dem, mit dem – da ist er auch dran schuld! Wenn er nicht gewesen wäre, wäre das alles nicht passiert. Jetzt kann Piggy nichts mehr sehen – kommen daher und stehlen –«

Ralphs Stimme überschlug sich »– nachts, im Dunkeln, und stehlen unser Feuer! Stehlen einfach unser Feuer! Sie hätten doch Feuer gekriegt, brauchten ja nur zu fragen. Aber nein, sie haben's gestohlen, und das Signal ist aus, und wir werden nie mehr gerettet! Versteht ihr nicht, was ich meine? Wir hätten ihnen ja Feuer gegeben, und da stehlen die's einfach – ich –«

Er hielt ratlos inne, der Vorhang flimmerte wieder vor seinen Gedanken. Piggy streckte die Hand nach der Muschel aus.

»Was willst du jetzt machen, Ralph? Das ist doch alles leeres Gerede. Ich will meine Brille!«

»Ich denke doch grad nach. Angenommen, wir gehn los, machen uns zurecht wie früher, gewaschen und gekämmt – schließlich sind wir keine richtigen Wilden, und das mit der Rettung ist doch kein Witz –«

Er öffnete das geschwollene Auge und sah die Zwillinge an.

»Wir machen uns'n bisschen sauber, und dann ziehen wir –«

»Am besten, wir nehmen Speere mit«, sagte Sam, »auch Piggy.«

»– vielleicht können wir sie gebrauchen.«

»Du bist jetzt nicht dran!«

Piggy hielt die Muschel hoch.

»Ihr könnt Speere mitnehmen, wenn's euch Spaß macht, ich nicht. Wozu bloß? Ihr müsst mich sowieso wie'n Hund führen. Ja, lacht nur, lacht nur ruhig! Es gibt welche hier, denen ist alles zum Lachen. Und was ist passiert? Was sollen die großen Leute dazu sagen? Der kleine Simon ist umgebracht worden. Und da ist noch der andere gewesen, der mit dem Mal im Gesicht. Wer hat den nachher noch gesehen?«

»Piggy! Sei mal'n Augenblick ruhig!«

»Ich hab die Muschel! Ich geh jetzt zu Jack Merridew, dem werd ich was erzählen, das wär' ja noch schöner!«

»Die werden dich schön zurichten –«

»Was kann er mir denn noch antun? Dem werd ich mal Bescheid sagen! Du lässt mich die Muschel tragen, Ralph. ich werd ihm mal zeigen, dass er die noch nicht hat!«

Piggy hielt einen Augenblick inne und starrte auf die verschwommenen Gestalten um ihn her. Der alte ins Gras getrampelte Versammlungsplatz lauschte seiner Rede.

»Ich geh zu ihm mit der Muschel in der Hand. Ich halt sie hoch. Und dann sag ich, guck, du bist stärker als ich, und du hast kein Asthma. Und dann sag ich, guck, guck nur ruhig. Aber ich bettle nicht um meine Brille, du sollst mir keinen Gefallen tun. Ich sag nicht, sei'n Kerl und gib sie mir wieder, nicht weil du stark bist, sondern weil das nicht recht ist. Gib mir die Brille wieder, sag ich zu ihm, du musst!«

Piggy hatte geendet; er war rot im Gesicht und zitterte. Er schob rasch Ralph die Muschel zu, als strebe er danach, sie schnell loszuwerden, und wischte sich die Tränen aus den Augen. Das grüne Licht umfing sie sanft, und das Muschelhorn lag zerbrechlich und weiß leuchtend zu Ralphs Füßen. Ein einzelner Tropfen, den Piggys Finger nicht hatten zurückhalten können, glitzerte auf der zarten Wölbung wie ein Stern.

Schließlich richtete sich Ralph auf und kämmte mit der Hand sein Haar zurück.

»Also gut. Das heißt – du kannst's ja probieren. Wir gehen mit.«

»Der ist sicher angemalt«, sagte Sam ängstlich. »Du weißt doch, wie er ist –«

»– der hält nicht viel von uns –«

»– wenn der hochgeht, dann ist's aus –«

Ralph blickte Sam finster an. Verschwommen erinnerte er sich an etwas, das Simon ihm einmal bei den Felsen gesagt hatte.

»Quatsch keinen Blödsinn«, sagte er, und fügte dann schnell hinzu: »Auf, gehen wir!«

Er reichte Piggy das Muschelhorn. Piggy errötete. Diesmal vor Stolz.

»Das musst du tragen.«

»Wenn wir fertig sind, trag ich's –«

Piggy zermarterte sich das Hirn nach Worten, die wiedergeben sollten, wie leidenschaftlich er bereit war, das Horn allen Gefahren entgegenzutragen.

»– Ich hab keine Angst, Ralph. Ich tu's gern, ihr müsst mich nur führen.«

Ralph legte die Muschel wieder auf den glänzenden Holzklotz.

»Wir essen lieber erst und machen uns dann fertig.«

Sie schritten zu den arg mitgenommenen Fruchtbäumen. Piggy bekam zu essen und ertastete sich selbst manche Frucht. Während sie aßen, dachte Ralph an den Nachmittag.

»Wir gehen so wie früher. Wir waschen uns richtig –«

Sam machte gerade seinen Mund leer und begehrte auf. »Aber wir baden doch jeden Tag!«

Ralph musterte die verschmutzten Gestalten vor ihm und seufzte.

»Wir müssten uns kämmen. Bloß – es ist schon so lang.«

»Ich hab meine zwei Socken in der Hütte«, sagte Eric, »die könnten wir über den Kopf ziehen, wie Mützen oder so.«

»Vielleicht finden wir was«, sagte Piggy, »womit wir das Haar nach hinten binden.«

»Wie'n Mädchen!«

»Nein – nicht so –«

»Dann müssen wir also gehen, wie wir sind. Die sehn ja auch nicht besser aus.«

Eric machte eine Handbewegung.

»Die sind aber angemalt«, gab er zu bedenken, »du weißt, wie das ist –«

Die andern nickten. Sie wussten nur zu gut darum: Die schützende Bemalung machte frei, hemmungslos frei.

»Und wir malen uns *nicht* an!«, sagte Ralph. »Wir sind ja keine Wilden!«

Samneric sahen einander an.

»Trotzdem –«

Ralph schrie.

»Bemalung gibt's nicht!«

Er versuchte, seine Gedanken zurückzuholen.

»Rauch«, sagte er, »wir brauchen Rauch –«

Er wandte sich wütend an die Zwillinge.

»Rauch hab ich gesagt! Wir müssen Rauch machen!«

Man hörte nur das tausendfältige Gesumm der Bienen. Schließlich brach Piggy mit sanfter Stimme das Schweigen.

241

»Freilich müssen wir. Denn der Rauch ist ein Zeichen, und die finden uns nicht, wenn wir keinen Rauch machen.«

»Das weiß ich selbst!«, rief Ralph. Er zog seinen Arm von Piggy fort.

»Willst du vielleicht damit sagen –?«

»Ich sag nur, was du auch immer sagst«, sagte Piggy hastig. »Ich hab'n Augenblick geglaubt, du –«

»Nein!«, rief Ralph laut. »Ich hab's die ganze Zeit gewusst. Ich hab's nicht vergessen –«

Piggy nickte besänftigend.

»Du bist Anführer, Ralph. Du denkst an alles.«

»– Ich hab's nicht vergessen.«

»Freilich, du hast's nicht vergessen.«

Die Zwillinge musterten Ralph neugierig, als sähen sie ihn zum ersten Mal.

Sie zogen im Trupp den Strand entlang los. Ralph ging voran, er hinkte etwas und hatte seinen Speer geschultert. Sein langes Haar, seine Verletzungen und das Flimmern des Hitzedunstes über dem gleißenden Sand ließen ihn alles nur verschwommen sehen. Hinter ihm kamen die Zwillinge, sie waren etwas bekümmert, aber voll unversiegbarer Lebhaftigkeit. Sie sprachen wenig und schleiften die Enden ihrer Holzspeere nach, denn Piggy hatte herausgefunden, dass er, wenn er nach unten sah und seine schwachen Augen vor der Sonne verbarg, gerade erkennen konnte, wenn sich etwas auf dem Sand bewegte. Er tappte daher zwischen den beiden nachschleifenden Speerenden und hielt das Muschelhorn vorsichtig mit beiden Händen umfasst. Sie bildeten so eine geschlossene kleine Gruppe, die sich über den Strand dahinbewegte; vier tellerförmige Schatten tanzten und krochen unter ihnen mit. Der Sturm hatte keine Spuren hinterlassen, der Strand war sauber gefegt wie eine blank geputzte Klinge. Himmel und Berg waren ungeheuer weit weg und flimmerten in der Hitze; und das Riff wurde von einer Spiegelung hochgerissen und schwamm in halber Höhe des Himmels in einem silbernen Tümpel.

Sie kamen jetzt zu der Stelle, an der der Stamm getanzt hatte. Die verkohlten Zweige lagen noch auf den Felsen, vom Regen aufgeweicht, aber der Strand beim Wasser war wieder rein und glatt. Schweigend zogen sie vorbei. Es stand für sie fest, dass der Stamm in der Felsenburg zu finden war, und als sie in Sichtweite kamen, hielten sie alle gleichzeitig an. Das dunkelste Dickicht der Insel, ein Gewirr von verschlungenen Stämmen, lag grün und undurchdringlich zu ihrer Linken, und vor ihnen neigte sich das hohe Gras. Jetzt schritt Ralph voraus.

Hier war das zerdrückte Gras, wo sie alle gelegen hatten, während er auf Kundschaft ging. Da war die Landbrücke, der Sims um den Felsen, und da oben waren die roten Turmspitzen.

Sam berührte ihn am Arm. »Rauch.«

Auf der anderen Seite des Felsens wellte sich ein dünner Rauchfaden empor.

»So was nennt sich Feuer!«

Ralph drehte sich um.

»Was verstecken wir uns eigentlich?«

Er schritt durch die Graswand auf die kleine freie Stelle, die zur schmalen Landzunge hinführte.

»Ihr folgt nach. Ich geh als Erster, dann Piggy einen Schritt hinter mir. Haltet die Speere bereit –«

Piggy starrte angstvoll in den lichten Schleier, der zwischen ihm und der Welt herniederging.

»Ist das eben hier? Ist keine Klippe da? Ich hör das Meer –«

»Halt dich nur dicht hinter mir.«

Ralph schritt auf den Damm zu. Er kickte einen Stein fort, der ins Wasser hüpfte. Dann wurde die See angesogen und gab vierzig Fuß tief unten zu seiner Linken eine rote, tangige Fläche frei.

»Kann ich auch nicht fallen?«, zitterte Piggy. »Mir ist ganz schrecklich –«

Von den Steinsäulen hoch über ihnen kam ein plötzlicher Ruf und dann eine Art Kriegsschrei, der von einem Dutzend Stimmen hinter dem Fels beantwortet wurde.

»Gib mir die Muschel und bleib stehn.«

»Halt! Wer da?«

Ralph legte den Kopf zurück und erspähte oben Rogers dunkles Gesicht.

»Du siehst doch, wer ich bin«, rief er. »Lass den Blödsinn!« Er hob das Muschelhorn an die Lippen und begann zu blasen. Wilde tauchten auf, bis zur Unkenntlichkeit bemalt, und bewegten sich über den Felsensims auf den Damm zu. Sie trugen Speere und machten Anstalten, den Eingang zu verteidigen. Ralph blies weiter und überhörte Piggys Angstrufe.

Roger schrie herunter.

»Nehmt euch bloß in Acht da unten, ihr!«

Schließlich setzte Ralph die Muschel ab und hielt inne, um Atem zu holen. Seine ersten Worte kamen keuchend, aber verständlich hervor.

»– rufe zur Versammlung!«

Die Wilden, die die Landbrücke bewachten, murmelten untereinander, rührten sich jedoch nicht. Ralph trat ein paar Schritte näher. Hinter ihm flüsterte eindringlich eine Stimme. »Lass mich nicht allein, Ralph!«

»Du kniest dich nieder«, sagte Ralph, seitwärts gewandt, »und wartest, bis ich wiederkomme.«

Er stand mitten auf dem Damm und blickte die Wilden fest an. Durch die Bemalung enthemmt, hatten sie ihr Haar zurückgebunden und fühlten sich freier als er. Ralph beschloss, seines nachher auch zurückzubinden. Fast hätte er ihnen gesagt, sie sollten warten, und hätte es auf der Stelle getan; aber das war unmöglich. Die Wilden kicherten leise, und einer deutete auf Ralph mit seinem Speer. Droben nahm Roger die Hand vom Hebel und lehnte vornüber, um zu sehen, was weiter geschah. Die Jungen auf dem Damm standen in ihren eigenen Schatten wie in einem Teich, nur die Köpfe tauchten struppig heraus. Piggy kauerte nieder, sein Rücken glich einem formlosen Sack.

»Ich berufe eine Versammlung ein!«

Schweigen.

Roger hob einen kleinen Stein auf und schleuderte ihn zwischen die Zwillinge; er wollte sie absichtlich nicht treffen. Sie fuhren auf, und Sam wäre fast ausgerutscht.

Eine dunkle Machtlust begann in Rogers Adern zu pulsen. Ralph wiederholte mit lauter Stimme:

»Ich berufe eine Versammlung ein!«

Seine Blicke glitten von einem zum andern.

»Wo ist Jack?«

In die Gruppe kam Bewegung; sie beratschlagten. Ein bemaltes Gesicht sprach mit der Stimme Roberts.

»Er ist auf Jagd, und er hat gesagt, wir sollen euch nicht reinlassen.«

»Ich komme wegen dem Feuer«, sagte Ralph, »und wegen Piggys Brille.«

Die Gruppe vor ihm schob sich hin und her, und Gelächter zitterte herüber, helles, erregtes Lachen, das zwischen den hohen Felsen vielfach widerhallte.

Von rückwärts hörte Ralph eine Stimme. »Was wollt ihr hier?«

Die Zwillinge machten einen Satz an Ralph vorbei und standen nun zwischen ihm und dem Eingang. Er drehte sich schnell um. Jack trat aus dem Wald näher, er war an seiner Gestalt, seinem Gebaren und seinem roten Haar zu erkennen. Zwei Jäger schritten geduckt links und rechts von ihm. Alle drei waren sie schwarz und grün bemalt. Hinter ihnen auf dem Gras lag der geköpfte ausgenommene Rumpf eines Schweins, wo sie ihn hatten fallen lassen.

Piggy winselte. »Ralph! Lass mich nicht allein!«

Mit lächerlicher Vorsicht umklammerte er den Felsen und drückte sich an ihn. Unter ihm gluckste die See. Das Kichern der Wilden verwandelte sich in lautes, höhnisches Gelächter.

Jack schrie über den Lärm hinweg.

»Du gehst hier fort, Ralph! Das Ende der Insel gehört mir, bleib du an deinem und lass mich in Ruhe!«

Das Kichern erstarb.

»Du hast Piggys Brille geklaut«, sagte Ralph außer Atem. »Du musst sie zurückgeben!«

»Muss? Wer sagt das?«

Die Wut ging mit Ralph durch.

»Ich sag's! Ihr habt mich als Anführer gewählt! Habt

ihr die Muschel nicht gehört? Ihr seid gemein gewesen
– wir hätten euch Feuer gegeben, wenn ihr gekommen
wärt –«

Das Blut strömte ihm in die Wangen, und das geschwollene Auge klopfte.

»Du hättest Feuer haben können, so oft du willst.
Aber du, du hast dich angeschlichen wie ein Dieb und
Piggy die Brille gestohlen!«

»Sag das noch mal!«

»Dieb! Dieb!«

Piggy kreischte auf.

»Ralph! Denk doch an mich!«

Jack machte einen Satz und stieß mit dem Speer nach
Ralphs Brust. Ralph sah blitzschnell Jacks Arm und konnte die Richtung des Stoßes ausmachen und ihn mit seinem eigenen Speergriff zur Seite lenken. Dann riss er den
Griff herum und versetzte Jack einen Kratzhieb quer
übers Ohr. Sie standen Brust an Brust, ihr Atem ging heftig, und sie drängten und starrten einander ins Gesicht.

»Wer ist hier ein Dieb?«

»Du!«

Jack löste sich mit einem Satz von Ralph und schlug
nach ihm mit dem Speer. In stillschweigendem Einverständnis benutzten sie ihre Speere jetzt als Säbel, sie
wagten nicht mehr, sich der tödlichen Spitzen zu bedie-
nen. Der Hieb fuhr auf Ralphs Speer, glitt ab und traf
mit voller Wucht seine Finger. Dann wurden sie wieder
getrennt und wechselten ihre Stellung, Jack stand jetzt
mit dem Rücken zur Felsenburg, Ralph außen nach der
Insel zu.

Beide Jungen keuchten heftig.

»Komm doch –!«

»Komm doch ran –!«

Sie stampften wild und lauernd hin und her, hielten sich jedoch gerade außer Hiebweite.

»Komm nur, ich werd dir's zeigen!«

»Komm du nur –!«

Piggy klammerte sich an das Gestein und versuchte, Ralph auf sich aufmerksam zu machen. Ralph tänzelte, duckte sich, Jack mit den Augen in Schach haltend.

»Ralph – denk dran, weshalb wir hergekommen sind – das Feuer – meine Brille!«

Ralph nickte. Er entspannte seine Muskeln und ließ den Speer sinken. Jack beobachtete ihn durch seine Farbmaske mit unergründlichem Blick. Ralph starrte zu den Säulen hinauf, dann auf die Gruppe der Wilden.

»Hört mal her! Wir wollen nur Folgendes. Zuerst müsst ihr Piggys Brille wieder rausgeben. Er kann ja sonst nichts sehen. Das ist gemein von euch –«

Der Stamm der bemalten Wilden kicherte, und Ralphs Gedanken blieben stecken. Er strich sich das Haar zurück, starrte auf die grüne und schwarze Maske und versuchte, sich zu erinnern, wie Jack ausgesehen hatte.

Piggy flüsterte.

»Und mit dem Feuer.«

»Ja richtig. Dann das mit dem Feuer. Ich sag's noch mal. Ich hab's schon immer gesagt, seit wir hier sind.« Er hob den Speer und deutete auf die Wilden. »Eure einzige Hoffnung ist, dass ihr ein Signalfeuer macht, solang's hell ist. Dann sieht vielleicht ein Schiff den Rauch und holt uns und bringt uns heim. Sonst müssen wir warten, bis ein Schiff zufällig herkommt. Das kann Jahre dauern; bis wir alt sind –«

Das zitternde, helle, unwirkliche Lachen der Wilden

brach auf und verhallte. Ralph bebte urplötzlich vor Zorn. Seine Stimme schlug um.

»Begreift ihr das denn nicht, ihr Idioten mit eurer Kriegsbemalung! Sam, Eric, Piggy und ich – wir sind zu wenig. Wir haben versucht, das Feuer anzuhalten, es ging aber nicht. Und ihr, ihr amüsiert euch mit jagen –«

Er wies über sie hinweg auf den Rauchfaden, der sich in der milchigen Luft auflöste.

»Da, guckt! Soll das ein Signalfeuer sein? Ein Herd-feuer ist das. Und dann eßt ihr, und der Rauch ist alle. Begreift ihr das nicht? Vielleicht ist da draußen ein Schiff –«

Er stockte, entmachtet durch das Schweigen und die bemalte Anonymität der Wächtergruppe vor dem Eingang. Der Häuptling wandte sich an Samneric, die zwischen ihm und seinem Stamm standen. Man sah das Violettrot seines Mundes.

»Ihr zwei, zurück mit euch!«

Keine Antwort. Die Zwillinge schauten einander verwirrt an, während Piggy, beruhigt durch die Einstellung der Feindseligkeiten, vorsichtig aufstand. Jack blickte schnell zurück zu Ralph und dann auf die Zwillinge.

»Packt sie!«

Keiner rührte sich. Jack schrie zornig:

»Packt sie, hab ich gesagt!«

Die Gruppe der Bemalten schloss sich erregt und linkisch um Samneric. Wieder erzitterte das helle Lachen.

Aus Samnerics Aufbegehren sprach die zutiefst entrüstete Zivilisation.

»Nein, nicht«

»– das ist ja –!«

Die Speere wurden ihnen abgenommen.

»Fesselt sie!«

Ralph schrie hoffnungslos gegen die schwarze und grüne Maske an.

»Jack!«

»Los! Fesselt sie!«

Jetzt spürte die Gruppe der Bemalten in Samneric das Fremde, das andere, fühlte sie die Macht, die ihren Händen gegeben war. Sie warfen die Zwillinge unbeholfen und erregt nieder. Jack war auf der Hut. Er wusste, dass Ralph einen Rettungsversuch unternehmen würde. Er ließ den Speer sausend hinter sich kreisen, und Ralph konnte gerade noch den Schlag abwehren. Weiter hinten bildeten der Stamm und die Zwillinge einen lärmenden, zappelnden Knäuel. Piggy hockte sich wieder zu Boden. Dann lagen die Zwillinge fassungslos da, und der Stamm stand um sie herum. Jack wandte sich wieder an Ralph. Er sprach durch die Zähne: »Siehst du? Sie folgen mir!«

Wieder war Schweigen. Die Zwillinge lagen umständlich gefesselt auf den Steinen, und der Stamm verfolgte lauernd Ralphs Bewegungen. Er wägte durch die Haarfransen hindurch ihre Stärke ab, sah flüchtig auf den wirkungslosen Rauch.

Sein Zorn brach los. Er schrie Jack an.

»Du bist ein Vieh! Ein Schwein! Ein ganz hundsgemeiner Dieb!«

Er sprang auf ihn los.

Jack, der wusste, dass es jetzt um alles ging, griff ebenfalls an. Sie stießen zusammen und prallten auseinander. Jack schlug mit der Faust zu und traf Ralph am Ohr. Ralph boxte Jack in den Magen, dass er nach Luft schnappte. Dann starrten sie sich wieder an, keuchend vor Wut, aber keinen erschreckte des andern Wildheit.

Sie wurden der Geräuschuntermalung gewahr, die ihren Kampf begleitete, das ständige schrille Geschrei des Stammes hinter ihnen.

Piggys Stimme drang an Ralphs Ohr.

»Lasst mich mal was sagen!«

Er stand im Kampfeslärm, und als der Stamm seine Absicht bemerkte, ging das schrille Schreien in anhaltendes Johlen über.

Piggy hob das Muschelhorn hoch, und das Johlen ließ ein wenig nach, um gleich wieder anzuschwellen.

»Ich hab die Muschel!«

Er schrie: »Habt ihr gehört, ich hab die Muschel!«

Es trat eine überraschende Stille ein; der Stamm wollte hören, was Piggy Lustiges zu sagen hatte.

Schweigen; eine Weile geschah nichts; aber in die Stille hinein zischte etwas an Ralphs Kopf vorbei durch die Luft. Er hörte halb hin – und da war es wieder: ein leises ›zupp‹. Jemand warf mit Steinen: Roger schleuderte sie, eine Hand immer noch am Hebel. Von oben war Ralph für ihn nur ein Haarbüschel und Piggy ein dicker Klumpen.

»Hört mal her! Ihr benehmt euch wie kleine Kinder!«

Das Johlen schwoll an und erstarb wieder, als Piggy die weiße, magische Muschel emporhob.

»Was ist besser – wollt ihr'n Haufen angemalter Nigger sein oder lieber Vernunft annehmen und Ralph folgen?«

Großes Gelärm der Wilden. Piggy schrie noch einmal.

»Was ist besser – wenn alles seine Ordnung hat oder wenn ihr jagt und Schweine schlachtet?«

Wieder der Lärm und wieder – ›zupp‹! Ralph schrie gegen das Getöse an.

»Was ist besser – Ordnung und Rettung oder jagen, und alle gehn vor die Hunde?«

Jetzt gellte auch Jacks Stimme, und Ralph konnte sich nicht mehr verständlich machen. Jack war bis zum Stamm zurückgewichen, und sie bildeten einen einzigen drohenden, speerestarrenden Knäuel. Der Gedanke eines Angriffs kam ihnen zuerst als dunkle Vorstellung, dann sahen sie schon den Damm von ihren Speeren blankgefegt. Ralph stand ihnen gegenüber, ein wenig seitwärts gerichtet, den Speer bereit in der Hand. Neben ihm stand Piggy, der immer noch den Talisman hochhielt, die zerbrechliche, schimmernde Pracht der Muschel. Der Lärmsturm schlug ihnen entgegen, eine Beschwörung des Hasses.

Hoch über ihnen stemmte Roger mit einem Gefühl taumelnden Sichgehenlassens sein ganzes Körpergewicht gegen den Hebel.

Ralph hörte den schweren Felsen, lange ehe er ihn sah. Er spürte auf seinen Fußsohlen, wie die Erde erzitterte, und hörte, wie Gestein vom Gipfel der Klippen herabbrach. Dann sprang der riesige, rote Brocken über den Damm, und er warf sich unter dem Gekreisch des Stammes platt auf den Boden.

Der Felsen streifte Piggy vom Kinn bis zum Knie, das Muschelhorn zersprühte in tausend weiße Stücke und war nicht mehr. Ohne einen Laut, ohne auch nur einen Seufzer ausstoßen zu können, wirbelte Piggy vom Felsen seitwärts durch die Luft und überschlug sich dabei. Der Felsen prallte noch zweimal auf und tauchte im Wald unter. Piggy fiel vierzig Fuß tief hinunter und klatschte mit dem Rücken auf den breiten, roten Felsen im Meer. Sein Kopf sprang auf, und eine Masse kam heraus und färbte sich rot. Piggys Arme und Beine zuckten noch einmal, wie bei einem Schwein, wenn es getötet worden ist. Dann atmete die See wieder ihr tiefes, langsames Seufzen, die Wasser kochten weiß und rot über den Felsen, und als sie wieder zurückrollten, war der breite, rote Fels leer.

Dieses Mal war die Stille vollkommen. Ralphs Lippen bewegten sich, aber kein Laut drang hervor.

Plötzlich sprang Jack aus der Gruppe der Wilden heraus und begann wie toll zu kreischen.

»Da hast du's! Da hast du's! So machen wir's mit euch! Ich hab dir's gesagt! Jetzt hast du keinen Stamm mehr! Die Muschel ist weg –!«

Er rannte gebückt auf ihn zu. »Ich bin Anführer!«

Mit tückischer, böser Berechnung schleuderte er Ralph seinen Speer entgegen. Die Spitze fuhr ihm durch Haut und Fleisch in die Brust, dann glitt die Waffe ab und fiel ins Wasser. Ralph taumelte, verspürte aber keinen Schmerz, nur panische Angst, und der Stamm stimmte in das Gebrüll des Häuptlings ein und begann vorzurücken. Noch ein Speer, ein gebogener, der nicht gerade fliegen wollte, zischte an seinem Kopf vorbei; und noch einer fiel von oben herab, wo Roger stand. Die Zwillinge lagen hinter dem Stamm verborgen, und die unkenntlichen Teufelsfratzen schwärmten über den Damm. Ralph wandte sich um und floh. Ein lautes Gekreisch wie von Seemöwen erhob sich hinter ihm. Er gehorchte einem ihm unbekannten Instinkt und wich plötzlich über die freie Stelle aus, sodass die Speere danebengingen. Er sah den kopflosen Rumpf des Schweins und sprang noch rechtzeitig darüber hinweg. Dann brach er durch Laub und dünne Zweige, und der Wald verbarg ihn.

Bei dem Schwein machte der Häuptling halt, drehte sich um und hob die Arme.

»Zurück! Zurück zur Festung!«

Da strömte der Stamm lärmend zur Landbrücke zurück, wo ihnen Roger entgegenkam.

Der Häuptling ging zornig auf ihn zu.

»Warum bist du nicht auf deinem Wachtposten?«

Roger sah ihn mit schwerem Blick an.

»Ich bin eben erst runtergekommen –«

Der Fluch des Henkers haftete an ihm. Der Häuptling sagte nichts mehr, sondern blickte auf Samneric nieder.

»Ihr kommt in meinen Stamm.«

»Du lässt mich gehen –!«

»– und mich auch!«

Der Häuptling packte einen der wenigen zurückgebliebenen Speere und stieß Sam in die Rippen.

»Was soll das heißen, he?«, sagte der Häuptling herrisch. »Kommen da mit Speeren an, he? Was heißt das, ihr wollt nicht in meinen Stamm?«

Er stach jetzt im Takt zu. Sam schrie laut auf.

»Das macht man ganz anders –«

Roger trat hinter dem Häuptling hervor, fast hätte er ihn mit der Schulter gestoßen. Das Schreien erstarb, und Samneric blickten in stummem Entsetzen auf. Roger kam über sie als einer, dem namenlose Gewalt gegeben.

Zwölftes Kapitel

DER KRIEGSSCHREI DER JÄGER

Ralph lag in einem Dickicht und wurde sich seiner Wunden bewusst. Auf der rechten Brustseite war eine ziemlich große aufgeschundene Stelle mit einem geschwollenen blutigen Riss im Fleisch, wo ihn der Speer getroffen hatte. Sein Haar war voll Schmutz und fiel ihm in die Stirn wie Schlingenranken. Am ganzen Leib war er zerkratzt und wundgestoßen von seiner Flucht durch den Wald. Als sein Atem wieder ruhig ging, wusste er, dass er jetzt seine Wunden noch nicht baden durfte. Wie konnte man nackte Füße kommen hören, wenn man im Wasser patschte? Und war man an dem kleinen Fluss oder am offenen Strand etwa sicher?

Ralph lauschte. Er war nicht sehr weit von der Felsenburg weg, und in der ersten Panik hatte er den Lärm der Verfolger zu hören vermeint. Aber die Jäger waren nur in den äußeren Gürtel der grünen Wildnis eingedrungen, hatten vielleicht ihre Speere wieder aufgehoben und waren dann zu den sonnigen Felsen zurückgeeilt, als fürchteten sie sich vor dem Dunkel unter dem Blätterdach. Einen hatte er sogar flüchtig gesehen, braunschwarz-rot gestreift, und er schätzte, das war Bill. Aber, dachte Ralph, Bill war es eigentlich wieder nicht. Es war ein Wilder, dessen Anblick nicht mit dem früheren Bild eines Jungen in Hemd und Hose in Einklang zu bringen war.

Der Nachmittag verrann; die kreisförmigen Flecke des Sonnenlichts glitten stetig über grüne Wipfel und braune Fibern, aber kein Laut drang hinter den Felsen hervor. Schließlich wand sich Ralph aus den Farnen und schlich vor bis zum Rand des undurchdringlichen Dickichts gegenüber der Landbrücke. Er spähte mit äußerster Vorsicht durch die Zweige am Saum und sah, dass Robert oben auf den Klippen Wache hielt. In der linken Hand hatte er seinen Speer, und mit der rechten warf er ein Steinchen in die Höhe und fing es wieder auf. Hinter ihm stieg eine dicke Rauchsäule einpor; Ralph sog schnuppernd die Luft ein, und der Mund wässerte ihm. Er wischte mit dem Handrücken über Nase und Lippen und verspürte zum ersten Mal seit dem Morgen Hunger. Der Stamm saß jetzt sicher um das ausgenommene Schwein und beobachtete, wie das Fett in die Asche rann und verzischte. Sie waren bestimmt alle bei der Sache.

Eine andere Gestalt, diese jedoch unkenntlich, tauchte neben Robert auf, reichte ihm etwas, machte dann wieder kehrt und trat hinter den Felsen zurück. Robert legte den Speer neben sich auf das Gestein und begann zwischen seinen erhobenen Händen zu kauen. Das Mahl hatte also angefangen, und der Wächter hatte seinen Anteil bekommen.

Ralph sah, dass er vorläufig nichts zu fürchten hatte. Er hinkte durch die Fruchtbäume davon, die Aussicht auf sein kärgliches Mahl trieb ihn vorwärts, doch er wurde wild, wenn er an das Fest dachte. Heute Fest, und dann morgen …

Er versuchte, sich einzureden, sie würden ihn gehen lassen, vielleicht sogar als Ausgestoßenen betrachten. Aber dann zerriss doch wieder das verhängnisvolle Wissen den Schleier. Das zerbrochene Muschelhorn und der Tod von Piggy und Simon lasteten wie ein Dunst auf der

Insel. Diese bemalten Wilden würden vor nichts Halt machen. Und dann war da jene unbestimmbare Verbindung zwischen ihm und Jack; der ihn deshalb nie in Ruhe lassen würde; niemals.

Er blieb sonnenbefleckt stehen, hielt einen Zweig hoch und wollte sich darunterducken. Ein Angstschauer machte ihn beben, und er schrie auf.

»Nein! Ganz so schlimm können sie nicht sein – es war nur ein unglücklicher Zufall!«

Er bückte sich unter den Zweig, rannte stolpernd weiter, blieb wieder stehen und lauschte.

Er kam zu den zerstörten Fruchthainen und aß gierig. Er sah zwei von den Kleinen, und da er nicht daran dachte, wie er aussah, wunderte er sich, dass sie schreiend davonliefen.

Als er gegessen hatte, ging er zum Strand. Die Sonne strahlte nun schräg in die Palmen neben der eingestürzten Hütte. Und da war die Plattform, und der Tümpel. Das Beste war, er vergaß das bleierne Gefühl ums Herz und baute auf ihren gesunden Menschenverstand, ihre vernünftige Einsicht. Jetzt, wo der Stamm gegessen hatte, musste man es noch einmal versuchen. Und er konnte ja ohnehin nicht die ganze Nacht in einer leeren Hütte bei der verlassenen Plattform bleiben. Es überlief ihn, und er erschauerte in der Abendsonne. Kein Feuer; kein Rauch; keine Rettung. Er wandte sich um und hinkte durch den Wald dem feindlichen Ende der Insel entgegen.

Die schrägen Stäbe des Sonnenlichts verloren sich zwischen den Ästen. Schließlich stieß er auf eine Lichtung, wo der Fels der Vegetation das Wachstum versagte. Die freie Fläche lag jetzt wie ein tiefer Schattenstreich da, und fast wäre Ralph hinter einen Baum gesprungen, als er in der Mitte etwas stehen sah; aber dann erkannte er, dass das weiße Gesicht aus Knochen war und dass der Schweineschädel ihn von einem Stock herab angrinste. Er schritt langsam bis zur Mitte der Lichtung und blickte starr auf den Schädel, der so weiß schimmerte, wie das Muschelhorn nur je geschimmert hatte, und ihn mit beißendem Hohn zu übergießen schien. Eine neugierige Ameise krabbelte in einer Augenhöhle, sonst war in dem Ding kein Leben mehr.

Oder doch?

Ein leises Prickeln lief ihm den Rücken hinauf und hinunter. Er stand still, das Gesicht etwa auf gleicher Höhe mit dem Schädel, und hielt mit beiden Händen sein Haar zurück. Die Zähne grinsten, die leere Augenhöhle schien seinen Blick überlegen und ohne Anstrengung zu bannen.

Was wollte das tote Gesicht von ihm?

Der Schädel blickte Ralph an wie einer, der alle Antworten kennt und sie nicht preisgibt. Eine erbärmliche Angst und Wut riss ihn fort. Er hieb zornig auf das Ding da vor ihm ein, das wie eine Puppe tanzte und wieder zurückschwang und ihn immer noch angrinste, dass er darauflosschlug und vor Ekel aufschrie. Dann leckte er seine aufgeschundenen Knöchel und starrte auf den leeren Stock, und der Schädel lag in zwei Stücke gespalten da, und sein Grinsen war jetzt sechs Fuß auseinander gezogen. Er zerrte den zitternden Stock aus dem Spalt und hielt ihn als Speer zwischen sich und die weißen Stücke. Dann wich er zurück, immer den Blick auf den Schädel gerichtet, der zum Himmel aufgrinste.

Als das grüne Glühen vom Horizont verschwunden

und die Nacht ganz hereingebrochen war, kam Ralph wieder an das Dickicht vor der Felsenburg. Er spähte durch die Zweige und sah, dass der Ausguck immer noch besetzt war, und wer auch dort stand, hatte seinen Speer bereit.

Er kniete zwischen den Schatten nieder und spürte schmerzhaft, dass er allein war. Sie waren Wilde, ja, aber sie waren doch Menschen, und die lauernden Ängste der tiefen Nacht umschlichen ihn.

Er stöhnte leise auf. Er war zwar müde, aber er durfte sich nicht gehen lassen und in den Brunnen des Schlafs tauchen, denn er musste den Stamm fürchten. Konnte man nicht einfach geradewegs auf die Festung zuschreiten, ans Mal anschlagen und rufen »Frei! Gilt nicht!«, lustig auflachen und bei den andern schlafen? So tun, als seien sie noch Jungen, Schuljungen, die »Ja, Herr Lehrer«, »Danke, Herr Lehrer« gesagt und Mützen getragen hatten? Das Tageslicht hätte vielleicht ja gesagt; aber die Finsternis und das Todesgrauen sagten nein. So lag er im Dunkel und wusste, dass er ausgestoßen war.

»Weil ich noch nicht ganz den Verstand verloren gehabt hab!«

Er rieb seine Wange über den Unterarm und zog den scharfen Geruch von Salz und Schweiß und Unsauberkeit ein. Drüben zu seiner Linken atmeten die Wellen des Ozeans ein und aus, wurden angesaugt, kochten dann über das Gestein zurück.

Hinter dem Felsen hervor drangen Laute. Angestrengt lauschend vernahm Ralph durch das Schwingen des Meeres hindurch einen bekannten Rhythmus.

»Stecht das Tier! Macht es tot! Blut fließt rot!«

Der Stamm tanzte seinen Reigen. Irgendwo auf der

anderen Seite der Felsmauer war jetzt sicher ein dunkler Kreis, ein glühendes Feuer – und Fleisch. Sie genossen das reichliche Mahl und das Gefühl der Geborgenheit.

Ein Geräusch ließ ihn erbeben. Wilde kletterten die Felsenburg hinauf bis zum Gipfel, und er hörte Stimmen. Er kroch ein paar Meter näher und sah, wie der Schatten auf der Felsspitze wechselte und größer wurde. Es gab nur zwei Jungen auf der Insel, die sich so bewegten und so sprachen.

Ralph ließ den Kopf auf die Arme sinken und empfing diese neue Erkenntnis wie eine Wunde. Samneric gehörten jetzt zum Stamm. Sie bewachten die Felsenburg vor ihm, dem Verfemten. Jetzt konnte er nicht mehr daran denken, sie herauszuholen und einen Stamm der Ausgestoßenen am anderen Ende der Insel zu gründen. Samneric waren Wilde wie die andern; Piggy war tot und das Muschelhorn zu Staub geworden.

Schließlich kletterte die erste Wache herunter. Die beiden Zurückbleibenden schienen nicht mehr als eine dunkle Ausbuchtung des Felsens zu sein. Ein Stern tauchte hinter ihnen auf und wurde für einen Augenblick durch irgendeine Bewegung verdeckt.

Ralph tastete sich langsam über den unebenen Boden vor, als sei er blind. Zu seiner Rechten war grenzenlos ungewisses Wasser, und links unter ihm ging es hinab auf den ruhelosen Ozean wie in einen schrecklichen Brunnenschacht. Minute für Minute spülten die Wasser um den Todesfelsen und zerflossen in weiße Blütengarben. Er kroch näher, bis er mit den Händen an den Sims stieß, der in die Burg führte. Die Wächter waren genau über ihm, und er sah ein Speerende über das Gestein hinausragen.

Er rief mit leiser Stimme.

»Samneric –«

Keine Antwort. Um gehört zu werden, musste er lauter rufen; und das würde jene gestreiften feindlichen Wilden von ihrem Festmahl am Feuer aufscheuchen. Er biss die Zähne zusammen und begann, mit Händen und Füßen Vorsprünge ertastend, hinaufzuklettern. Der Stock, der einen Schädel getragen hatte, behinderte ihn, aber er wollte sich nicht von seiner einzigen Waffe trennen. Er war mit den Zwillingen fast auf gleicher Höhe, als er wieder leise rief.

»Samneric –«

Er hörte einen erstickten Schrei und bestürztes Aufschrecken vom Felsen. Die Zwillinge umklammerten einander angstschnatternd.

»Ich bin's nur – Ralph –«

Aus Furcht, sie könnten davonlaufen und Alarm schlagen, zog er sich hoch, dass er mit Kopf und Schultern über den Rand der Klippe hervorschaute. Tief unter seiner Achsel sah er das helle Gesprüh um den Felsen.

»Ich bin's – Ralph –«

Schließlich beugten sie sich vor und starrten ihm ins Gesicht.

»Wir haben gedacht, es wär' –«

»– wir haben nicht gewusst, was – wer es war –«

»– wir haben gedacht –«

Sie wurden sich ihrer neuen, schmachvollen Untertanenschaft bewusst. Eric schwieg, aber Sam wollte seine Pflicht tun.

»Du musst fort, Ralph! Du musst jetzt weg –«

Er schüttelte mit gezwungenem Ungestüm seinen Speer.

»Du haust jetzt ab, klar?«

Eric nickte zustimmend und reckte seinen Speer in die Höhe. Ralph stützte sich auf die Arme und wollte nicht gehen.

»Ich hab euch zwei sehen wollen –«

Seine Stimme klang gepresst. Die Kehle tat ihm plötzlich weh, obwohl er dort nicht verletzt worden war.

»Ich hab euch zwei sehen wollen –«

Worte konnten nicht sagen, wie dumpf das alles schmerzte. Er fiel in Schweigen, während die glitzernden Sterne ausgesät wurden und umhertanzten.

Sam trat unruhig von einem Fuß auf den andern. »Wirklich, Ralph, es ist besser, du gehst.«

Ralph schaute wieder auf.

»Ihr zwei seid doch nicht bemalt. Wie könnt ihr –? Wenn's hell wär' –«

Wenn es hell wäre, würde die Scham sie verbrennen, erinnerte man sie an das alles. Aber die Nacht war dunkel. Eric nahm jetzt das Wort, und dann begannen die Zwillinge ihre Wechselrede.

»Du musst fort, du bist hier nicht sicher –«

»– sie haben uns fertig gemacht. Sie haben uns geschlagen –«

»Wer? Jack?«

»Nein, nicht der –«

Sie neigten sich zu ihm vor und dämpften ihre Stimme. »Geh weg, Ralph –«

»– wir sind jetzt ein Stamm –«

»– sie haben uns fertig gemacht –«

»– wir haben nichts machen können –«

Als Ralph wieder sprach, klang seine Stimme leise und wie außer Atem.

»Was hab ich denn getan? Ich hab ihn doch gemocht – und ich hab doch nur gewollt, dass wir gerettet werden –«

Wieder ergossen sich die Sterne über den Himmel. Eric schüttelte ernst den Kopf. »Ralph, du musst nicht dran denken, was vernünftig ist. Das ist vorbei.«

»Es kommt jetzt nicht mehr darauf an, wer Anführer ist –«

»– du musst um deinetwillen fort.«

»Der Häuptling und Roger –«

»– ja, Roger –«

»Die hassen dich, Ralph. Die wollen dich kaltmachen.«

»Morgen wollen sie dich jagen –«

»Aber warum denn nur?«

»Keine Ahnung. Und – Ralph, Jack, der Häuptling, sagt, es wird sicher gefährlich –«

»– und wir sollen uns in Acht nehmen und mit dem Speer werfen wie bei einem Schwein.«

»Wir machen eine Kette und ziehen über die ganze Insel –«

»– an dem Ende hier fangen wir an –«

»– bis wir dich finden.«

»Wir müssen so Rufzeichen geben –«

Eric hob den Kopf und stieß einen leisen Indianerruf aus, indem er sich mit der Hand auf den offenen Mund schlug. Dann blickte er sich unruhig um.

»So ungefähr –«

»– nur lauter natürlich.«

»Aber ich hab doch gar nichts getan«, flüsterte Ralph eindringlich. »Ich hab doch nur ein Feuer anhalten wollen!«

Er stockte einen Augenblick, und der Gedanke an den

kommenden Tag machte ihn elend. Etwas ungeheuer Wichtiges fiel ihm ein.

»Was habt ihr –«

Er brachte es zunächst nicht über sich, ohne Umschweife zu reden; aber dann überkamen ihn Angst und Alleinsein. »Wenn sie mich finden, was wollen sie dann machen?«

Die Zwillinge schwiegen. Unter ihnen erschäumte wieder der Todesfelsen.

»Was haben sie – o Gott, was hab ich Hunger –!«

Der riesige Fels schien unter ihm zu schwanken.

»Sagt doch was –«

Die Zwillinge beantworteten seine Frage auf Umwegen.

»Du musst jetzt fort, Ralph!«

»Es ist für dich am besten –«

»Bleib weg von hier. So weit du kannst.«

»Wollt ihr nicht mit mir kommen? Zu dritt – können wir uns vielleicht halten –«

Ein kurzes Schweigen. Sams Stimme klang erstickt. »Du kennst Roger nicht. Der ist furchtbar –«

»– und der Häuptling – die sind beide –«

»– furchtbar –«

»– nur, Roger –«

Beide erstarrten. Von hinten, vom Stamm, kam jemand zu ihnen heraufgeklettert.

»Er guckt, ob wir Wache halten. Schnell, Ralph!«

Während Ralph Anstalten machte, sich den Felsen hinabzulassen, wollte er noch das Letzte aus diesem Gespräch herausholen.

»Ich halt mich ganz in der Nähe auf, in dem Dickicht da unten«, flüsterte er, »macht, dass sie da wegbleiben –

die kommen nie auf den Gedanken, dass ich ganz in der Nähe bin –«

Die Schritte waren immer noch in einiger Entfernung.

»Sam – mir passiert doch nichts – oder?«

Die Zwillinge schwiegen wieder.

»Da!«, sagte Sam plötzlich, »nimm das mit –«

Ralph fühlte, wie ihm ein Stück Fleisch zugeschoben wurde, und er griff danach.

»Sagt doch! Was macht ihr mit mir, wenn ihr mich schnappt?«

Oben schwieg es. Er kam sich selbst töricht vor. Er ließ sich den Felsen hinabgleiten.

»Was habt ihr vor, wenn –?«

Vom Gipfel des Turmfelsens kam die dunkle Antwort. »Roger hat einen Stock an beiden Enden zugespitzt –«

Roger hatte einen Stock an beiden Enden zugespitzt. Ralph versuchte, darin einen Sinn zu erkennen, vermochte es aber nicht. Er gebrauchte alle Schimpfwörter, die ihm einfielen, und bekam einen Wutanfall, der in Gähnen überging. Wie lange kam man ohne Schlaf aus? Er sehnte sich nach einem Bett und weißem Linnen – aber die einzige Weiße hier war die träge spritzende Milch, die aufschimmernd vierzig Fuß tief unten um den Fels spülte, auf den Piggy gestürzt war. Piggy war überall, war hier auf dem Damm, war in Finsternis und Tod zu einem Schrecken geworden. Wenn Piggy jetzt wieder aus dem Wasser käme mit seinem entleerten Kopf – Ralph wimmerte und gähnte wie einer von den Kleinen. Der Stock in seiner Hand wurde zur Krücke, an der er dahinschwankte.

Dann riss er sich wieder zusammen. Man hörte Stimmen oben auf der Felsenburg. Samneric stritten mit jemandem. Aber der Farn und das Gras waren nah. Da konnte er verweilen, sich verbergen, gleich neben dem Dickicht, das ihm morgen als Versteck dienen sollte. Hier – und er fühlte Gras unter seinen Händen – konnte man über Nacht bleiben, nicht weit vom Stamm weg, damit man, brachen die Schrecken des Übernatürlichen auf, wenigstens unter Menschen fliehen konnte solange, selbst wenn das bedeutete, dass …

Was bedeutete es denn eigentlich? Ein an beiden Enden zugespitzter Stock. Was meinten sie damit? Sie hatten Speere geschleudert und vorbeigeworfen; außer einem. Vielleicht trafen sie das nächste Mal ebenfalls daneben.

Er hockte im hohen Gras nieder; da fiel ihm das Fleisch ein, das Sam ihm gegeben hatte, und er begann gierig daran zu reißen. Während er aß, hörte er neuerlichen Lärm – Schmerzensschreie der Zwillinge, Entsetzensrufe, zornige Stimmen. Was bedeutete das? Noch jemand außer ihm war in Not, denn mindestens einem der beiden erging es schlecht. Dann versanken die Stimmen hinter dem Felsen, und er vergaß sie. Er tastete mit den Händen und fand kühle, zarte Farnwedel, die an das Dickicht anstießen. Hier also war das Nachtlager. Morgen beim ersten Tagesgrauen kroch er ins Dickicht, zwängte sich durch die verschlungenen Stämme, versteckte sich so tief, dass einer nur durchkommen konnte, wenn er kroch wie er, und der bekam einen Speerstoß. Da saß er dann, und die Suche ging an ihm vorbei, und die Kette rollte weiter und schrie ihr Ululu über die Insel, und er war frei.

Seine Augen waren noch geschlossen, und er war schon wach und lauschte einem Geräusch ganz in der Nähe. Er schlug ein Auge auf, sah die weiche Erde dicht unter seinem Gesicht, griff hinein, und Licht filterte durch die Farnwedel. Er konnte gerade noch feststellen, dass die endlosen Alpträume von Fallen und Sterben vorüber waren und dass es Morgen war, als er den Laut wieder hörte. Es war ein Ululu-Schrei drüben an der Küste – und da antwortete der zweite Wilde und jetzt der Dritte. Der Schrei schwoll über ihn hinweg den schmalen Teil der Insel entlang, von der See zur Lagune, wie der Schrei eines Vogels im Fluge. Er überlegte nicht länger, packte seinen spitzen Stock und rutschte zurück durch den Farn. Sekunden später bohrte er sich in das Dickicht, aber zuvor sah er noch blitzschnell, wie die Beine eines Wilden auf ihn zukamen. Sie schlugen und stachen in den Farn, und er hörte Beine durch das hohe Gras streifen. Der Wilde, wer immer es war, schrie zweimal; und der Schrei wurde in beiden Richtungen aufgenommen und entfernte sich dann. Ralph kauerte sich regungslos in der Mitte des Dickichts verborgen zusammen, eine Zeit lang hörte er nichts.

Dann sah er sich in dem Buschwerk um. Hier konnte bestimmt keiner an ihn heran – und außerdem hatte er Glück gehabt. Der große Fels, der Piggy getötet hatte, war in dieses Dickicht gesprungen und gerade hier in der Mitte aufgeschlagen und hatte nach beiden Seiten eine kurze Bahn aufgerissen. Als Ralph da hineingeschlüpft war, fühlte er sich sicher und kam sich sehr schlau vor. Er hockte vorsichtig zwischen den zerquetschten Stämmen nieder und wollte die Jagd vorbeiziehen lassen. Als er durch das Laub aufsah, blitzte etwas Rotes auf. Das musste der Gipfel der Felsenburg sein, sie lag weit weg und war ohne Drohung. Er wartete im Vollgefühl seines Triumphes, dass der Jagdlärm verhallte.

Es rief aber niemand; und als die Minuten im grünen Dämmer dahinflossen, schwand sein Hochgefühl.

Schließlich hörte er eine Stimme – Jack, aber er sprach gedämpft.

»Bist du ganz sicher?«

Der angesprochene Wilde schwieg. Vielleicht machte er eine Handbewegung.

Dann sprach Roger.

»Wenn du uns was vormachst –«

Gleich darauf hörte man ein Luftschnappen und ein schmerzvolles Wimmern. Ralph kauerte sich instinktiv zusammen. Einer der Zwillinge war da draußen vor dem Dickicht, und Jack und Roger.

»Hat er ganz bestimmt hier gemeint?«

Der Zwilling stöhnte leise und schrie dann wieder schrill auf.

»Hier drin, hat er gesagt, will er sich verstecken?«

»Ja – ja – oh –!«

Helles Lachen zitterte durch die Bäume.

Sie wussten es also.

Ralph ergriff seinen Stock und rüstete sich zum Kampf. Was konnten sie aber machen? Sie brauchten eine Woche, um einen Pfad durch das Dickicht zu schlagen; und wer hereinkroch, war ihm hilflos ausgeliefert. Er fuhr mit dem Daumen über die Spitze seines Speeres und lächelte verzerrt. Wer das auch versuchte, den würde er aufspießen, dass er quiekte wie ein Schwein.

Sie entfernten sich, gingen zurück zum Turmfelsen. Er hörte, wie die Füße tappten, dann kicherte einer. Da war wieder der schrille Vogelschrei, der die Reihe entlangwellte. Also hielten noch einige nach ihm Ausschau; die andern aber –?

Eine lange atemlose Stille.

Ralph hatte auf einmal Rinde im Mund: Er musste am Speer gekaut haben. Er richtete sich auf und spähte zur Felsenburg hinüber.

In diesem Augenblick hörte er von oben herunter Jacks Stimme.

»Hau ruck! Hau ruck! Hau ruck!«

Der rote Fels, den er oben auf der Klippe gesehen hatte, fiel herab wie ein Vorhang, und er erblickte Gestalten und blauen Himmel. Gleich darauf erbebte die Erde, es rauschte in der Luft, und das Dach des Dickichts wurde wie von gigantischer Faust gestreift. Der Fels hüpfte weiter plumpsend und niederwalzend dem Strand entgegen, während es gebrochene Zweige und Blätter auf ihn herabregnete. Jenseits des Dickichts Jubelgeschrei des Stammes.

Wieder Stille.

Ralph steckte die Hand in den Mund und biss sich auf die Finger. Nur noch ein anderer Fels war oben, den sie allenfalls bewegen konnten; aber der war halb so groß wie ein Häuschen, so groß wie ein Auto, ein Panzer. Er führte sich mit quälender Deutlichkeit seine Bahn vor Augen – der würde langsam fallen, von Klippe zu Klippe stürzen, über den Damm rollen wie eine überschwere Dampfwalze.

»Hau ruck! Hau ruck! Hau ruck!«

Ralph legte seinen Speer hin, hob ihn dann wieder auf. Er strich erregt sein Haar zurück, machte zwei hastige Schritte in dem engen Raum und trat wieder an die alte Stelle. Er schaute zu den abgebrochenen Astenden auf.

Immer noch Stille.

Er sah, wie schnell sein Zwerchfell arbeitete, und es überraschte ihn, dass er so hastig atmete. Ein wenig links von der Brustmitte konnte er sein Herz schlagen sehen. Er setzte den Speer wieder ab.

»Hau ruck! Hau ruck! Hau ruck!«

Schrilles, lang anhaltendes Geschrei.

Das rote Gestein dröhnte dumpf auf, dann machte die Erde einen Satz und begann immer stärker zu erzittern, und das Krachen wurde immer lauter. Ralph wurde in die Luft geschossen, niedergeworfen, gegen Äste geschleudert. Nur wenige Fuß zu seiner Linken brach das ganze Dickicht nieder, und die Wurzeln schrien auf, als sie zusammen aus der Erde gerissen wurden. Er sah etwas Rotes, das sich langsam wie ein Mühlrad dahinwälzte. Dann war das rote Etwas vorüber, und das Rauschen des Ungetüms verhallte strandwärts.

Ralph kniete auf dem umgepflügten Boden, und ihm war, als sei er losgelöst von dieser Erde. Da schlugen die weißen abgebrochenen Stümpfe, die gespaltenen Äste und das Gewirr des Dickichts wieder zusammen. Er verspürte ein Gefühl der Schwere an der Stelle, wo er den Puls seines Herzens beobachtet hatte.

Wieder Stille.

Aber doch keine vollkommene. Sie flüsterten draußen miteinander; und plötzlich wurde an zwei Stellen zu seiner Rechten heftig an den Zweigen gerüttelt. Das spitze Ende eines Stocks tauchte auf. In panischem Schrecken führte Ralph seinen eigenen Stock durch den Spalt und stieß mit aller Gewalt zu.

»Aaa-ah!«

Der Speer zuckte ein wenig in seiner Hand; dann zog er ihn wieder zurück.

»Aaa-auuuu!«

Draußen stöhnte einer, und man hörte Stimmengewirr. Ein heftiger Streit entbrannte, und der verwundete Wilde ächzte. Als es dann wieder still wurde, sprach eine einzelne Stimme, und Ralph glaubte zu wissen, dass es nicht Jacks Stimme war.

»Da hast du's! Ich hab dir gleich gesagt, der ist gefährlich!«

Der verwundete Wilde stöhnte wieder.

Was jetzt? Was kam jetzt? Ralph umklammerte fest den Speer, und das Haar fiel ihm ins Gesicht. Jemand zischelte etwas, nur wenige Meter weg zur Felsenburg hin. Er hörte, wie ein Wilder mit entsetzter Stimme ›Nein!‹ sagte; dann unterdrücktes Lachen. Er ging in die Hocke und zeigte der Zweigmauer die Zähne. Er hob den Speer an, knurrte leise und wartete.

Wieder kicherte die unsichtbare Gruppe. Er hörte ein seltsames Knistern und dann ein lautes Geraschel, wie wenn jemand große Bogen Zellophan auseinander wickelt. Ein Zweig knackte, und er unterdrückte ein Husten. Rauch leckte durch die Äste in weißen und gelben Fäden, der Fleck Himmelsblau über ihm nahm die Farbe einer Gewitterwolke an, und dann umwallte ihn der Rauch.

Jemand lachte erregt, und eine Stimme schrie. »Rauch!«

Er wand sich durch das Dickicht auf den Wald zu und kroch so tief wie möglich unter dem Rauch her am Boden. Jetzt sah er eine freie Stelle und das grüne Laub am

Ende des Dickichts. Ein schmächtiger Wilder stand zwischen ihm und der Weite des Waldes, ein rot und weiß gestreifter Wilder mit einem Speer. Er hustete und schmierte sich mit dem Handrücken Farbe um die Augen, als er versuchte, durch den immer dichter werdenden Rauch hindurchzusehen. Ralph sprang ihn an wie eine Katze, stach knurrend mit dem Speer zu, und der Wilde krümmte sich zusammen. Hinter dem Dickicht drüben schrie es, und dann rannte Ralph mit der Schnelligkeit der Angst durch das Unterholz. Er stieß auf einen Schweinesteig, folgte diesem vielleicht hundert Meter und schwenkte dann ab. Hinter ihm schwoll wieder das Ululu über die Insel, und eine einzelne Stimme schrie dreimal. Er hielt das für das Zeichen zum Vorrücken und fegte wieder dahin, bis es in seiner Brust wie Feuer brannte. Dann warf er sich unter einen Busch und wartete einen Augenblick, bis sein Atem ruhiger ging. Er fuhr prüfend mit der Zunge über Zähne und Lippen und hörte in der Ferne den Kriegsschrei der Verfolger.

Er konnte verschiedenes unternehmen. Er konnte auf einen Baum klettern – aber das hieß alles auf eine Karte setzen. Entdeckten sie ihn, brauchten sie nur zu warten.

Wenn man bloß Zeit hätte zum Überlegen!

Ein weiterer zweifacher Schrei aus der gleichen Richtung ließ ihn ihren Plan erkennen. Kam einer der Wilden im Wald nicht weiter, stieß er diesen Doppelruf aus und brachte die ganze Reihe zum Stehen, bis er sich freigemacht hatte. So mochten sie hoffen, dass die Kette über die Insel hinweg nicht abriss. Ralph fiel der Eber ein, der mit solcher Leichtigkeit ihre Linie durchbrochen hatte. Notfalls konnte er, wenn die Verfolgung näher kam, die Kette umrennen, solange sie noch dünn war, durchstoßen und zurücklaufen. Aber zurück wohin? Die Kette würde kehrtmachen und ihn wieder einkesseln. Früher oder später musste er einmal schlafen oder etwas essen – und dann wachte er auf, und Hände krallten nach ihm; und die Verfolgung wäre nur noch eine Hetzjagd. Was war also zu tun? Der Baum? Durchbrechen wie der Eber? Die eine Entscheidung war so schrecklich wie die andere.

Ein einzelner Schrei ließ sein Herz schneller schlagen, er sprang auf und jagte meerwärts dem dichten Dschungel entgegen, bis er im Gewirr der Schlingpflanzen geborgen war; er verhielt einen Augenblick, seine Beine zitterten. Wenn man doch nur ans Mal schlagen, eine lange Pause machen könnte, Zeit hätte zum Nachdenken!

Und da brandete wieder schrill und unausweichlich das Ululu über die Insel. Er scheute wie ein Pferd bei diesem Schrei im Schlingenmeer und rannte wieder weiter, bis er keuchte. Er bekam seinen Atem für einen Augenblick in die Gewalt, wischte sich über den Mund und ermahnte sich zur Ruhe. Samneric waren irgendwo in der Kette und machten nur ungern mit. Oder nicht? Und angenommen, er stieß statt ihrer auf den Häuptling, oder auf Roger, in dessen Händen der Tod lauerte …

Ralph kämmte sein wirres Haar zurück und wischte sich den Schweiß aus dem unversehrten Auge. »Nachdenken!«, sagte er laut vor sich hin. Was war das Vernünftigste?

Es gab keinen Piggy mehr, der vernünftige Gedanken hatte. Keine feierliche Versammlung, die beratschlagte, kein erhabenes Muschelhorn.

»Nachdenken!«

Am meisten begann er sich jetzt vor dem Vorhang zu

fürchten, der in seinem Gehirn herunterfallen, das Gefühl der Gefahr verdecken und einen Tölpel aus ihm machen konnte.

Eine dritte Möglichkeit wäre, sich so zu verbergen, dass die vorrückende Reihe vorüberging, ohne ihn zu entdecken.

Er riss den Kopf vom Boden und lauschte. Ein weiteres Geräusch erforderte jetzt seine Aufmerksamkeit – ein dumpfes Grollen, als sei ihm der Wald selbst böse, ein düsteres Geräusch, vor dem die Kriegsschreie klangen wie holpriges Gekritzel auf einer Schiefertafel. Er wusste, dass er das schon einmal gehört hatte, aber er hatte keine Zeit, sich zu besinnen.

Die Kette durchbrechen. Ein Baum.

Verstecken und vorbeiziehen lassen.

Ein Schrei in seiner Nähe ließ ihn hochfahren, und sogleich hetzte er wieder weiter und rannte durch Dornen und Gestrüpp. Plötzlich taumelte er ins Freie, sah sich wieder auf jener Lichtung – und da war das klafterbreite Grinsen des Schädels, das sich nicht mehr über einen Fleck tiefblauen Himmels lustig machte, sondern zu einer Rauchdecke aufhöhnte. Dann rannte Ralph unter den Bäumen; er wusste jetzt, warum der Wald grollte. Sie hatten ihn ausgeräuchert und die Insel in Brand gesteckt.

Verstecken war besser als ein Baum, denn da konnte man versuchen auszubrechen, wenn sie einen entdeckten.

Also verstecken.

Er fragte sich, was ein Schwein wohl dazu sagen würde, und grinste ins Leere. Such das dichteste Dickicht, das dunkelste Loch auf der Insel und kriech rein. Jetzt spähte er im Rennen um sich. Balken und Spritzer von Sonnenlicht huschten über ihn hinweg, und der Schweiß überzog seinen schmutzigen Körper mit glitzernden Streifen. Das Schreien war jetzt weit und leise.

Endlich fand er eine Stelle, die ihm günstig schien; trotzdem war es ein Entschluss der Verzweiflung. Büsche und wirres Schlingengeflecht bildeten hier eine Matte, die alles Sonnenlicht verbannte. Darunter war ein etwa ein Fuß hoher freier Raum, den senkrecht aufsteigende Stämme wie Säulen zerschnitten. Wenn man da bis in die Mitte vorkroch, war man fünf Meter vom Rand, und gut versteckt, es sei denn, es fiel einem Wilden ein, sich auf den Boden zu legen und nach einem zu suchen; und selbst dann war man im Dunkel – und wenn das Schlimmste geschah und er einen entdeckte, konnte man sich immer noch auf ihn stürzen, die Kette durcheinander bringen und zurücklaufen.

Vorsichtig, den Stock nachziehend, wühlte sich Ralph zwischen den aufstrebenden Stämmen hindurch. Als er die Mitte erreicht hatte, lag er still und lauschte.

Das Feuer war gewaltig, und das Trommeln, das er so weit hinter sich zurückgelassen zu haben glaubte, kam näher. Konnte das Feuer nicht ein galoppierendes Pferd einholen? Er konnte etwa fünfzig Meter weit über den sonnengesprenkelten Boden sehen von seinem Versteck aus, und wie er so hinstarrte, blinkte ihn das Sonnenlicht aus jedem Fleck an. Das glich so sehr dem Vorhang, der manchmal vor seine Sinne fiel, dass er einen Augenblick lang glaubte, das Flimmern sei in seinem Kopf. Aber dann blinkten die Flecke schneller, verblassten, verlöschten, und er sah, dass schwerer Rauch zwischen der Insel und der Sonne schwamm.

Wenn einer unter die Büsche sah und sein Blick zufällig auf Menschenfleisch fiel, vielleicht waren es dann Samneric, die so taten, als hätten sie nichts gesehen und schwiegen. Er legte seine Wange auf die dunkelbraune Erde, befeuchtete seine trockenen Lippen und schloss die Augen. Unter dem Dickicht vibrierte ganz leise der Boden; oder vielleicht gab es außer dem lauten Feuerdonner und dem schrillen Ululu noch ein Geräusch, das zu leise war, als dass man es hätte hören können.

Jemand schrie auf. Ralph riss das Gesicht vom Boden und blickte in das blasse Licht. Sie mussten jetzt nah sein, dachte er, und seine Brust begann zu hämmern. Verstecken! Durchbrechen! Auf einen Baum klettern! Was war denn jetzt am besten? Das Dumme war, man hatte nur eine einzige Chance.

Jetzt kam das Feuer näher; diese Salvenschüsse, das waren große Äste, Stämme gar, die barsten. Die Idioten! Das Feuer musste gleich bei den Fruchtbäumen sein – was wollten sie morgen essen!

Ralph wälzte sich unruhig in seinem engen Bett hin und her. Man riskierte ja nichts. Was konnten sie machen? Ihn schlagen? Na und? Ihn umbringen? Ein an beiden Enden zugespitzter Stock –

Die plötzlich ganz nahen Schreie jagten ihn hoch. Er sah einen gestreiften Wilden hastig aus einem grünen Dickicht treten und auf die Matte zukommen, wo er sich verbarg, ein Wilder mit einem Speer. Ralph krallte die Finger in die Erde. Halt dich jetzt bereit, vielleicht –

Ralph tastete an seinem Speer herum, damit die Spitze nach vorn zeigte; und da sah er, dass der Stock an beiden Enden zugespitzt war.

Der Wilde blieb in fünfzehn Meter Entfernung stehen und stieß seinen Schrei aus.

Vielleicht kann er mein Herz durch das Feuergrollen hören. Schrei nicht. Mach dich fertig.

Der Wilde trat weiter vor, sodass er ihn nur noch vom Gürtel abwärts sehen konnte. Da war sein Speergriff. Jetzt sah man nur noch die Beine vom Knie abwärts. Schrei nicht.

Eine Herde Schweine stürzte quiekend aus dem Gebüsch hinter dem Wilden hervor und hinein in den Wald. Vögel kreischten, Mäuse pfiffen, und etwas kam unter die Matte gehopst und versteckte sich.

In fünf Meter Entfernung blieb der Wilde unmittelbar vor dem Dickicht stehen und schrie seinen Schrei. Ralph zog die Füße an und kauerte sich zusammen. Er hielt den Speer in der Hand, den an beiden Enden zugespitzten Stock, den Stock, der so wild schüttelte, der lang und kurz, leicht, schwer und wieder leicht wurde.

Das Ululu wellte von Küste zu Küste. Der Wilde kniete am Rand des Dickichts nieder, und Lichter flackerten hinter ihm im Wald. Ein Knie schob sich über den lockeren Boden näher.

Jetzt das zweite. Zwei Hände. Ein Speer. Ein Gesicht.

Der Wilde spähte in das Dunkel unter dem Dickicht. Man konnte erkennen, wie er links und rechts Licht sah, aber nicht in der Mitte – hier.

In der Mitte war ein dunkler Klumpen, und der Wilde verkniff sein Gesicht und versuchte, das Dunkel zu enträtseln.

Die Sekunden dehnten sich. Ralph sah dem Wilden geradewegs in die Augen.

Schrei nicht.

Du kommst schon wieder heim. Jetzt hat er dich gesehen. Er überzeugt sich noch einmal. Ein angespitzter Stock.

Ralph schrie auf, ein Schrei der Angst und der Wut und der Verzweiflung. Seine Beine streckten sich, er schrie fort, Schaum vor dem Mund. Er schoss hervor, durchbrach das Dickicht, war im Freien, schrie, knurrte, blutete. Er schwang den Stock, und der Wilde stürzte vornüber, aber andere kamen aufbrüllend angelaufen. Er sprang zur Seite, als ihm ein Speer nachflog, und verstummte dann und rannte wieder. Mit einem Schlag flossen die vor ihm flackernden Lichter zusammen. Das Brausen des Waldes schwoll zum Donner an, und ein großer Busch, auf den er zulief, zersprühte in einem Flammenfächer. Er schwenkte rechts ab und flog mit verzweifelter Kraft dahin, während ihm die Hitze von links entgegenschlug und das Feuer wie eine Flutwelle vorwärts jagte. Der Kriegsschrei hinter ihm schrillte auf und hüpfte weiter, kurze harte Schreie hintereinander, der Verfolgungsruf: das Wild war gesichtet. Eine braune Gestalt tauchte zu seiner Rechten auf und stürzte zurück. Alles rannte wie irr und stieß wilde Schreie aus. Er hörte sie durch das Unterholz brechen, und zu seiner Linken war das heiße, helle Donnern des Feuers. Er vergaß seine Wunden, seinen Hunger, seinen Durst und war nur noch Angst; hoffnungslose Angst auf fliegenden Füßen, die durch den Wald dem offenen Strand entgegenstürzte. Flecke tanzten ihm vor den Augen und wurden zu roten Kreisen, die sich schnell ausdehnten, bis sie dem Blick entschwanden. Beine unter ihm erschlafften langsam, und das verzweifelte Ululu kam in ungleichmäßiger, drohender Front näher und war schon fast über ihm.

Er stolperte über eine Wurzel, und der Schrei, der ihn verfolgte, schwoll noch lauter an. Er sah eine Hütte in Flammen aufgehen, und das Feuer schlug nach seiner rechten Schulter, und da war das Glitzern des Wassers. Dann stürzte er hin und wälzte sich im warmen Sand, duckte sich, den Arm zur Abwehr vorhaltend, zusammen und versuchte, um Gnade zu schreien.

Er taumelte hoch, auf weitere Schrecken gefasst, und sah über sich eine große Schirmmütze. Es war eine weiße Mütze, und über dem grünen Schild war eine Krone, ein Anker, Goldlaub. Er sah weißen Drillich, Schulterstücke, einen Revolver, eine Reihe goldener Knöpfe vorn an einem Uniformrock herunter.

Ein Marineoffizier stand auf dem Sand und sah in misstrauischem Erstaunen auf Ralph herab. Hinter ihm auf dem Strand hielten zwei Matrosen einen Kutter, der mit dem Bug an Land gezogen war. Achtern stand ein weiterer Matrose an einem leichten Maschinengewehr.

Der Kriegsschrei brach ab und verhallte.

Der Offizier blickte Ralph zuerst zweifelnd an, dann nahm er die Hand vom Revolvergriff. »Tag!«

Ralph wand sich im Bewusstsein seiner verdreckten Erscheinung.

»Tag –«

Der Offizier nickte, als sei damit eine Frage beantwortet.

»Habt ihr Erwachsene – große Leute bei euch?«

Ralph schüttelte stumm den Kopf. Er trat verlegen von einem Fuß auf den andern. Kleine Jungen, die Leiber mit gefärbtem Lehm gestreift, spitze Stöcke in den

Händen, standen im Halbkreis auf dem Strand und gaben keinen Laut.

»Spiel und Spaß«, sagte der Offizier.

Das Feuer erreichte die Kokospalmen am Strand und verschlang sie mit Brausen. Eine Flamme brach offenbar ganz für sich allein wie ein Akrobat aus und leckte an den Palmwipfeln der Plattform hoch. Der Himmel war schwarz.

Der Offizier grinste Ralph heiter an.

»Wir haben euren Rauch gesehen. Was habt ihr denn gemacht? Krieg gespielt oder so?«

Ralph nickte.

Der Offizier musterte die kleine Vogelscheuche, die da vor ihm stand. Den Kleinen musste man baden, ihm die Haare schneiden, die Nase wischen, und ziemlich viel Salbe hatte er auch nötig.

»Keinen umgebracht, hoffe ich? Keine Leichen?«

»Nur zwei. Und die sind weg.«

Der Offizier beugte sich nieder und sah Ralph scharf an.

»Zwei? Umgebracht?«

Ralph nickte wieder. Hinter ihm erschauerte die ganze Insel in Flammen. Der Offizier wusste aus Erfahrung, wann jemand die Wahrheit sagte. Er pfiff leise vor sich hin.

Weitere Jungen tauchten jetzt auf, manche noch ganz klein, braun gebrannt, mit den aufgedunsenen Bäuchen kleiner Wilder.

Einer von ihnen trat nahe an den Offizier heran und sah auf.

»Ich bin – ich bin –«

Aber nichts kam mehr heraus. Percival Wemys Madi-

son zermarterte sich den Kopf nach der Beschwörungsformel, die einfach ausgelöscht war.

Der Offizier wandte sich wieder an Ralph.

»Wir nehmen euch mit. Wie viel seid ihr hier?«

Ralph zuckte mit den Schultern. Der Offizier sah über
ihn hinweg auf die Gruppe der Bemalten.

»Wer ist euer Anführer hier?«

»Ich«, sagte Ralph laut.

Ein kleiner Junge, der die Überreste einer ungewöhn-
lichen schwarzen Mütze auf seinem roten Haar und die
Trümmer einer Brille am Gürtel trug, wollte vortreten,
besann sich dann und blieb stehen.

»Wir haben euren Rauch gesehen. Und ihr wisst
nicht, wie viel ihr seid?«

»Nein.«

»Ich hätte doch gedacht«, sagte der Offizier, als er sich
die Untersuchung vorstellte, die ihm bevorstand, »ich
hätte doch gedacht, dass eine Bande englischer Jungs –
ihr seid doch alle Engländer, oder? – in der Lage wäre,
was Besseres aufzuziehen als das da – ich meine –«

»So war's auch am Anfang«, sagte Ralph, »ehe alles –«
Er stockte.

»Da waren wir noch zusammen –«

Der Offizier nickte verständnisvoll.

»Ich kenne das. Nette Geschichte. Wie auf der Koralleninsel.«

Ralph blickte ihn stumm an. Eine Sekunde lang sah er
das flüchtige Bild des seltsamen Zauberglanzes, der einst
den Strand übergossen hatte. Aber die Insel war ausge-
dörrt wie totes Holz – Simon war tot – und Jack hatte …
Schluchzen schüttelte ihn, und die Tränen begannen zu
fließen. Er gab sich ihnen jetzt zum ersten Mal auf der

Insel hin; er erbebte schwer unter unermesslichem Leid, das seinen ganzen Körper zu zerreißen schien. Seine Stimme schrillte auf unter dem schwarzen Rauch vor der brennenden, zerstörten Insel; und von dieser Gemütsbewegung angesteckt, begannen auch die andern Jungen zu zittern und zu schluchzen. Und mitten unter ihnen, mit verfilztem Haar, schmutzigem Leib und verschmierter Nase beweinte Ralph das Ende der Unschuld, die Finsternis in des Menschen Herz und den Todessturz Piggys, des guten, klugen Freundes.

Der Offizier stand inmitten dieses Jammers, bewegt und ein wenig verlegen. Er wandte sich ab, um ihnen Gelegenheit zu geben, sich zusammenzureißen, und wartete, und seine Augen blieben an dem stolzen Kreuzer in der Ferne haften.

Bruce Chatwin

Der Traum des Ruhelosen

Aus dem Englischen von Anna Kamp

Band 13729

Bruce Chatwin gilt als einer der bedeutendsten Reiseschriftsteller
unseres Jahrhunderts. Doch immer schon hat er sich unterschiedlichen Metiers gewidmet. Er war Kunstexperte bei Sotheby's, Ar-
chäologe, Sammler, Rezensent und Reporter. In diesem Band finden sich Texte aus seinem Nachlaß, die diese Vielfalt spiegeln. Es
sind Geschichten und Reiseskizzen, Artikel und Essays, durch die
sich wie ein roter Faden die Motive ziehen, die Chatwins Denken
und Schreiben seit jeher bestimmen: Verwurzelung und Heimatlo-
sigkeit, Fernweh und Fremde, Exotik und Exil, Besitz und Freiheit,
Sammelleidenschaft und Schönheit der Dinge.

*»Die magische Wirkung von Chatwins Prosa entfaltet sich auch
in diesen kürzeren Texten ... Sie beweisen einmal mehr, daß der
›Berufsnomade‹ ein Autor ersten Ranges war.«* Tagesanzeiger

Fischer Taschenbuch Verlag

fi 505 / 8

Erik Fosnes Hansen
Choral am Ende der Reise
Roman
Aus dem Norwegischen von Jörg Scherzer
Band 13099

Die ›Titanic‹ war das größte und modernste Passagierschiff ihrer
Zeit, und ihre Jungfernfahrt in den Untergang hat die Schriftsteller
unseres Jahrhunderts immer wieder beschäftigt. So sehr, daß ihr Name zur Metapher für die apokalyptischen Visionen und Untergangs-
stimmungen des 20. Jahrhunderts wurde. Die Geschichte beginnt am
10. April 1912. An diesem Tag gehen im englischen Southhampton
sieben Musiker an Bord des Luxusliners, der auf seiner fünftägigen
Jungfernfahrt mehr als zweitausend Menschen nach New York bringen soll. Die Musiker, eine bunt zusammengewürfelte Truppe aus
aller Herren Länder, sind für die musikalische Unterhaltung während der Seereise zuständig. In den fünf Tagen, die ihnen noch an
Bord verbleiben, lernt man ihre höchst unterschiedlichen Lebensge-
schichten kennen – Biografien voller Hoffnungen und Niederlagen,
voller Leidenschaften und Verzweiflung.

Fischer Taschenbuch Verlag

Louis de Bernières
Traum aus Stein und Federn
Roman
Aus dem Englischen von
Manfred Allié und Gabriele Kempf-Alliè
Band 16648

In einem atemberaubenden Roman macht Louis de Bernières
eine vergessene Stadt im Südwesten Anatoliens zur Mitte der
Welt. Mit schillernden Farben erschafft er einen Kosmos, in
dem vor hundert Jahren Türken und Griechen, Christen und
Muslime in Frieden nebeneinander lebten. Bernières lässt Is-
kander den Töpfer auftreten, Georgio, den Händler, Rustem
Bey, der in Istanbul nach einer Mätresse sucht, und schließlich die schöne Philotei, an deren Liebe zu Ibrahim sich die
Stadt entzweit.
In seinem Weltbestseller erschafft er mit schillernden Farben
aus einer kleinen Stadt am Rand des Osmanischen Reiches einen Kosmos, in dem vor 100 Jahren Türken und Griechen,
Christen und Muslime in Frieden miteinander lebten. Bis das
fragile Gewebe aus Freundschaft und Not, aus kleinen Betrü-
gereien und großem Aberglauben zerreißt.

»Das meisterhafte Buch schildert den Niedergang
einer Kleinstadt in Anatolien – und warnt
vor Nationalismus und religiösem Eifer.«
Ulf Lippitz, Spiegel online

Fischer Taschenbuch Verlag

fi 16648 / 1

Christoph Ransmayr
Morbus Kitahara
Roman
Band 13782

Im fiktiven »Frieden von Oranienburg«, den Jahrzehnten
nach einem Weltkrieg, die nicht dem Wiederaufbau, sondern
allein der Rache und Vergeltung gehören, begegnen sich drei
Menschen in Moor, einem wüsten Kaff im Schatten des
Hochgebirges: Ambras, der »Hundekönig« und ehemalige
Lagerhäftling; die Grenzgängerin Lily, die als »Brasilianerin«
Jagd auf ihre Feinde macht; und Bering, der »Vogelmensch«
und Leibwächter, der an einer rätselhaften Krankheit leidet:
Morbus Kitahara, der pathologischen Verfinsterung des
Blicks.

»Im Sog einer ingeniös konstruierten,
mit einer schillernden Mythologie grundierten und
mit vielfachen Bilder- und Motivketten durchzogenen
Handlung verfolgt man atemlos, wie die Figuren den
geschlossenen Kreis der Hölle ausschreiten.«
Andreas Breitenstein, Neue Zürcher Zeitung

Fischer Taschenbuch Verlag

fi 13782 / 2